친구의 남자 2

친구의 남자 2

초판 1쇄 찍은 날 § 2004년 1월 29일
초판 1쇄 펴낸 날 § 2004년 2월 9일

지은이 § 김지안
펴낸이 § 서경석

편집장 § 문혜영
편집 § 이종민 · 신혜미
마케팅 § 정필 · 강양원 · 이선구 · 김규진 · 홍현경

펴낸곳 § 도서출판 청어람
등록번호 § 제1081-1-89호
등록일자 § 1999. 5. 31
어람번호 § 제5-0012호

주소 § 경기도 부천시 원미구 심곡1동 350-1 남성B/D 3F (우) 420-011
전화 § 032-656-4452 팩스 § 032-656-4453
http://www.chungeoram.com
E-mail § eoram99@chollian.net

ⓒ 김지안, 2004

ISBN 89-5505-968-X (SET)
ISBN 89-5505-970-1 03810

친구의 남자 2

김지안 지음

도서출판
청어람

밤새 뒤척이던 은서의 얼굴은 많이 거칠어 보였다. **일찍 일어났**는지 신후는 거실에서 신문을 보고 있었다. 자신도 모르게 은서는 신후의 얼굴을 살폈

신후는 더 이상 어젯밤 나누었던 이야기를 꺼내지 않았다. 그가 어제 그런 말을 했었는지 의심스러울 만큼 침착, 다름없는 평온한 얼굴로 하품을 했다.

밤새 뒤척이던 은서의 얼굴은 많이 거칠어 보였다. 일찍 일어났는지 신후는 거실에서 신문을 보고 있었다. 자신도 모르게 은서는 신후의 얼굴을 살폈다. 여전히 화가 나 있는 것은 아닌지 조심스럽게 살피며 다가갔다.

"잘 잤어?"

"응. 넌?"

"나두."

신후는 더 이상 어젯밤 나누었던 이야기를 꺼내지 않았다. 그가 어제 그런 말을 했었는지 의심스러울 만큼 전과 다름없는 평온한 얼굴을 하고 신문을 보고 있었다.

"신후야, 어제는……."

은서의 망설임을 신후는 간단히 해결해 주었다.

"그래, 시간을 좀 더 갖자."

은서는 더 이상 할 말이 없었다. 머리 싸매고 고민하지 않아도 된다. 어떤 결정도 내리지 못한 상태에서 최선이었다. 그래도 그의 대답이 조금 서운하다. 이 알 수 없는 마음의 정체는 무엇일까? 그가 더 고집해 주기를 바라기라도 한 것처럼 자신도 종잡을 수 없는 마음에 당황스러웠다.

신후는 학원까지 데려다 주고 학교로 갔다. 공부 열심히 하라는 말을 남기고 돌아서 가는 차를 한동안 바라봤다. 심란한 마음에 강사의 강의가 들어올 리 없다. 쉬는 시간이면 창가에서 건물 아래쪽을 살피는 이상한 버릇 또한 생겼다. 또다시 혁이 찾아오지 않을까 싶어서 좌불안석이었다. 며칠 전 그녀의 정신을 혼미하게 할 만큼 폭탄 같은 선언을 하고 돌아간 후 연락이 없는 그가 불안했다. 그 눈빛을 기억한다. 단호한 의지가 가득한 눈과 비웃음 섞인 그 경고의 말이 아직도 선명하게 뇌리에 남아 있었다. 결코 그냥 물러날 사람이 아니기에 하루하루가 긴장의 연속이었다. 차라리 신후에게 고백하고 도움을 청하는 게 옳지 않았을까 하는 후회마저 생겼다. 대화로서 해결이 안 되는 상황이라면 그녀로서는 무리다. 이미 경진의 일을 놓고 신후와 부딪친 상황이다. 시간을 좀 더 갖자고 하는 걸로 결론이 났지만 언제고 다시 부딪칠 일이었다. 오늘 신후를 만나면 시원하게 이야기하리라 마음먹고 나니 한결 마음이 놓였다. 이야기를 한다고 해서 어렵기만 한 상황이 모두 해결되는 것은 아니겠지만 혼자서 끙끙 앓는 것보다는 나을 거라 생각하며 수업이 끝날 때쯤이면 데리러 올 신후를 기다렸다. 그러나 기다리던 신후는 오지 않고 전화가 왔다.

―은서야, 어떡하지? 오늘은 못 가겠네.

"무슨 일 있어?"

괜히 어제 일 때문은 아닌지 신경이 쓰였다.

―응. 교수님과 면담할 일이 생겨서 늦어질 것 같아.

"알았어. 집에서 보자."

―그래.

신후가 못 온다는 전화를 받고 나니 맥이 빠지는 것 같았다. 망설이다 결심을 하고, 신후만 기다리던 그녀로서는 긴장감이 확 풀리면서 몸의 기운이 한꺼번에 다 빠져나가는 것 같았다.

수업이 끝나고 나오면서도 다른 날 같으면 혹시 혁의 차가 기다리고 있는지 두리번거리며 조심스러워 했을 텐데 오늘은 신후의 전화에 넋을 잃고 혁도 생각지 못하고 터벅터벅 걸어나왔다. 그러다 앞을 가로막는 혁을 보고서야 그녀가 방심했다는 걸 깨달았다. 여전히 변함없이 강한 인상의 그가 위협적인 자세로 차 문을 열고 타기만을 기다리고 있었다. 삼십육계 줄행랑이라도 쳐볼까 하는 생각이 언뜻 스쳤지만 그것도 웃겼다. 그녀가 무엇을 잘못했다고 도망친단 말인가?

"저, 그 집에는 안 가요."

"알아. 걱정하지 마."

은서는 차에 올랐다. 혁이 데리고 간 곳은 시내 중심가에 위치한 호텔의 양식 레스토랑이었다. 은서가 눈을 치켜뜨며 쳐다보는 것이 느껴졌지만 혁은 모르는 척 주문을 했다. 그러고 보면 함께 사는 동안 외식이란 걸 해본 적이 없다. 은서가 눈을 치켜뜨며 이상한 시선으로 보는 것도 당연했다.

"생각해 봤어?"

"아뇨, 생각할 것도 없어요. 오빠와 다시 시작하는 일은 없을 거예요."

"신후 어머니도 아시니?"

"오빠가 상관할 일 아니에요."

"후, 모르는가 보군. 이쯤해서 정리해라."

약간의 조롱기가 담긴 미소를 짓고 있었다.

"더 이상 오빠한테 좌지우지되지 않아요."

"과연 그럴까? 말로 해서 안 된다면 행동으로 보여줄 수밖에 없겠지."

"네?"

은서는 비싼 음식이 더 이상 먹히지 않았다.

"난 분명히 널 다시 데려오기로 결정했고, 너와 둘이서 대화로 해결하려고 했는데 네가 끝까지 거부한다면 나로서도 어쩔 수 없지."

"오빠는 지금 실수하고 있는 거예요. 되돌려 받지 못한 사랑을 한 산 증인이 여기 있잖아요. 그 모습을 지켜본 사람이 오빠고. 우린 이미 너무 많이 와버렸고, 오빠를 향하던 제 마음도 이제는 남아 있지 않아요. 그러니 억지 부리지 마요. 결코 행복해질 수 없을 테니까요. 다시 한 번 그 생활을 반복할 만큼 오빠도, 나도 어리석은 사람들 아니잖아요."

혁은 하던 식사를 멈추고 뚫어질 듯 쳐다봤다. 의도적이라기보다는 은서에게서 시선을 돌릴 수 없다는 말이 옳을 것이다. 결혼 생활 내내 그녀는 한 번도 그의 말에 대꾸를 한다거나 거부의사를 보인 적이 없었다. 그러나 지금의 그녀는 두 눈을 똑바로 뜨고 절대 그의 시선을 피하지 않으며 자신의 생각을 논리정연하게 말했다. 아니라고, 안 되는 이유를 말하고 있다. 그 역시 머리로는 충분히 이해가 되는 이야기이지만 가슴으로는 안 된다. 그녀가 신후와 한집에 살고 있다는 사실만으로도 치밀어 오르는 질투를 느꼈다. 나이에 맞지 않는 유치한 상상을 하면서 혼자 속을 태웠다. 정말 그에게는 더 이상의 감정이 남아 있지 않은 듯 담담하게만 말하는 그녀를 보면서 그 안에 욕심은 더해만 갔다. 가지고 싶다는 욕심, 만나면 만날수록 더해가는 욕심이었다.

"아니, 다를 거야. 전과 같을 수는 없지. 이제는 내가 널 원하니까."

은서는 머리부터 발까지 쭉 훑어내리는 그의 시선에 두려움을 느꼈다.

"오빠!"

"됐다. 조만간 네게서 연락이 올 거라 믿는다. 일어나자."

도대체 무슨 말을 하는지 알 수 없었지만 일어나자는 말에 안도의 한숨이 나왔다. 혼자 돌아가겠다는 은서를 혁은 차에 태우고 집 쪽으로 향했다. 차를 타고 집까지 오는 동안 더 이상 어떤 말도 나누지 않았다. 차 안에 감도는 불편한 침묵을 느끼면서도 은서는 계속해서 창밖을 내다봤고, 혁은 운전에만 집중하고 있었다. 집이 보이자 은서는 안전벨트를 풀었다. 어떤 헤어짐의 인사가 필요할까? 그저 고개만 숙여 인사를 대신하고 문을 열고 나오다 주차하고 있는 신후를 봤다.

처음에는 은서를 발견하지 못한 듯 시동을 끄고 키를 공중으로 던졌다 받는 손장난을 하며 걸어오던 그였다. 은서와 눈이 마주치자 아주 찰나 반가움을 보이는가 싶더니 은서가 내리는 차를 본 후 급속도로 차갑게 변했다. 신후가 어떤 생각을 하고 있을지 짐작이 갔기에 당황해하며 다가갔다. 혁도 빨리 출발했으면 좋겠는데 신후와의 대면이라도 기다리는 듯 움직일 생각을 하지 않았다.

"신후야, 들어가서 얘기하자. 내가 다 할게."

그러나 신후는 붙잡는 은서의 손을 뿌리쳤다.

"신후야."

"들어가라."

악문 잇새로 내뱉는 낮게 깔린 저음의 말은 그가 얼마나 화가 나 있는지 알 수 있었다. 터져 버릴 것 같은 혁과 신후의 만남을 말리고 싶어 다시 한 번 신후의 팔을 붙잡았다.

"신후야."

"들어가!"

음절 하나하나 뚝뚝 끊어지듯 힘을 주어 내뱉는 신후의 말에는 강한 분노가 숨어 있었다. 그 분노를 드러내지 않으려고 애쓰는 그의 모습을 볼 수 있었다. 은서는 그의 단호함에 더 이상 아무 말도 하지 못하고 집으로 들어올 수밖에 없었다. 그토록 화를 내는 신후의 모습은 처음이었다. 그의 말을 거역해서는 안 될 것 같은 타오르는 눈앞에 은서는 숨을 죽인 채 돌아설 수밖에 없었다. 그러나 집 안에 들어오자 가만히 있을 수가 없었다. 거실 베란다 문을 열고 밖을 내다보았다. 담벼락에 가려 잘 보이지 않아 고개를 기웃거리며 발만 동동 구르다 못해 입술을 질근질근 씹으며 서성였다. 그러나 멀리서 차들이 울려대는 경적 소리만 들려올 뿐 어떤 말도 들을 수 없었다.

은서가 들어가자 기다렸다는 듯이 혁이 차에서 내려 신후의 앞으로 걸어왔다. 서로를 향한 눈빛은 한 치의 양보도 없었다. 서로를 향한 적대적인 감정을 적나라하게 드러내며 금방이라도 폭발할 것 같은 위험스러운 분위기였다.

"은서 왜 자꾸 귀찮게 하는 거예요?"

"은서 놔줘라."

"싫은데요. 내가 왜 은서를 놔줘야 하는데?"

"후. 무모한 거 보면 아직 어리기는 한가 보다. 너하고 은서가 잘될 거라 생각하는 건 아니겠지?"

"형이 지금 내 걱정 해서 말리는 것 같지는 않은데요."

"이신후, 나중에 피눈물 흘리며 후회하지 말고 지금 손 떼."

"형, 지금 행동이 얼마나 웃긴지 알아? 왜 이제 와서 은서를 원하는 건데? 형한테 주어진 시간은 3년이었어. 3년이면 충분하고도 남을 시간에 형은 뭘 했어? 다시 돌려달라구? 형, 내가 바보야?"

"은서는 나한테 돌아올 거다."

"그래? 그럼 두고 보면 되겠네, 돌아가는지, 안 가는지. 하지만 분명히 말하겠는데 예전처럼 쉽게 내 것을 뺏기는 일은 없을 거야."

"그래? 그럼 재밌겠다. 이제 본격적으로 게임을 시작하면 되겠네. 안 그래?"

신후는 혁의 입에서 비웃음을 머금은 채 흘러나오는 게임이라는 말에 이성을 잃고 말았다. 은서를 놓고 게임이라고 말하는 혁의 얼굴을 가만둘 수가 없었다. 이성보다 주먹이 빨랐다. 신후의 주먹이 혁의 얼굴을 덮쳤다. 혁의 입가가 터져 피가 보였다. 그러나 혁은 아무것도 아니란 듯 손으로 한 번 훔쳐 내는가 싶더니 주먹을 날려 신후의 얼굴을 강타했다. 몇 번의 주먹이 더 오갔다. 서로를 노려보는 눈빛은 영역을 놓고 싸우는 정글의 맹수와 흡사했다. 한 사람이 피를 봐야만이 끝나는 전쟁, 목숨을 건 사투처럼 서로를 향한 적의를 불태우고 있었다. 신후는 입 안에 고이는 피를 길바닥에 뱉어냈다.

"형에게는 은서가 게임거리 정도인가 보지?"

"게임이든 전쟁이든 아무래도 상관없어. 처음부터 내 것이었던 것을 되찾으려는 것뿐이니까."

"형 것이었다구? 허, 은서가 형 것이었던 적이 있기나 했어?"

"너 무슨 말 하는 거야?"

혁의 목소리는 음산할 정도였고, 굳게 말아쥔 주먹은 떨리고 있었다. 그러나 결코 물러서지 않는 신후였다. 혁의 살기가 담긴 눈빛 앞에서 작은 흔들림조차 보이지 않았다.

"내가 무슨 말 하는지는 형도 알 거야. 자, 돌려줄게. 이런 것 없어도 은서 잘살아."

신후는 재킷 속 주머니에서 봉투 하나를 꺼내 혁에게 내밀었다. 혁의 눈꼬리가 가늘어졌다.

"네가 왜 그걸 가지고 있어?"

"왜냐구? 은서가 곧 나니까. 형이 유일하게 나보다 더 많이 가진 건 돈뿐이잖아."

신후는 받을 생각을 전혀 않고 있는 혁에게 다가가 양복 재킷 주머니에 꽂으며 마지막 쐐기를 박았다.

"형, 착각하지 마. 나 스무 살 이신후가 아니야. 내 여자 하나쯤은 책임질 수 있는 대한민국 성인 남자지."

"훗."

혁이 웃어버렸다. 신후가 잡아먹을 듯 노려보고 있는데도 웃음을 멈추지 않았다. 결코 즐거워서 웃는 웃음이 아닌 비웃음이었다. 그리고 언제 웃었냐는 듯이 차가운 얼굴로 돌아갔다.

"이신후, 너무 장담하지 마라. 너한테 주어진 시간은 별로 길지 않을 거다. 그리고 분명히 얘기하는데 은서는 처음부터 내 것이었고 앞으로 그럴 거야. 잠깐 동안의 꿈에 행복해해라."

더 이상 할 말이 남아 있지 않다는 듯 뭉개져 피가 번지는 입가를 다시 한 번 닦으며 돌아서는 혁이었다. 혁이 차에 오르고 그 차가 사라질 때까지 신후는 석상마냥 꼼짝도 하지 않고 서 있었다. 입가에 생긴 상처에 피멍이 지고 터져 피가 고이는데도 두 눈을 부릅뜬 채 혁이 아직도 그 자리에 서 있는 것마냥 노려보고 있었다.

초조하게 서성이던 은서는 도저히 기다리고만 있을 수 없었다. 신후의 불 같은 한마디에 집 안으로 들어오고 말았지만 두 사람의 심상치 않은 눈빛을 본 그녀로서는 불안하기만 했다. 결국 대문 밖으로 나왔다. 망부석처럼 두 주먹을 굳게 쥔 신후가 골목길을 바라보고 서 있었다.

"신후야."

은서는 신후에게 다가가 그의 팔을 잡았다. 그리고 가로등 불빛에 비친 상처난 신후의 얼굴을 보고 자신도 모르게 거친 신음 소리가 흘러나왔다. 놀라 입을 다물지 못하는 그녀의 모습에도 아랑곳하지 않고 그는 세차게 은서의 손을 뿌리쳤다. 여전히 분노가 가라앉지 않은 눈이었다. 그러나 은서는 신후 입가에 흐르는 피와 벌겋게 부어오른 얼굴밖에 보이지 않았다. 신후가 거칠게 뿌리치는데도 불구하고 다시 그의 팔을 붙잡고 집 쪽으로 끌었다.

"신후야, 들어가서 약 바르자."

그러나 신후는 다시 한 번 은서의 팔을 털어내고 골목길을 내려갔다. 늦가을 밤바람이 집에서 급하게 나오느라 얇은 스웨터 하나만을 걸친 은서에게는 차가웠을 텐데도 느끼지 못했다. 그저 화난 모습으로 상처를 방치한 채 걸어가는 신후만이 보일 뿐이었다. 은서는 뛰어가서 그의 팔을 다시 붙잡았다.

"신후야, 미안해. 내가 잘못했어. 다시는 안 그럴 테니까 집에 가자. 응?"

그러나 신후는 묵묵부답이다. 그리고는 계속해서 걸었다. 은서는 멈추지 않는 그를 잡아끌어 보았지만 소용이 없었다.

신후는 동네 어귀의 포장마차 안으로 들어가 소주를 시켰다. 포장마차 아줌마가 신후의 터진 얼굴을 보고 멈칫했지만 따라 들어서는 은서를 보고 안심한 듯 소주와 잔을 내왔다. 신후는 은서가 앞에 앉아 있다는 것 자체를 무시하고 혼자 술을 따라 연신 마셔댔다. 혁을 만난 신후의 기분은 브레이크가 고장난 것처럼 어딘가에 부딪치지 않으면 멈출 수 없는 상태였다. 당장 은서 앞에서 폭발할 것 같은 마음을 술로 다스리고 있었다. 언제 가져왔는지 은서가 옆 자리로 오더니 물수건으로 입가에 맺힌 피를 닦았다. 뿌리치는 신후의 손을 무시하고 걱정이 가득 담긴 눈으로 아플까 조심하며 닦아내고 있었다.

"신후야, 집에 가자. 집에 가서 소독하고 약 바르자."

신후는 벙어리라도 되는 양 아무 말도 하지 않은 채 술잔만 비웠다.

"미안해, 내가 잘못했어. 오늘 얘기하려고 했단 말이야. 응? 집에 가자. 얼굴 흥진단 말야, 신후야."

은서는 신후에게 매달리고 달랬다. 신후의 술잔이 비워지는 속도가 조금씩 느려졌다. 어느 정도 진정이 되어가는 것 같았다. 은서는 더 이상 생각할 것도 없이 신후의 손을 잡아끌었다. 마지못해 일어선 듯한 신후는 지갑을 꺼내 계산을 했다. 그녀는 침묵하는 신후가 무서웠다. 설마 주먹다짐까지 하리라고는 생각지 못했다. 차라리 혁과 있었던 일을 왜 말하지 않았느냐고, 왜 거짓말을 했냐고 묻는 게 나을 것 같았다. 그의 말없는 항의가 더 힘들고 불안했다.

말없이 앞서서 걸어가는 그의 뒤를 따라 걸었다. 취기가 올라오는지 약간 비틀거리는 것 같아 놀란 나머지, 은서는 신후에게 달려가 그의 팔을 손으로 붙잡았다. 이번만은 뿌리치지 않았다.

집으로 돌아온 은서는 바쁘게 움직였다. 구급약품 상자를 찾아서 그의 방 침대에 누워버린 신후에게 달려갔다. 솜에 소독약을 발라 상처 부위를 소독했다. 따가운지 신후가 얼굴을 찡그렸다. 그런 신후의 표정을 살피며 은서도 아팠다. 자신의 살갗이 터져 피가 나온 것처럼 아팠다. 그리고 소독한 상처 부위에 연고를 발라주었다. 입가의 상처와 부어오른 오른쪽 뺨까지 조심스럽게 바르면서 그녀로 인해 벌어진 일이기에 한없이 미안했다.

"흉지지 않아야 할 텐데."

피곤한 듯 신후는 눈을 감고 있었다. 그러나 잠이 든 것은 아니라는 걸 은서는 알고 있었다. 다만 그녀와 마주하고 싶지 않은 것뿐이라는 걸.

"미안해, 신후야. 내 선에서 해결하고 싶었어."

어떤 대답을 기대한 것은 아니었으나 여전히 눈을 감고 있는 신후를 보니 서운한 감정이 불쑥 삐져 나온다. 구급약품 상자에 늘어놓았던 소독약과 연고를 담아 정리한 후, 이불을 그의 가슴까지 올려 덮어주었다. 그러고도 한참 동안 그를 내려다보았다. 결국 떨어지지 않는 발걸음을 옮기려고 돌아서는데 신후의 손이 그녀의 손목을 붙잡았다. 은서는 그의 침대에 걸터앉았다.

"다시는 만나지 마."

"알았어."

"다시 만나면 나 못 참는다."

"그래."

여전히 눈을 감고 있었지만 어느 정도 기분이 풀린 듯해 안심하며 일어서려던 참이었다. 그러나 신후의 손은 은서의 손목을 놓아주지 않았다. 언제 일어나 앉았는지 신후의 얼굴이 그녀의 얼굴 앞에 와 있었다. 상처 자국이 선명한 입술이 그녀에게 다가왔다. 아플 텐데 하는 생각이 스쳤지만 다가오는 그의 입술을 피할 수 없었다. 아주 조심스럽게 그녀의 윗입술과 아랫입술을 핥는 부드러운 촉감은 그의 입술이 터져 부어올라 있다는 것을 잊게 했다. 서로의 입술을 탐하는 시간이 길어지고, 저 안 심연을 들여다보듯 깊이 뿌리 박힌 혀와 혀의 속삭임도 그칠 줄 몰랐다. 은서도 더 이상 물러나지 않고 신후가 뿜어내는 뜨거운 열기를 적극적으로 받아들이고 있었다. 그들에게는 위로가 필요했고 또한 절박했다. 신후에게는 끝까지 그의 사랑을 지킬 수 있는 힘이 필요했고, 은서는 어쩌지 못하는 현실에서도 포기할 수 없는 신후는 희망이자 사랑이었다. 지금 이 순간은 두 사람에게 어떠한 것도 방해가 되지 못했다. 오로지 그와 그녀만이 존재할 뿐이다. 그들을 옭아매는 것은 더 이상 존재하지 않았다.

서로의 숨결에, 서로의 가슴 떨림에 정신이 혼미해져 갔다. 신후의 손이 머무르는 젖가슴, 겉옷을 통해 느껴지는 그 생생한 전율에 은서는 몸을 떨었다. 다급한 손길이 그녀의 스웨터 속으로 들어와 뜨거워진 가슴을 어루만졌다. 은서는 두 손을 그의 머리카락 속에 파묻으며 끌어안았다. 은서는 말로서 표현하지 못하는 그녀의 사랑을 망설임없이 그에게 보여주고 싶었다. 뜨거운 갈증을 해소하려는 듯 만남과 헤어짐을 반복하는 뜨거운 입술과 혀. 그러나 여전히 목마름은 더해만 가는 것 같다.

물줄기를 찾아 헤매는 것처럼 신후의 입술이 은서의 귓불과 턱을 지나 목으로 배회했다. 그리고 마침내 찾아낸 듯 다급하게 은서의 젖가슴을 빠는 신후다. 그를 위해 준비되어진 것처럼 그의 손길과 입맞춤을 기다리고 있는 그녀의 가슴에 얼굴을 묻으며 신후는 거친 숨을 몰아쉬었다. 탱탱한 가슴을 입술과 혀로 자극할 때마다 은서의 입에서 쏟아져 나오는 신음 소리에 신후의 몸은 격렬히 일어서고 있었다. 머리부터 발끝까지 살아서 움직이는 듯 쭈뼛쭈뼛 솟아오르는 감각들로 인해 신후도, 은서도 이미 이성의 끈을 놓아버린 지 오래였다. 누구의 것인지 알 수 없는 거친 신음 소리가 방 안 가득 떠돌았다.

봉곳이 솟아오른 봉우리를 이로 살짝 깨물자 은서의 입에서 비명 소리가 흘러나왔다. 더 이상 참을 수 없을 것 같다. 그의 침대에 은서를 눕히고 그는 이미 그녀 위에 올라와 있었다. 말아 올려진 스커트 사이의 그녀 허벅지를 신후의 손이 쓸었다. 아찔한 느낌에 은서는 어쩔 줄 몰라 몸을 비틀었다. 세상에 존재하는 것이라고는 그들뿐이었다. 너무 몰입한 나머지 주위의 것들은 이미 그들이 존재하는 세상 밖으로 사라지고 없었다. 결국 현관문이 열리는 소리를 듣지 못했다.

"은서야."

은서를 찾으며 은서의 방문을 열어보는 경진의 음성도 듣지 못했다.

"애들이 아직도 안 들어왔나? 신후야."

그들이 함께 누워 있는 신후의 방을 향해 다가오는 발자국 소리와 부르는 소리에 비디오의 일시정지 버튼을 누르기라도 한 듯 동작이 멈추었다. 달아올랐던 몸은 순식간에 차갑게 식어버렸다. 놀라 커진 눈과 당황해 어쩔 줄 모르는 눈이 만났다. 신후는 은서의 옷을 재빨리 내려주고 침대에서 내려갔다. 은서도 튕기듯 일어났지만 어떤 행동을 취해야 할지 몰라 벽만 바라보고 있었다. 얼굴은 새파랗게 질리다 못해 백지장처럼 하얘지고, 놀란 심장은 널뛰듯 했다. 문이 열렸다.

"어? 둘이 여기서 뭐 해? 부르는데 대답도 안 하고…… 헉!"

경진의 말은 더 이어지지 않았다. 신후의 얼굴을 보았기 때문이다.

"어떻게 된 거야? 이 얼굴 누가 이런 거야?"

옆에 서 있던 은서는 뜨끔했다. 아무 말도 못한 채 입을 다물고 있었다. 혹시나 경진이 눈치 챈 것은 아닌가 그저 조마조마한 마음뿐이었다.

"포장마차에서 술 한잔하다가 시비가 붙었어."

"하여튼, 다 큰 녀석이 사춘기 때도 안 하던 주먹질을 하고 다녀? 이놈아, 너도 낼모레 장가갈 나이야."

그러면서도 심하게 다친 것은 아닌지 신후의 얼굴을 연신 살폈다. 그러다 우두커니 서 있는 은서를 보았나 보다.

"근데 은서 넌 이 밤에 신후 방에는 왜…… 약 발라줬냐?"

"네."

은서를 보고 말하던 경진은 은서의 발 아래 놓여 있는 구급약품 상자를 보았던 모양이다.

"너도 공부하느라 피곤할 텐데 그만 가 자라."

"네."

좀 더 있었다면 다리에 힘이 풀려 쓰러지고 말았을지도 모른다. 극도의 긴장 상태였다. 은서는 조용히 문을 닫고 나와 긴 숨을 몰아쉬었다.

은서가 나가자 신후는 경진의 얼굴을 살피며 물었다.

"어머니, 이 시간에 은서랑 한방에 같이 있으면 안 돼요?"

"그건 왜 묻는데?"

"어머니 말투가 좀 이상해서요."

경진은 신후의 상처가 여간 못마땅한 듯 얼굴을 찡그리더니 그의 말에 다소 눈꼬리를 올리며 말했다.

"너희야 남매처럼 자랐으니 아무렇지도 않겠지만 이제 너희도 결혼할 나이가 다 된 처녀, 총각인데 야밤에 한방에 같이 있는 모양새가 엄마가 보기엔 좋아 보이진 않는다. 서로가 아무리 허물이 없다고 해도 주의할 것은 주의해야지. 혹여 다른 사람들이 오해의 눈으로 볼까 봐 염려스럽기도 하고……."

말꼬리를 흐리는 경진이었다.

"한 번만 더 싸우고 다녀봐. 여기서 좀 더 늙으면 엄마 할머니 된다. 푹 자라."

경진이 나갔지만 신후는 잠을 이룰 수 없었다. 혁이 내뱉었던 말들이 기억 속에서 지워지지 않고 재생되었다. 은서를 자신의 소유물인 듯, 당연히 돌아올 것을 장담하는 혁을 보면서 속에서 치밀어 오르는 분노를 참을 수 없었다. 너무나 자신만만해하며 여유로운 태도가 그를 더욱더 자극했다. 도대체 무엇을 믿고 호언장담하는지 의심스러웠다. 은서의 흔들리는 모습이라도 본 것일까 하는 의문이 언뜻 스쳤지만 신후는 그 생각을 밀어냈다. 은서는 분명히 다시는 만나지 않겠다고 약속했다. 오늘 혁과의 일을 말하려고 했다고 했다. 그렇다면……. 의문의 꼬리는 자꾸 길어져 갔지만 어떤 대답도 얻을 수 없었다. 한숨이 나왔다. 혁이 무슨 생각을 하든 상관없다는 생각이 불쑥 들었기 때문이다. 지금 은서 곁에는 그가 있고, 그를 결코 거부하지 않는 은서이지 않은가. 은서를 생각하는 것만으로도 얼굴에 미소가 고이고 몸은 달아오른다. 오늘 경진이 갑자기 들어오지 않았다면 그와 은서는 미지의 끝까지 갔을 것이다. 그 생각만으로도 다시 몸이 긴장하기 시작했다. 문득 은서는 잠들었을까 궁금했다. 혹시 경진으로 인해 상처받지는 않았을까 염려스러웠다. 은서의 말이 옳았다. 경진의 머리 속에 은서는 없었다. 그와 연결된 사람으로 전혀 생각지도, 고려하지도 않고 있음을 내비쳤다. 가슴이 답답하다. 당장이라도 건너가 자기만 믿으라고 안아주며 등을 토닥여 주고 싶은 마음이 굴뚝같았지만 경진이 있는 집은 그와 그녀 사이에 건널 수 없는 거대한 강이 흐른다.

집으로 돌아온 혁은 상처 치료에는 관심도 없었다. 들어오자마자 거실 테이블에 신후가 건넨 봉투를 집어 던지고 장식장에 놓여 있던 술부터 꺼내 병째 마셔댔다. 얼마나 이를 악물고 뒤돌아서 왔는지 아무도 모른다. 나이 어린 녀석 앞에서 얼마나 자존심이 상했는지 차를 미친 듯이 몰았다. 앞뒤 주위에서 울려대는 클랙슨 소리도 무시한 채 무작정 달렸다. 거리의 무법자처럼 차선을 변경하며 질주했다. 신후가 3년 동안 뭘 했냐고 묻는데 가슴이 쓰라렸다. 그가 헛되게 보내 버린 시간이 생각나서 씁쓸했다. 그러나 그것은 아무것도 아니었다. 언제 은서가 그의 것이었던 적이 있냐며 비웃는 신후를 보며 다시 주먹이 나갈 뻔했다. 주먹이 바들바들 떨리는 것을 참아야 했다. 다시 주먹이 나간다면 그냥 간단하게 넘어갈 수 없을 것 같았다. 그 녀석의 목을 조르는 일이 발생할 것 같아 참고, 또 참았다. 신후는 그와 은서의 결혼 생활에 대한 모든 것을 알고 있었다. 지독한 배신감이 그의 몸을 휘감았다. 은서에게 배신감을 느낀다는 것 자체가 말도 안 되는 일이었지만, 그와의 결혼 생활을 신후가 다 알고 있다는 사실이 충격으로 다가왔다. 눈빛으로 사람을 죽일 수 있었다면 분명히 신후는 그 자리에서 죽었을 것이다. 그러나 너무나 당당하던 신후, 한 여자의 사랑을 확신하는 신후 앞에서 그는 작아지는 자신의 모습을 봤다. 그에게 그녀의 남자임을 강조하며 묘한 뉘앙스를 풍기는 신후 앞에 혁은 가소롭다는 듯이 웃어줬다. 그러나 속으로는 끓어오르는 분노가 하늘을 찌를 듯했다. 이를 갈았다.

쓴 술을 물 마시듯 넘겼다. 그의 앞에서 호기를 부리고 있는 녀석에게 쓴맛을 안겨주고 싶다. 자신과 똑같은 기분을 맛보게 하고 싶다. 혁은 이미 신후가 그 쓴맛을 맛보았다는 걸 잊고 있었다. 무엇이든 잃어버린 자만이 잃어버린 것에 대한 소중함을 더 절실히 깨닫듯이 이미 그것을 경험한 신후가 결코 호락호락하지 않다는 걸 혁은 놓치고 있었다. 은서를 되찾겠다는 결심에 신후는 불을 지피어준 꼴이었다. 은서도 갖고 싶었지만, 신후의 자신감을 처참하게 깔아뭉개고 싶다. 은서는 분명 그에게 돌아올 것이다. 그때도 녀석이 오늘처럼 그 앞에서 승자의 여유를 보일 수 있는지 확인하고 싶다. 신후는 그에게 승부욕을 후끈 달아오르게 했다. 술을 꽤 마셨는데도 불구하고 그의 눈빛은 그 어느 때보다 살아서 활활 타오르고 있었다. 최후의 승자는 반드시 그가 될 것이다. 굳게 다문 입은 그렇게 말하고 있었다. 테이블 한쪽 구석에 내팽개쳐져 있는 봉투를 보며 혁은 피 냄새를 맡은 독수리마냥 매서운 눈에 한쪽 입가가 올라갔다.

사랑하기에 떠나야 한다는… 중얼

"미치겠다, 자꾸 너 만지고 싶어서."

"왜 그래?"

…올려다보는 은서에게 신후는 피식 웃는다.

진이 떨어지지 않았다면 분명 그녀는 신후와 일을 내고 말았을 것이다. 그의 손길과 입맞춤에 멀던 자신의 모습은 검초차까지…

다음날 아침, 은서는 신후와 눈을 마주칠 수 없었다. 비단 그것이 은서만은 아니었다. 신후도 예전과는 다르게 은서를 바로 보지 않았다. 그런 신후의 모습이 당황스러웠지만 은서는 묻지 않았다. 어젯밤의 일을 생각하면 얼굴부터 뜨거워졌다. 아마도 경진이 들어오지 않았다면 분명 그녀는 신후와 일을 내고 말았을 것이다. 그의 손길과 입맞춤에 떨던 자신의 모습은 꿈속까지 따라와 그녀를 괴롭혔다. 그녀의 생각들이 얼굴에 드러날 것 같아 은서는 경진의 앞에서 고개조차 들지 못했다. 경진과 함께 아침 식사를 마치고 신후와 집을 나섰다. 대문 밖에 나오자 대뜸 신후가 은서의 허리에 손을 두른다. 놀란 눈을 하고 올려다

보는 은서에게 신후는 피식 웃는다.

"왜 그래?"

"미치겠다, 자꾸 너 만지고 싶어서."

"뭐? 너 왜 징그럽게 느물거려?"

"집에서는 어머니 때문에 눈치 보여서 아무것도 못하잖아. 밖에서 이 정도도 못해?"

"못 말려! 빨리 가기나 해. 늦겠어."

며칠 동안 혁과의 일은 없었던 것처럼 두 사람은 행동했다. 그러나 결코 잊은 것은 아니었다. 신후는 그날 이후로 아침, 저녁으로 하루도 빠짐없이 은서의 학원으로 도장을 찍었다. 혹시 또 혁이 나타나 은서를 데려가는 일이 발생할지도 모른다는 불안감이 늘 존재했다. 은서도 불안하기는 마찬가지였다. 결코 그냥 물러설 혁이 아니라는 것을 알기 때문이다. 조만간 무슨 일을 낼 것 같은 혁의 침묵이 폭풍 전야처럼 느껴져 더 초조했다. 그러나 그 초조함은 일시에 사라지고 분노로 바뀌었다. 혁은 침묵하고 있었던 게 아니었다. 그녀의 숨통을 조여오고 있었는데 그것을 몰랐을 뿐이었다.

신후는 요즘 그녀를 집까지 데려다 주고 또 선배 사무실로 출근을 했다. 당분간 쉬겠다고 했는데 급한 일이 생기는 바람에 뜻대로 되지 않는다며 새벽에서야 들어오는 그를 봤다. 피곤이 묻어나는 신후의 얼굴을 보며 은서는 미안했다.

아침에 준비를 하는데 방에서 나오는 신후가 보였다. 분명히 그녀 때문에 얼마 자지 못하고 일어난 것이다.

"오늘도 선배 사무실에 가야 돼?"

"응, 그래야 될 것 같아."

"그래? 그럼 난 오늘 쉬어야겠다."

"응? 나 일하는 거랑 무슨 상관이라고 쉬어?"

"몸이 찌뿌드한 게 아무래도 감기가 오려나. 요즘 너무 무리했나 봐."

신후가 걱정스러운 눈으로 다가와 그녀의 이마에 손을 올려 본다.

"공부도 좋지만 적당히 해. 너, 나 새벽에 들어올 때까지 잠 안 자고 공부하지?"

"알았어?"

"그럼. 내가 너에 대해서 모르는 게 뭐가 있는데? 그래, 오늘은 푹 쉬어라. 심한 것 같으면 얘기해. 약국 가서 약 사 올게."

"아냐, 푹 쉬고 나면 괜찮을 것 같아. 너도 들어가서 좀 더 자."

"그럴까? 그런데 어머니는 아직 안 일어나신 거야?"

"응. 아무래도 요 며칠 기분이 저조하신 것 같아. 말씀은 안 하시는데 무슨 걱정이 있는 것도 같고."

"그래?"

그러면서 은서를 본다. 은서 역시 신후의 생각과 같았기에 아무 말도 하지 않은 채 굳게 닫혀진 경진의 방문을 쳐다보았다.

"괜찮을 거야."

그도 경진의 방문을 한 번 쳐다보더니 순간 장난기 가득한 얼굴을 하고 은서의 입술에 살짝 입을 맞추었다. 놀라 커다란 눈망울을 굴리는 은서의 얼굴이 더 재밌는지 신후는 큰 소리로 웃으며 그의 방으로 들어가 버렸다. 그녀는 얼이 빠진 사람마냥 한동안 멍하니 서 있었다가 자신도 피식 웃고 말았다.

한동안 못 잔 잠을 몰아 자고 일어나니 벌써 오전 시간이 한참 지나 있었다. 방문을 열고 나오자 부엌 식탁에 둘러앉아 경진과 한 여자의 두런두런 이야기 소리가 들려왔다. 잠이 덜 깨잘 알아듣지 못했는데 아무래도 같이 입주한 꽃가게 아줌마인 듯했다.

"세상에 공짜는 없다는 말이 하나도 틀리지 않아."

"있는 사람이 더 무서운 세상이라니까요. 갑자기 그렇게 보증금을 올리면 나가라는 소리하고 똑같은 것 아니에요? 돈 싸서 지고 사는 사람이 아니고서야 한두 푼도 아닌 돈이 어디서 나온다고. 그런 돈 있으면 새벽부터 일어나 시장에서 다리품 팔며 그 장사를 하고 살겠어요?"

"그러게. 자네는 꽃 사러 새벽시장 다니지? 나도 열불이 나서 그 소리 듣자마자 부동산 박씨한테 달려갔는데 우리가 억지라네. 주변시세가 더하면 더했지 못하지는 않는다구. 그러면서 알 만한 사람들은 보증금 오를 걸 다 알고 입주했다잖아."

체념한 듯 경진의 목소리가 가라앉아 있었다. 꽃가게 아줌마는 아직도 열이 나는지 식탁 위에 놓여 있던 찬물을 벌컥벌컥 마셨다. 은서는 방문을 열고 나와 화장실로 가려던 발걸음이 걸걸한 꽃가게 아줌마의 말에 멈춰지고 말았다. 보증금 이야기가 나오는데 왜 갑자기 심장부터 벌렁거리기 시작하는지 알 수 없지만 막연하게 느껴져 오던 불안한 예감이 바로 현실로 들이닥칠 것 같아 숨을 죽여야만 했다.

"그래요? 그런데 왜 지금까지 이렇다 저렇다 말도 없다가 갑자기 이 난리래요?"

"떡집 이씨가 사람 참 좋았잖아. 몇 년 동안 임대료 한 번 안 올리고 없는 사람 챙기고. 이씨가 개발업자에게 건물 넘기면서 세든 사람들 계약 기간까지는 그대로 유지한다는 조건으로 넘겼대."

경진의 말이 떨어지자마자 꽃가게 아줌마의 눈에 빛이 났다. 어쩌면 무슨 방도가 있지 않을까 하는 기대감 같은 거였다.

"그럼 언니도, 나도 아직 계약 기간이 6개월이나 더 남았는데 갑자기 이 달 말까지 보증금을 더 내놓으라는 건 무슨 심보래요?"

"입주자 회의에서 다른 가게 주인들이 사람 차별하냐며 들고 일어났대잖아. 사람들 심보가 왜 그 모양인지."

"하여튼, 남이 잘되는 꼴은 못 봐요. 나쁜 사람들 같으니. 다 같이 어렵게 장사하는 사람 속 뻔히 알면서 누가 우리 보증금

적다고 꼰질렀나 보네."

"아무래도 그런 것 같아. 세상 인심 야박해진 게 어디 한두 해
야?"

꽃가게 아줌마의 눈이 빛을 잃고 흐려졌다. 축 처져 있는 어
깨에 고된 삶의 무게가 느껴졌다. 실낱같은 희망이라도 있을까
싶어 아침부터 경진을 찾아왔나 보다. 그러나 희망은커녕 현실
로 받아들여야 하는 절박한 상황만 깨닫게 되는 듯 마른 입술을
물로 축이고 있었다. 무거운 한숨이 절로 나오는 것 같았다.

"후, 언니는 어떡할 거예요? 인테리어 비도 만만치 않게 들어
갔잖아. 난 아무래도 내놓아야 될까 봐."

"대출 알아봐야지. 왜, 힘들 것 같아?"

"서방복 없는 년이 별수있겠어? 남편 그렇게 가고 그나마 시
작한 장사가 꽃장사였는데…… 언니 알잖수, 내가 그래도 꽃을
좋아한다는 것. 겨우 세 식구 밥 먹고 살면서도 내 좋아하는 일
한다 싶어 만족하고 살았는데, 그것도 이젠 끝인 것 같아. 어디
은행 대출이 나 같은 사람한테 해당되는 소리예요? 지금 사는
집도 계약 기간이 다 돼서 보증금 올려 달라는데, 왜 이리 사는
게 빡빡한지 요즘 같아선 먼저 간 남편이 정말 원망스럽다니까
요."

"그럼 뭐 하려구? 아직 애들도 학생이잖아."

"뭐, 다른 것 알아봐야지. 몸 성한데 밥이야 굶겠어요?"

경진도 아줌마의 이야기를 들으며 안타까운 얼굴을 했다. 경

진이 홀로 걸어온 삶만큼이나 그 아줌마의 인생도 순탄하지만은 않은 듯했다. 왠지 남의 일처럼 느껴지지 않았다.

"나도 아직까지 살아오면서 빚이라고는 없이 살아왔는데 다 늙어서 은행 대출 창구를 기웃거리려니 마음이 안 편하기는 해. 은행 이자도 걱정되고. 그래도 할 줄 아는 거라고는 이것밖에 없는데 어떡하겠어?"

은서가 부엌에 들어온 것도 모른 채 연신 한숨을 내쉬며 경진과 아줌마는 이야기를 나누고 있었다.

"이모."

경진보다 수더분한 모습을 한 꽃가게 아줌마가 먼저 아는 척을 했다.

"어, 은서 집에 있었구나?"

"무슨 말씀이세요? 보증금을 올려달라니? 이모, 그 건물주 사람 좋다고 칭찬했었잖아."

은서는 말하면서도 자신의 예감이 틀리기만을 바랐다. 분명 자신이 잘못 생각하고 있는 것이길 바랐다.

"사람 좋기는? 그 사람 인심 쓴 것 하나도 없다. 옛날 건물 주인 이씨 아저씨가 애쓴 거지. 하여튼 그것도 모르고 언니랑 내가 입이 마르도록 칭찬을 하고 다녔으니 속도 없었지."

경진도 생각이 많은지 은서의 물음에는 대꾸도 없이 침묵하고 있었다.

"건물주 만나서 얘기해 보면 안 돼요? 이씨 아저씨랑 조건부로 계약했다면서요."

"건물주가 사람이 아니고 회사란다. 사장이라는 사람은 바빠서 만나지도 못하고 관리 책임자한테 갔더니 선처를 부탁한 것뿐이래. 그래서 그러마 했던 건데 일이 커져서 이제는 자기네도 어쩔 수 없다나. 기회는 이때다 싶었겠지."

"회사요? 회사 이름이 뭔데요?"

은서의 손에서는 땀이 흥건히 고이고 있었다. 이 정체를 알 수 없는 불안함은 곧 밝혀질 것이다. 그러나 그녀의 몸은 이미 대답을 알고 있기라도 한 듯 바짝 긴장하고 있었다. 경진의 개업식 날 보았던 혁의 모습이 뇌리를 스치며 그가 어떻게 알고 찾아왔을까 하는 의문이 머리 속을 가득 메운다.

"언니, 서진 뭐랬지?"

너무 귀에 익은 이름이었다. 그 불안한 예감은 현실이 되어 다가왔다.

"서진 부동산 개발."

결코 원하지 않는 결과였지만 예감은 적중했다. 목이 탔다. 물을 마시기 위해 식탁 위에 있던 물병을 들었으나 컵에 제대로 따를 수가 없었다. 진정하려고 했지만 몸은 떨림을 멈추지 않았다. 겨우 몇 모금으로 목을 축인 후, 컵을 식탁에 내려놓으며 경진을 봤다. 경진도 은행 대출 건으로 많이 고민한 탓인지 더 나이가 들어 보이는 것 같았다. 나이에 비해 늘 곱기만 하던 경진의 얼굴에 근심이 가득했다.

"저…… 이모, 나 돈……."

"최은서!"

경진이 은서의 말을 중간에서 잘랐다. 놀란 눈으로 쳐다보는 그녀에게 화가 난 얼굴을 했다. 은서는 경진의 태도에 당황해 커다란 눈만 말똥말똥 굴렸다.

"감기 기운 있다며, 괜찮아?"

"네."

얼떨결에 은서는 대답했다.

"그래도 쉬는 김에 푹 쉬어. 들어가라."

은서의 건강을 염려하는 말이었지만 나무라는 듯한 말투였다. 은서는 경진의 화난 눈초리에 눌려 인사를 하고 방으로 들어왔다. 설마 경진은 사주가 혁인 것을 알고 있는 것일까? 그녀는 좁은 방 안을 수없이 배회했다.

서진 부동산 개발(주)는 과거 서진건설의 또 다른 이름이다. 선대에 물려받은 토지에 소규모 아파트 단지를 건설해서 분양하던 서진건설은 시대의 변화와 함께 구매자들이 대규모 아파트 단지를 선호하는 경향이 커지면서 아파트 건설사로서의 한계를 드러냈다. 오랫동안 당뇨로 고생하시던 강 회장이 뒤로 물러나고 혁이 전면에 나서면서부터 회사에는 많은 변화가 일기 시작했다. 소규모 아파트 단지 건설에서 손을 과감히 뗀 혁은 투자자들을 불러모아 도저히 상가로서 역할을 다 하기 힘든 낡은 건물들을 사들여 대형 상가로의 탈바꿈을 시도했다. 분양을 중심으로 했으나 막대한 상권의 중심지가 예상되는 곳은 보유하며 임대를 주다가 어느 정도의 프리미엄이 붙으면 분양하는 이원화된 마케팅 전략으로 많은 이윤을 남겼다. 그의 탁월한 사업 감각은 커지는 규모만큼이나 많은 수익을 창출하여 현재는 상가 재건축을 포함하여 리조트 단지 건설, 전원 주택 단지 개발, 리모델링 등 부동산에 관련된 모든 분야를 넘나들며 부동산 개발 회사로서의 입지를 넓히고 있었다.

결혼 생활 내내 허수아비인 그녀였지만 귀는 열려 있었다. 소외되어진 식탁에서 그의 가족들이 나누는 이야기들은 듣고 싶지 않아도 너무 잘 들렸다. 혁이 어떻게 경진의 개업식을 알고 찾아왔는지 그 의문도 쉽게 풀렸다. 그는 처음부터 알고 있었다, 그의 건물에 경진이 입주했다는 사실을. 그가 말한 행동으로 보여주겠다는 것이 이것을 두고 한 말인가? 혁은 너무도 자신만만했었다. 그녀가 그에게 올 것이라는 확신이 있는 것처럼 군 이유가 바로 이런 일을 계획하고 있기 때문이었나 보다. 화가 머리끝까지 치솟았다. 당장이라도 전화해서 어떻게 사람이 그럴 수 있냐고 따지고 싶었다. 화가 나 정신없이 방 안을 서성이던 은서에게 경진이 부르는 소리가 들렸다. 꽃가게 아줌마는 갔는지 보이지 않고 경진이 커피 두 잔을 들고 부엌에서 나오는 중이었다.

"좀 앉자."

"네."

"너…… 좀 전에 돈 이야기 꺼내려고 했던 것 맞지?"

은서는 흠칫 놀라며 고개를 끄덕였다.

"물에 빠진 사람은 지푸라기라도 잡으려고 해. 남의 사정 같은 건 안 봐주지. 그 돈이 어떤 돈이니? 네 부모 목숨하고 바꾼 돈이야. 그런 돈을 그 자리에서 있다고 말해? 그래서 꽃가게 아줌마 빌려주려구?"

그녀는 깜짝 놀랐다. 그녀가 말을 꺼냈던 것은 경진이 대출을 알아본다고 해서였다. 경진이 오해한 듯해 은서는 눈치를 살피며 조심스럽게 이야기했다.

"이모, 난 이모가 대출을 알아본다고 해서……. 안 쓰고 가지고만 있는데 뭐. 쓰고 나중에 돌려주면 될 것 같아서요."

"최은서, 물에 빠진 사람은 지푸라기도 잡으려고 한다고 말했지? 꽃가게 아줌마가 그래. 그 돈 얘기 꺼내기가 바쁘게 너한테 빌려달라고 했을걸. 그럼 너, 그 자리에서 거절할 수 있었겠어? 분명히 말하는데 내 앞에서 두 번 다시 그 돈 얘기 꺼내지 마. 그 돈은 네 부모의 목숨값이자 내 친구의 목숨 대신이야. 내가 설사 가게를 내놓는 한이 있더라도 절대 네 돈은 안 써. 그 돈은 오로지 너 자신을 위해 써라. 아직 넌 살 날이 더 많아. 너를 지켜줄 수 있는 부모 대신 네가 가진 전부야. 그걸 함부로 얘기하지 마. 이모 오늘 기분이 무지 나쁘다. 두 번 다시 이런 일로 얘기하는 일 없었으면 좋겠다."

"이모……."

"너도 나이 들 만큼 들었으니까 내가 무슨 말 하는지 이해할 거야. 난 그만 나가봐야겠다."

경진은 늦은 출근을 위해 준비하기 시작했다. 은서는 다 식어 버린 커피를 앞에 두고 우두커니 앉아 있었다. 경진이 쌀쌀해진 날씨 탓에 두꺼운 카디건을 걸치고 밖으로 나가려고 신발을 신고 있었다. 반쯤 정신이 나가 있던 은서는 정신을 차리고 나가 배웅을 했다.

"다녀오세요."

"그래. 점심 챙겨 먹고."

경진이 나간 후 텅 빈 집 안에 홀로 남아 다시 거실 소파에 털썩 주저앉았다. 여전히 가득 담겨진 커피에서는 더 이상 김도, 향기도 나오지 않았다. 경진이 나무라듯 그녀에게 쏟아놓은 말들이 하나도 틀리지 않았지만, 왜 이리 마음이 아픈지 모르겠다. 정말 부모님의 목숨과 바꾼 돈, 교통사고로 돌아가시고 나온 보험금은 그녀를 지켜주지 못하는 부모님 대신이었다. 그러나 은서는 지금까지 부모님의 목숨과 바꾼 돈이라 함부로 사용할 수 없다고만 생각했지 부모님 대신이라고는 생각지 못했다. 세상에 정말 혼자였구나. 이것 말고 날 지켜줄 것은 없다고 말하는 듯한 경진의 말이 섭섭하기만 했다. 그녀에게 있어서 경진은 가족이었다. 분명히 그녀를 지켜줄 또 한 사람의 어른이자 가족이라고 철썩같이 믿었는데 밀어내는 듯한, 선을 긋는 듯한 경진의 말에 은서는 울컥 눈물이 올라오는 걸 참아야 했다. 자꾸만 경진에게서 느껴지는 거리감이 그녀를 힘들게 했다. 속내까지 들어내며 수다를 떨던 시절은 어디로 갔는지 경진의 앞에서 자꾸 움츠려드는 자신을 발견했다. 한 사람을 사랑하는 일이한 사람을 잃어야 하는 일이라면 사랑하고 싶지 않다. 그러나그녀는 이미 선택권을 잃어버렸다. 멈춰야 할 때 멈추지 못했다. 이제는 한 사람이 아닌 두 사람 모두를 잃게 될 것 같은 불안감이 엄습해 왔다.

자신을 봐주지 않는다고 해서, 자신을 사랑하지 않는다고 해서 혁을 잔인한 사람이라고 생각하지는 않았다. 인간의 감정이라는 게 마음대로 되는 건 아니니까. 원하지 않는 사람과의 결혼이 그 또한 쉽지는 않았을 테니까. 그런데 이런 식으로 그녀에게 압력을 가하는 혁은 너무 잔인하다. 그렇지 않아도 경진과자꾸만 멀어지는 것 같아 안타깝기만 한데 혁은 기름통에 불을지피는 것 같다. 도저히 헤어 나올 수 없는 소용돌이 속으로 빨려 들어가는 것 같다. 그를 정말 이해할 수 없다. 함께했을 때눈길 한 번이라도 제대로 줬더라면 은서는 쉽게 포기하지 못했을 것이다. 따뜻한 말 한마디라도 건넸더라면 오래도록 마음을접지 못했을 것이다. 그를 떠나 힘들고 외롭던 날들, 누군가가절실히 필요할 때 그녀 옆에 있어주었던 사람은 신후였다. 따뜻한 눈빛과 손길, 위로의 한마디, 농담처럼 던지는 사랑의 표현들. 영원히 가슴에 생채기로 남을 것 같았던 오랫동안의 짝사랑은 마침내 종지부를 찍었다. 혼자 바라보고, 아파하던 가슴은 그녀를 향해 따뜻하게 웃고 있는 신후로 인해 설레기 시작했고, 그를 향하는 자신의 시선을 느껴야 했다. 사랑받고 보호받는다는 느낌, 그 기분 좋은 느낌을 신후로 인해 알게 되었다.

그런데 이미 꺼져 버린 불씨를 혁은 다시 지피려고 한다. 이미 다 타 재만 남아버린 가슴을 그는 모르는 척한다. 어떻게 해야 할지 가슴을 천으로 친친 동여맨 것처럼 답답하다. 쉬기 위한 하루는 이미 사라지고 없었다. 묵직한 현실과 고민거리만이 그녀를 휘감은 채 놓아주지 않았다.

우환은 겹쳐서 오는 것일까? 혁이 날린 강한 펀치에 정신조차 차리지 못하고 있는 그녀에게 또 하나의 반갑지 않는 손님이 찾아왔다. 도저히 먹히지 않는 점심을 건너뛰고 해결되지도 않는 고민거리에 두통이 일 때쯤 초인종이 울렸다. 계속 바쁜 신후가 그 시간에 집에 돌아올 리도 없었고, 경진도 퇴근하려면 이른 시간이었기에 모른 척하려고 했다. 지금 기분 같아서는 잡상인과의 대화조차 힘겨울 것 같았다. 거절하는 것도, 또 말이 길어지는 것조자 번거로웠다. 그러나 초인종 소리는 그녀가 집에 있는 것을 다 알기라도 한 듯 지겹게 울려댔다. 은서는 무거운 몸을 이끌고 점점 심해져만 가는 두통으로 인해 양손으로 머리를 지근지근 누르며 현관으로 갔다.

"누구⋯⋯?"

수연이었다. 집에 있는 것을 다 알고 찾아왔는데 일부러 문을 안 열어준다고 생각하는지 신경질적으로 머리카락을 손으로 흩트러뜨렸다.

"미안해. 넌 줄 몰랐어."

짜증 섞인 얼굴을 하고 들어와 제 집인 양 거실 소파에 가 거드름을 피우듯 발을 꼬고 앉았다.

"믿어지진 않지만 믿을게. 나, 시원한 것 한 잔 주라."

"그래."

은서는 당황했다. 이 시간에 왜 수연이가 집을 찾아왔는지 의심스러웠다. 그녀가 집에 있는 것을 알고 온 게 분명했다. 낮 시간에는 아무도 집에 없다는 것을 누구보다도 잘 아는 수연이가 무작정 찾아올 리가 없었다. 올 것이 온 것만 같았다. 이런 날이 올 거라고 예상은 했지만 오늘 들이닥친 수연은 은서에게 꽤 큰 충격이었다. 아직 혁이 준 충격의 여파가 가시지 않아서 더욱 그럴 것이다. 이런 날이 오리라 예상했음에도 은서는 어떤 대답도 준비하지 못했다. 담담하게 그녀의 마음을 표현해야 하는지, 그렇다면 바로 경진의 귀에 들어갈 것이다. 그렇다고 아니라고 말해야 할지 또 다른 선택의 기로 앞에 서 있었다. 아, 머리가 깨질 듯 아프다. 은서는 냉장고에서 주스를 꺼내 수연에게 가져갔다.

"나, 너 만나려고 왔어."

"알아."

의외로 담담한 말투가 흘러나왔다.

"그럼 내가 무슨 말 할지도 알겠네."

"……."

수연이 무슨 말을 할지 잘 알고 있다. 그러나 그녀는 아무 대답도 할 수 없었다.

"나…… 너한테 부탁하러 왔어."

"뭐?"

신경질적으로 집 안에 들어서던 모습과 달리 조심스러운 말투로 그녀에게 부탁하러 왔다고 말하고 있었다. 강하게 나올 것이라 예상했던 것과는 다른 의외의 모습이 은서를 더욱더 구석으로 모는 것만 같았다.

"너도 신후에 대한 내 마음 알고 있을 거라 생각해. 이런 말 다시 꺼내고 싶지는 않지만 서울에 돌아왔을 때 나, 너 용서했어. 혁이 오빠와 행복하라고 말해 줄 생각이었어. 내가 널 용서할 수 있었던 것은 신후가 곁에 있었기 때문이야. 너와 혁이 오빠 때문에 힘들어하던 날 곁에서 위로해 주고 지켜준 사람이 신후야."

수연의 눈가가 촉촉이 젖어갔다. 수연 앞에서 무슨 말을 할 수 있을까? 그저 듣고 있는 수밖에. 정말 울고 싶은 것은 그녀였다. 그녀가 신후에게 느끼는 감정을 수연이 똑같이 갖고 있다는 사실에 누구를 원망한단 말인가.

"나, 신후 사랑해. 이번에는 정말 잃고 싶지 않아. 은서야, 도와줘. 신후는 너에 대해 책임감 같은 걸 느끼는 것 같아. 사실

나 많이 속상해. 이제 나도 행복해질 수 있을 거라고 생각했는데……."

말을 잇지 못하곤 끝내 눈물을 보이고 마는 수연 앞에서 그녀는 어떤 위로의 말도 건넬 수 없었다. 그녀 역시 속으로 울고 있었기 때문이다.

"난 바보같이 믿었어, 신후도 내 맘과 똑같다고. 그런데 혼자가 된 널 본 후 신후가 날 멀리하기 시작하더라. 신후에 대한 네맘이 어떤지는 난 잘 모르겠어. 하지만 분명히 말할 수 있는 건나만큼 신후를 사랑하는 사람은 없을 거라는 거야. 은서야, 도와줄 거지? 내가 한 번은 양보했잖아. 응?"

세상이 온통 어둠만이 존재하는 것 같았다. 눈물까지 흘리며사정하는 수연 앞에서 만화 영화에서처럼 다른 세상으로 뚝 떨어지는 일이 있어났으면 좋겠다고 생각했다. 아니면 언젠가 본영화처럼 시간이 정지되는 일이 생겼으면 좋겠다. 오늘 즐겁게맞았던 아침, 그 순간으로 돌아가고 싶다. 지금은 수연에게 뒷걸음질치며 한 발자국, 한 발자국 벼랑 끝으로 몰리는 것 같다.더 이상 물러날 수 없는 마지막 끝자락에 서서 사느냐, 죽느냐의 기로에 선 것 같은 기분. 앞에는 며칠 굶주린 듯 으르렁거리는 맹수가, 뒤에는 끝이 보이지 않는 낭떠러지가 입을 커다랗게벌리고 있었다.

"수연아, 날 사랑하지 않는 사람과 사는 동안 난 전혀 행복하지 않았어."

은서가 할 수 있는 말의 전부였다. 수연도 그걸 깨달아주기를 바랐다.

"신후가 날 사랑하지 않는다는 말을 하고 싶은 거니? 네가 행복하지 않았다고 해서 나까지 행복하지 말라는 법 있니? 너만 떠나준다면 우린 충분히 행복할 수 있어. 난 신후에게 많은 것을 해줄 수 있어. 넌 신후에게 해줄 수 있는 게 뭐 있니? 어머니가 널 받아들일 것 같니? 처음은 친구를 배신하더니, 이제는 부모처럼 키워준 분을 배신하려구?"

수연의 애원하던 목소리가 은서의 말에 흥분했는지 다소 거칠어졌다. 은서는 수연의 예기치 못한 공격에 새파랗게 질렸다. 수연의 한 마디 한 마디가 비수가 되어 가슴을 찔렀다. 은서의 눈빛에 짙은 안개가 깔리기 시작했다. 그녀와 신후가 안 되는 이유, 신후와 함께 보내는 시간 속에서도 늘 잠재하던 불안은 여지없이 그녀의 소맷자락을 붙잡는다. 신후와는 안 된다고 말하는 이성을 멀리하면서까지 놓지 못했던 그녀의 감정은 꽃을 피워보지도 못한 채 접어야만 하는 걸까? 늘 당당하고 자신감에 넘치던 수연이가 그녀에게 눈물을 보였다. 재회하던 날, 그녀에게 매몰찬 말들을 던지던 수연이의 모습은 찾을 수 없었다. 수연 역시 사랑 앞에서는 작아지는 여자라는 게 은서를 더 힘들게 한다. 차라리 화를 내고 손가락질했더라면 홧김에라도 그녀의 감정을 내비칠 수 있을 것 같은데, 그렇게라도 그녀 역시 신후를 사랑한다고 말하고 싶은데. 영원히 그녀에게 기회는 주어지지 않을 것 같다. 신후를 사랑하는 게 친구에게는 상처를, 경진에게는 배신을 안겨주는 거라면 그녀에게 남겨진 건 선택이 아니었다. 이미 정해진 운명이라고밖에 할 수 없었다. 다만 그것을 조금만 더, 조금만 더 미루어왔을 뿐 결과는 달라질 수 없다는 걸 그녀도 알고 있었다. 그러나 그 시간이 아직은 아니라고 생각했다. 좀 더 주어질 줄 알았다. 안타깝게도 경진만 모른다면 그들이 함께할 수 있는 시간이 더 길 거라고 생각했던 것은 그녀의 착각이었다. 딱 이만큼이었다. 그녀와 신후에게 주어진 시간은 오늘 아침, 그가 남긴 짧은 입맞춤까지였다.

수연은 은서의 표정을 놓치지 않았다. 창백하게 질린 얼굴과 어두운 그림자가 드리워진 눈동자, 긴 침묵을 지켜보면서 다소 안도했다. 경진과 통화하면서 은서가 혼자 집에 있다는 것을 알았을 때 수연은 그녀에게 주어진 또 한 번의 기회라고 생각했다. 마구 화를 내고, 머리라도 쥐어뜯고 싶은 마음은 굴뚝같았지만 참고 참았다. 신후의 마음을 되돌릴 수 없다면 신후를 향한 은서의 마음이라도 접게 해야 한다는 생각에 분노를 감추어야만 했다. 은서의 약점도, 성격도 누구보다 잘 아는 수연이었다. 신후가 은서를 사랑한다고 당당하게 그녀에게 말했음에도 조용한 것을 보면 은서가 망설이고 있는 게 분명했다. 경진도 아직 눈치를 채지 못한 듯했다. 그렇다면 가능성은 충분했다. 그리고 그 가능성이 눈앞에 나타나고 있었다. 말 한마디 제대로 대꾸하지 못하고 죄인처럼 침묵하고 있는 은서를 보며 수연은 내심 웃고 있었다.

"나, 그만 일어날게. 가게에서 어머니 만나기로 했거든. 아직
점심 전이라니까 밥 사주신대."

"그래."

수연이 나간 후에도 한참을 멍하니 서 있었다. 머리 속에 뭔
가를 떠올린다는 것 자체가 불가능한 상태였다. 수연은 그녀의
고민거리를 한 방에 해결해 주고 간 셈이다. 마음의 결정을 내
리지 못하고 있는 그녀에게 어떤 선택권도 없음을 알려줬다.

─말해.

그녀의 전화를 기다리기라도 한 듯 전화 신호음이 가자마자
대뜸 들려오는 말이었다.

"이모 가게 건물주 오빠죠?"

─그래.

"오빠, 저 때문인 거죠?"

─그 집에서 나와라.

은서의 질문은 대답할 필요도 없다는 듯 하고자 하는 말부터
하는 혁이다. 그 말속에는 이미 긍정의 의미가 내포되어 있었
다.

"오빠가 그렇게 나온다고 해도 변하는 것은 없어요. 전 그 집
에 두 번 다시 안 가요."

한동안 뭔가를 생각하는지 말이 없었다.

─꼭 우리가 살던 집으로 안 와도 돼. 그 녀석 집에서만 나와.

혼자 지낼 만한 집 알아볼 테니까.

"네?"

전화기 너머로 약간 머뭇거리는 듯한 말투가 들려왔다.

─당장 어떻게 하자는 얘기가 아냐. 하지만 너와 나, 가능성은 열어놓고 싶다. 근데 그 집에서는 안 돼.

"오빠, 내가 신후와 안 된다고 해도 오빠한테 가지 않아요."

은서는 어떤 일말의 여지도 남기고 싶지 않았다.

─네가 그 집에서만 나온다면 이번에 문제되고 있는 가게들 보증금 문제는 해결될 거야.

"꼭 이런 식으로까지 해야 하는 거예요?"

─흥. 과거에 널 잊은 것같이 말하는구나. 넌 자고 있는 친구의 약혼자 방으로 뛰어들기까지 했어. 이건 약과라고 생각지 않나?

혁의 음성은 처음과 달리 한기가 느껴졌다. 이미 작정하고 시작한 일을 그녀가 사정한다고 들어줄 사람이 아니었다. 한 번 아니라고 생각하면 결코 아닌 사람이 그가 아닌가. 결혼 생활 내내 은서가 아니라고 생각했기에 끝나는 날까지 단 한 번 바라봐 주지 않은 사람이 혁이었다. 오직 수연만을 바라보지 않았는가. 그러나 이제 그는 그녀로 방향을 바꾸었다. 혁은 분명히 수단과 방법을 가리지 않을 것이다. 그녀는 지금 자신이 어디로 가고 있는지 갈피를 잡을 수 없었다. 사방이 막힌 미로 속에 갇혀서 가도 가도 출구를 찾을 수 없는 길을 헤매고 있는 것만 같앉다.

어느덧 짧아진 햇살이 기울고 있었다. 열린 창문 너머로 불어오는 바람도 꽤 쌀쌀했다. 은서는 주인 없는 방 침대에 앉아 있었다. 수연이가 돌아가고 난 오후 내내 그녀는 참 많은 일을 했다. 온 집 안 대청소에, 경진의 방 침대 시트부터 시작해 신후와 그녀의 침대 시트까지 직접 빨아 널었다. 그리고 남은 몇 가지 빨래를 세탁기로 돌려 넣고 나니 해가 지고 있었다.

신후의 방 침대 시트를 길아 끼운 후 은서는 그 자리에 덜썩 주저앉고 말았다. 생각하지 않으려고, 울지 않으려고 이를 악물며 손과 발을 분주히 움직였다. 그러나 신후의 방에 들어선 순간 참고 참았던 눈물은 그녀의 의지와 상관없이 볼을 타고 흘러내린다. 이별은 그렇게 성큼 다가왔다. 시한부 사랑이라고 이미 각오하고 있었음에도, 그래서 더 바라만 보고 다가가지 못했지만 그렇다고 해서 그 깊이도 얕은 것은 아니었다. 다가갈 수 없는 안타까움에 마음 언저리는 눈물로 깊은 자국을 남겼다. 안으로만 깊어지고 깊어진 사랑. 그러나 이제는 그것마저 허락되지 않는다. 신후에게 작별을 고해야만 한다. 그가 얼마나 그녀를 사랑하는지 알기에 가슴이 저리다. 사랑하는 사람이 아파하는 것을 봐야 하기에, 마음과는 다른 행동을 해야 하는 그녀이기에 어둠이 다가오는 게 두렵다. 신후와 마주할 시간이 차츰 다가오는 만큼 그녀의 아픔도 더해갔다.

신후가 매일 누워 잠이 들었을 침대를 손으로 쓸어보았다. 성격답게 깔끔하게 정리된 책상과 책장에 책들도 하나하나 일부러 만져 보며 기억하려 했다. 지금 이 순간이 그의 방에 들어오는 마지막 시간이 될지도 모른다는 생각이 불현듯 들어서였다. 신후의 손때가 묻은 자질구레한 방 안의 물건들을 둘러보는 그녀의 눈은 눈물로 젖어 더 이상 보이지 않았다. 두 손으로 얼굴을 가리고 어깨까지 들썩이며 못내 참았던 눈물을 토해냈다. 아무도 없는 집, 주인 없는 방에서 지는 햇살을 받으며 한동안 울었다.

통통 부은 눈이 그녀를 기다리고 있었다. 세수를 하고 난 후에도 새빨갛게 충혈된 눈과 통통 부은 눈가는 좀처럼 제자리를 찾지 못했다. 그나마 다행인 것은 신후가 새벽에나 들어온다는 것이다. 그때까지는 가라앉을 것이다. 경진도 그녀가 감기 기운 때문에 일찍 잔다고 생각할 것이다. 은서는 한바탕의 소나기 같은 눈물로 마음을 정리했다. 보이지 않는 길을 헤매는 걸 멈추기로 했다. 신후도, 그녀도 한동안 아프겠지만 시간은 많은 것을 해결해 주리라 생각했다. 영원할 것 같았던 혁에 대한 짝사랑도 시간과 함께 한 줌의 미련조차 남지 않았다. 신후도 잊혀질 것이다. 다짐하고 또 다짐했지만 은서도 알고 있었다, 혁과는 다르다는 것을. 그때와는 비교도 안 될 만큼 아플 거라는 걸 은서는 알고 있었다, 혁과는 추억조차 존재하지 않았지만 신후와는 달랐다. 그와 나눈 수많은 행복한 기억들이 은서를 아프게 할 것이다. 그 행복했던 시간만큼 아플 것이다. 그렇지만 더 많은 시간이 흐른다면 기억이란 건 차츰 흐려질지도 모른다. 죽을 만큼 아팠던 사랑의 기억도 희미해지면 그때는 옛일처럼 편안하게 이야기 나눌 수 있지 않을까? 그때는 아프지 않겠지.

은서는 신후가 들어올 때까지 잠들지 못했다. 신후가 들어오는 소리를 들으면서 가슴이 철렁 내려앉는 느낌을 맛봐야 했다. 신후가 씻고 자신의 방으로 들어가고 나서도 그녀는 잠들지 못했다. 그와 한지붕 아래 보내는 마지막 밤이기 때문일까? 잠은 천리 밖으로 사라지고 휑한 공기만이 빙 안을 가득 메웠다.

다 잠든 새벽, 침대에 누워 있던 은서는 몸을 일으켰다. 그리고 가방에 몇 가지 옷과 필수품들을 챙겨 넣기 시작했다. 서울로 돌아올 때까지만 해도 다시 여행용 가방을 챙기는 일이 생길 거라고는 생각지 못했다. 다시 영원한 안식처인 집으로 돌아온 것만 같았다. 그때는 미처 알지 못했다, 이곳이 결코 영원한 안식처가 되지 못하리라는 것을. 과분한 사랑도 받았고, 혼자라는 사실도 절실히 깨닫게 해준 곳이다. 늘 그녀의 기억 속에 존재하던 편안하고 따뜻하기만 하던 곳, 언제라도 그녀를 기다리고 환영할 것 같던 집은 더 이상 존재하지 않는다.

가볍게 짐을 챙긴 그녀는 불을 끄고 침대에 누웠다. 어둠이 익숙해질 때까지도 그녀는 잠들 수 없었다. 그렇게 그녀는 그곳에서의 마지막 밤을 뜬눈으로 하얗게 지새웠다.

13

아모가시나 언니!

"아니, 아프지는 않은데 쉬는 김에 오늘까지 쉬려구. 너도 돌아가서 더 자." "정말 심하게 아픈 건 아니니?"

그녀를 학원에 바래다주기 위해 일찍 일어난 신후의 분주한 움직임이 느껴졌지만 은서는 침대에서 나오지 않았다.

"은서야, 일어나. 학원 가야지."

대답이 없자 은서의 방문이 열렸다.

"아직도 아파?"

은서는 뒤집어쓰고 있던 이불을 내려 신후를 봤다.

"아냐, 아프지는 않은데 쉬는 김에 오늘까지 쉬려구. 너도 들어가서 더 자."

"정말 심하게 아픈 건 아니구?"

염려스러운 얼굴을 하고 은서의 이마에 손을 올려놓는다. 그

서늘한 느낌에 가슴이 욱신욱신 아파온다. 눈이 맵다. 코끝이 찡하다. 신후는 늘 그렇게 아주 사소한 것 하나로도 그녀를 감동시킨다.

"응."

"그래, 그럼 좀 더 자. 오늘은 오후에 나가니까 같이 점심 먹자."

신후가 나가고 나자 은서는 다시 이불을 뒤집어썼다. 그리고 한 줄기 볼을 따라 귓가에 흐르는 눈물을 손등으로 닦았다. 얼마 후 경진이 나가는 소리가 들렸다. 은서는 그제야 몸을 일으키고 침대 밖으로 나왔다. 신후는 깊은 잠에 빠졌는지 집 안은 조용했다. 은서는 소리가 나지 않도록 조심스럽게 움직였다. 손수 지은 밥을 먹이고 싶었다. 다시는 이런 시간을 갖지 못하게 될 날을 위해 따뜻한 밥과 반찬을 직접 만들어 함께 나누고 싶었다. 피할 수 없는 시간이 다가오는 동안 그녀가 할 수 있는 마지막 사랑의 표현이었다. 신후가 언제 일어났는지 부엌 쪽으로 걸어왔다.

"냄새 죽이는데?"

"앉아. 밥 먹자."

"어? 네가 다 했어?"

신후는 식탁 가득 차려진 음식들을 보며 조금 놀란 듯 은서를 봤다.

"밥하고 몇 가지만. 요즘 너 많이 피곤해 보여서 신경 좀 썼다."

신후는 감격한 표정을 지으며 구수한 음식 냄새에 취한 것처럼 과장된 몸짓을 했다. 은서는 웃고 말았다. 신후도 멋쩍은 듯 웃으며 식탁 앞에 앉았다. 유쾌한 식탁이었다. 아침을 건너뛰고 먹는 점심이기도 했지만 은서가 그를 위해 만들었다는 것 때문에 더 더욱 맛있을 것이다. 신후가 맛있게 먹는 모습을 지켜보면서 정작 그녀의 밥은 줄어들지 않았다. 학교에서, 사무실에서 있었던 일을 이야기하는 신후의 말에 고개를 끄덕이며 웃고 있었지만 신후의 밥이 줄어드는 걸 보면서 은서의 초조함은 더해 갔다. 시간은 자꾸만 다가왔다. 신후가 어떻게 받아들일지 두려움의 순간이 목전까지 와 있었다.

"더 먹을래?"

"아니, 많이 먹었어. 근데 넌 통 못 먹는다. 너 괜찮다 괜찮다 하면서 많이 안 좋은 것 아니야?"

"아냐. 난 아침도 먹었어. 저기 신후야."

"응."

"나…… 너한테 할 얘기가 있는데 잠깐 거실에 가 있을래?"

"같이 치우고 얘기하자."

"응?"

말릴 사이도 없이 신후는 일어나서 냉장고에 넣을 반찬 그릇들과 씻을 그릇들을 분리하기 시작했다. 은서는 말없이 신후의 뒷모습을 지켜보며 숨을 고르고 있었다. 설거지까지 하려고 폼을 잡는 신후를 밀어내며 고무장갑을 끼고 수세미에 세제를 묻혔다.

"내가 커피 탈게."

"그래."

그녀가 설거지를 하는 동안 좁은 부엌 안에는 커피 향이 진동
했다. 진한 인스턴트 커피 향.

"난 원두커피보다 이게 좋더라."

"나도 가끔은…… 헉!"

은서는 말을 끝내지 못했다. 뒤에서 갑자기 허리를 감싸는 신
후 때문이었다.

"뭐야? 나 지금 설거지하잖아."

"알아. 넌 설거지해. 난 내가 좋아하는 걸 할 테니까."

뒷목에 그의 입술이 느껴졌다. 허리를 감싸 안은 손이 허리와
배를 오가더니 가슴 위로 올라갔다. 그와의 이별을 단단히 준비
하고 있던 그녀에게 신후의 너무나 자연스러운 스킨십은 당혹
스러웠다. 밀어내려 했지만 세제 거품이 잔뜩 묻은 고무장갑을
낀 손으로는 불가능했다.

"신후야, 이러지 마."

"음, 너무 좋다. 매일같이 이럴 수 있었으면 좋겠다."

뒷목과 귓불에 느껴지는 부드러운 감촉과 입김은 원치 않는
감각들을 불러일으켰다.

"신후야……."

"아…… 조금만, 조금만 이러고 있자."

가슴을 배회하던 손이 어느새 그녀의 속살을 뚫고 들어와 브
래지어에 가린 가슴을 어루만졌다. 등 뒤에 밀착된 신후의 단단
한 가슴과 찌르듯 엉덩이를 짓누르는 그의 것으로 인해 그녀는
설거지를 계속할 수 없었다. 한없이 기대고 싶은 든든한 가슴과
그녀를 알 수 없는 흥분으로 자극하는 손길과 몸짓으로 그녀의
몸은 떨려왔다.

"그냥 가만히 있어."

신후는 브래지어 속으로 손을 밀어 넣었다. 그의 입술은 귓불
을 따라 가녀린 목으로 움직이며 그녀를 자극했다. 가슴을 마음
껏 배회하던 손은 바지 속을 찾아 헤매기 시작했다. 팬티 라인
을 따라 움직이던 손끝이 조심스럽게 안쪽으로 들어갔다. 뜨겁
고 거친 숨이 볼을 스쳤다. 아무것도 하지 못한 채 싱크대만 붙
잡고 있는 그녀를 그는 마음껏 음미했다. 표현할 수 없는 감각
들이 온몸을 휘감자 은서는 숨조차 제대로 쉴 수 없었고, 그대
로 서 있기도 힘들었다. 그러나 달아나려 하는 그녀를 그는 놓
아주지 않았다. 그녀가 멀어지려 하면 할수록 더욱 밀착되어 오
는 신후였다. 신후의 손길이 조금 더 깊숙한 곳으로 다가왔다.
그리고 아무도 건드리지 못했던 그녀의 은밀한 곳을 침범하기
시작했다.

"신후야, 그만 해."

"싫어. 미칠 것 같아."

온몸이 흔들리는 것 같았다. 자꾸 몸이 휘어지려 했다. 은밀

한 곳으로 조금씩 발을 들여놓기 시작한 그의 손가락이 주는 느낌에 저절로 음탕한 신음이 나오려 했다. 그녀의 의지와 상관없이 그의 손길에 흥분하며 축축하게 젖어가는 그곳, 신후의 만족스러운 한숨이 느껴졌다. 더 깊은 곳을 향해 다가오는 걸 말리기 위해 몸을 비틀며 말했다.

"안 돼, 신후야."

"우리 그냥 하자. 응? 은서야."

간절한 음성이 귓가를 간질였다. 그가 던진 유혹적인 말에 흔들리려는 자신이 보였다. 그러나 그럴 수는 없다. 이미 마음을 굳힌 일이지 않은가. 신후 앞에서 허물어지는 몸을 추슬러야만 한다.

"나, 나갈 거야."

"어디? 오늘 쉰댔잖아."

갈라진 목소리의 대답은 그녀가 외출을 말하는 걸로 알고 대수롭지 않아했다. 은서의 몸 곳곳을 확인하는데 바쁜 손짓과 뜨거워진 마음으로 사실 제대로 들리지 않는 듯했다.

"나, 독립할 거라구."

"음…… 뭐?"

처음에는 이해를 못 한 듯하던 그였다. 그러나 곧 제대로 이해했는지 은서의 몸을 배회하던 손의 움직임이 멈췄다. 그리고는 그녀를 되돌려 세웠다. 여전히 열정에 사로잡힌 짙은 눈을 하고선 그녀의 눈을 주시했다. 그녀가 던진 독립이라는 말의 의미가 무엇인지 확인하고자 하는 눈빛이었다. 믿을 수 없다는 눈을 하고 그녀의 대답을 기다리고 있었다.

"말 그대로 독립할 거야."

그녀의 한마디는 그들의 뜨거웠던 열기에 찬물을 끼얹는 것과 같았다. 시베리아에서 불어온 바람이 휩쓸고 간 것처럼 공기는 차갑게 식어버렸다. 신후는 믿을 수 없다는 눈을 여전히 감추지 못했다.

"갑자기 왜 그러는데?"

자신의 감정을 자제한 듯 억누른 목소리였다. 그녀의 대답에 생사가 걸린 것처럼 신후는 그냥 농담이라는 말이 나오기를 바라는 간절한 눈으로 바라봤다.

"아무래도 그러는 게 좋을 것 같아."

물러설 것 같지 않는 은서를 한참 바라보던 신후였다. 목소리에 차츰 화가 실리고 있었다.

"아무래도 그게 좋을 것 같다니? 여긴 네 집이야. 너와 내가 함께 사는 우리 집이라구!"

"나도 여길 집이라고 생각했어. 근데 그렇지 않다는 걸 알았어. 여긴 네 집이지 내 집은 아니야. 결코 우리가 함께할 수 있는 집 같은 건 없어."

"너…… 그게 무슨 말이야?"

"말 그대로야. 난 돌아오지 말았어야 했어. 늦었지만 지금이라도 떠날 거야."

"네 말 아주 이상하게 들린다. 순수하게 이 집을 나가겠다는 거니, 아니면 우리 사이를 부정하는 거니?"

신후는 어이가 없다는 표정과 함께 비틀린 미소를 지었다. 아무것도 아니라 하기에는 불과 몇 분 전까지만 해도 너무 뜨거운 사이였다. 신후도 그녀의 몸이 그의 손길 아래서 어떻게 반응하는지 누구보다 더 잘 알고 있을 것이다.

"나가서 지내는 게 서로에게 좋을 것 같아."

"서로라고 말하지 마. 난 전혀 아니니까. 네가 없는 이 집은 상상조차 할 수 없어. 왜 그런 생각을 한 거야?"

그녀의 갑작스런 독립이라는 말이 다분히 의심스럽다는 말투였다. 은서는 바로 대답을 못하고 머뭇거릴 수밖에 없었다. 누구 때문이라고 말할 수도 없는 상황이었다. 모든 근본적인 이유는 바로 자신 때문이었다. 그녀로 인하여 일어나는 일들을 그녀로서 감당하기 힘들어서이다.

은서는 정면으로 신후를 바라보지 못한 채 끼고 있던 고무장갑을 벗어 싱크대에 놓았다. 그리고 심호흡을 한 후 고개를 들어 그를 바라봤다.

"내가 불편해서 그래. 매일같이 이모 얼굴 대할 때마다 죄짓는 것 같아서 싫어."

"그러니까 말씀드리자. 우리 사랑하는 사이라고 말씀드리고 결혼하자."

"넌 참 쉽구나. 나도 그렇게 쉬웠으면 좋겠어. 네가 이모한테 그 말을 꺼내는 순간부터 난 다시는 이 집에 발을 들여놓지 못할 거야. 나, 너무 힘들어. 그래서 그만 관두고 싶어. 이모를 잃는다는 것도, 수연에게 상처를 줘야 한다는 것도 날 지치게 해. 신후야, 우리 여기서 그만두자. 응?"

은서의 눈은 이미 충혈되고 있었다. 신후는 은서가 내뱉은 말을 한마디라도 놓치지 않으려는 듯 입을 꾹 다문 채 노려봤다.

"결국 그거였네, 관두자는 얘기? 넌 그만두는 게 칼로 무 자르듯 쉬운지 모르지만 난 안 돼. 너만 바라본 시간이 얼마인지 알아? 넌 상상도 못 할 거야. 나…… 지금 행복해. 언젠가 네 입에서 헤어지자는 말이 나올지 몰라 전전긍긍하면서도 나 행복해. 왜냐구? 너랑 함께 있으니까. 어머니가 반대한다고 해도 상관없어. 널 지킬 거니까 흔들리지 마."

은서의 볼로 눈물 한 줄기가 타고 흘러내렸다. 은서는 얼른 손등으로 훔쳐 내며 이를 악물었다.

"신후야, 미안해. 난 도저히 안 되겠어. 나…… 그렇게 이기적이지 못해. 내겐 엄마와 같은 이모와 너 사이를 갈라놓고 싶지 않아. 그리고 수연이에게도 난 갚아야 할 빚이 있어."

"네가 그랬잖아, 조금만 더 기다리자구. 지금은 너도, 그리고 어머니나 수연이도 힘들지 모르지만 시간이 해결해 줄 거야. 은서야, 안 되겠다는 말은 하지 마."

눈물로 가득한 은서의 눈을 바라보는 신후의 눈빛에는 간절함이 담겨 있었고 음성은 안타까움으로 떨렸다. 은서의 눈물을 닦아주려는 듯 신후의 손이 다가왔다. 아프지만 여기서 끝내야 했다. 더 이상 미련의 끈을 붙잡아 신후를 힘들게 하고 싶지 않았다. 안 되는 사람들이었다. 사랑에 목마른 그녀에게 신후의 작은 손짓과 따뜻한 시선 하나가 큰 단비가 되어 얼마나 촉촉이 적셔주었는지 그는 모른다. 그러나 이제 더 이상은 안 된다. 그를 보내야 한다. 그녀가 얼굴을 돌려 버리자 그의 손이 허공에서 길을 잃은 채 머물렀다. 그는 쓴웃음을 지으며 머쓱하게 내밀어져 있던 손을 자신의 바지 주머니 속으로 가져갔다.

"미안해. 나도 너랑 함께 있고 싶지만 떠나는 것이 최선일 것 같아. 그게 모두를 위한 걸 거야."

"핑계 대지 마. 너와 나를 뺀 모두가 무슨 의미가 있니? 네가 어떤 말로 변명해도 결론은 하나야. 그런 것들을 감수할 만큼 날 사랑하지 않는다는 거지. 안 그래?"

그녀를 설득하려던 신후의 낮은 음성에는 체념이 배어 있었다. 그보다 더한 고통이 묻어났다.

"분명히 말하는데 너 여기서 나가는 순간…… 그래, 네 말대로 나 너 안 볼 거야. 좋아. 어디 한번 해보자, 우리 서로 관두는 것."

신후는 화가 난 듯 차갑게 이별의 말을 툭 하니 던지고 밖으로 나가 버렸다.

신후가 횡하니 나가 버린 후 은서는 부엌 바닥에 주저앉았다. 다리에 힘이 풀려 더 이상 서 있을 수가 없었다. 신후에게 먼저 이별을 말한 건 그녀였다. 그러나 그가 남긴 마지막 말은 그녀를 절망의 나락으로 떨어지게 했다. 아플 거라고 생각했지만 가슴으로 느껴지는 절망과 아픔은 표현할 수 없을 정도였다. 무엇을 기대했단 말인가. 가장 최선의 선택이었음에도 낙동강 오리알처럼 버려진 듯 비참했다. 이성은 신후가 받아들여 다행이라고 말하고 있었지만, 마음은 길 잃은 미아라도 된 것처럼 두렵다.

한참을 멍하니 부엌 바닥에 앉아 있던 은서는 몸을 추스르고 일어났다. 이미 벌어진 일이었다. 후회도, 되돌릴 수도 없는 일이었다. 그저 앞으로만 걸어갈 수밖에 없다. 하던 설거지를 마저 끝낸 후, 은서는 여행용 가방을 챙겨 들고 미연에게 전화를 했다.

큰 도로에서 여행용 가방을 들고 서 있는 은서 옆에 차를 세우는 미연의 눈이 휘둥그레졌다.

"이게 뭐야?"

"나, 당분간 너한테 좀 있으면 안 될까?"

"뭐? 그건 상관없지만, 왜? 무슨 일 있어?"

좀처럼 대답이 없는 은서를 바라보며 미연은 여행용 가방을 챙겨 트렁크에 실었다. 아마도 큰 가방을 들고 서 있는 은서의 모습이 안쓰러워 보였나 보다.

"우선 가자. 가서 얘기하자."

은서는 미연과 함께 미연의 오피스텔로 갔다. 오피스텔은 인텔리 여성의 전용 공간처럼 심플하면서도 깨끗했다. 오래전 미연의 성격을 생각한다면 여성스러움이 넘쳐야 할 공간은 다소 건조했다. 현재의 성격을 대변하는 공간 같았다. 직선적이며 날카롭고, 자유분방한 미연의 모습이 은서에게는 아직도 낯설었지만 오피스텔은 지금의 미연과 너무 잘 어울리는 곳이었다.

"침대는 크니까 같이 쓰면 되겠고, 옷은 저 옷장에 정리해서 넣고, 그리고 나머지는 그냥 내 것 써라."

"고맙다."

"근데 무슨 일이야? 이유나 알자."

미연은 침대에 털썩 앉으며 손님처럼 자리를 차지하지 못하고 두리번거리는 은서를 지켜보고 있었다.

"그냥 독립할 나이가 한참 지났는데 폐를 끼치고 있는 것 같아서 그래."

"씨도 안 먹히는 거짓말 할 생각 말고 여기나 와서 앉아. 남의 집 온 것처럼 안절부절못하지 말고."

미연은 침대 옆을 두드리며 은서를 앉게 만들었다.

"빨리 말해. 왜, 신후랑 싸웠어?"

은서는 씁쓸하게 웃었다.

"아냐."

"그럼 너랑 신후 사이 알고 아줌마가 너 쫓아낸 거야?"

"얘는? 아냐."

미연은 답답하게 죽겠다는 듯이 가슴을 치며 일어나 방 안을 휘젓고 다니기 시작했다.

"나 숨 넘어가는 꼴 보고 싶은 거야? 도대체 이유가 뭔데? 신후도 너 집 나온 것 알아? 신후가 너 나가는 걸 그냥 두고 봐?"

미연은 궁금한 것들을 한꺼번에 쏟아내며 은서의 대답을 재촉했다. 말하고 싶어하지 않는 것을 눈치 챘을 텐데도 불구하고 미연은 모르는 척 그녀를 닦달했다. 은서는 자신의 휑한 눈과 금방이라도 쓰러질 것처럼 창백한 얼굴이 얼마나 위태로워 보이는지 알지 못했다.

"수연이가 신후를 사랑한대."

"흠, 그게 뭐 어때서? 수연이가 신후를 사랑하든 말든 무슨 상관이야? 너랑 신후가 서로 사랑하는데. 그거면 충분한 것 아냐?"

"난 그게 안 돼. 수연이한테서 이미 한 번 사랑하는 사람을 빼앗았잖아. 날 사랑하지 않는 사람과 사는 것도 힘들었지만, 수연에 대한 죄책감도 컸어. 그런 것을 무시하면서 살 수 있는 사람들도 많을 거야. 그치만 난 그게 쉽지가 않았어. 지금도 수연이 앞에만 서면 난 죄인이야. 지금도 빚진 마음뿐인데 거기다 한 번 더 하라구? 난 천벌받을 거야."

은서의 자책하는 말에 미연의 얼굴이 굳어졌다. 그녀보다 더 고뇌에 찬 듯한 얼굴을 한 미연이 침대 옆에 놓여 있는 협탁 서랍에서 담배를 꺼냈다. 놀란 은서의 눈이 커지는 것을 보고도 미연은 담배에 불을 붙였다. 그리고 은서 옆에 털썩 앉았다.

"너, 담배도 피우니?"

"응, 아주 가끔."

"너 담배 피우는 것 안 어울려."

"멋으로 피우는 것 아냐. 술을 마시는 이유와 비슷해. 거의 끊다시피 했는데 네가 담배를 다시 피우게 한다."

"미안해. 갈 데가 없더라."

미연은 화가 난 것처럼 피우던 담배를 눌러 바로 꺼버렸다.

"바보같이 뭐가 미안해? 너, 나한테 미안해할 필요 없어. 정말로 미안한 사람은 나야. 그러니까 조금도 부담 갖지 마."

"너야말로 왜 미안하니? 너 가끔 이상한 소리 한다."

은서의 대꾸에 갑자기 일어난 미연이 집 안을 서성이기 시작했다. 뭔가 말 못할 고민을 털어놓아야 할지 망설이는 것처럼 손톱을 지근지근 깨물었다. 미연의 좋지 않은 버릇 중의 하나가 자신의 감정을 손톱을 깨무는 걸로 표현한다는 것이다. 그래서 엄지와 검지 손톱은 깎지 않아도 제자리였다.

"왜? 무슨 고민 있어? 나보다 더 심각해 보여."

"아냐."

"그럼 네 손톱의 수난도 생각해."

"어? 응. 근데 은서야, 그럼 신후랑 헤어진 거야?"

은서가 더 이상의 말이 필요없다는 듯 쓸쓸한 미소를 지었다.

"신후가 너무 불쌍하지 않니? 신후가 널 얼마나 좋아하는데, 그냥 주위 사람들 생각하지 말고 너희 두 사람만 생각하면 안 될까? 어차피 신후가 사랑하는 사람은 너잖아. 네가 신후를 포기한다고 해서 수연이랑 잘된다는 보장도 없잖아."

"모르지. 수연이는 나랑 다르니까. 그리고 신후 역시 수연이한테 나쁜 감정을 갖고 있는 것도 아니잖아."

자포자기한 듯한 은서를 바라보는 미연의 얼굴에는 죄책감이 서리고 있었다.

"은서야, 나 잠깐 나갔다 와야겠다. 약속 있는 걸 깜박했다."

"어? 그래, 다녀와. 미안하다, 시간 뺏어서."

미연은 한숨을 내쉬었다.

"공부는 저기 작은 방에서 해. 내가 작업실로 꾸며놨거든."

"응, 그래."

미연이 나가고 혼자 남은 은서는 트렁크에 넣어왔던 짐들을 풀었다. 옷가지와 세면도구, 화장품 등을 정리한 후 참고서와 문제집을 들고 작업실로 갔다. 작업실에는 세법에 관한 법전들과 세무회계 업무의 이론과 실무에 관련된 책들이 책장 가득히 메우고 있었고, 책상 위에는 컴퓨터와 몇 권의 결산 보고서가 차곡차곡 쌓여 있었다. 은서는 빈 책장에 자신의 책들을 꽂고 방 안을 둘러보았다. 업무에 관련된 책들을 제외하고 나면 그 밖의 책은 몇 권 되지 않았다. 한쪽 구석을 보니 미연의 초등학교부터 대학까지의 앨범들이 정리되어 있었다. 은서는 앨범을 보자 행복했던 그 시절이 떠올라 지나칠 수가 없었다. 고등학교 앨범을 꺼내 한 장 한 장 넘기자 그녀의 기억 속에 잊혀졌던 얼굴부터 신후, 민석의 앳된 얼굴까지 볼 수 있었다. 그러나 그때도 여전히 예쁜 수연의 사진이 나오자 은서는 더 이상 앨범을 넘길 수가 없었다.

그래서 원래 자리에 두려는데 툭 하니 오래된 편지 한 통이 떨어졌다. 주소도, 우표도 없는 편지 봉투에 달랑 '은서에게' 라고만 쓰여 있었다. 미연의 글씨체였다. 아마도 미연이 그녀에게 쓴 편지를 붙이지 못한 모양이다. 은서는 망설이다가 자신의 이름이 적혀 있는 것에 대한 호기심을 떨치지 못하고 편지를 꺼내 읽기 시작했다. '사랑하는 내 친구 은서야' 라고 시작된 편지는 3년 전 날짜와 함께 '미연이가' 라고 끝났다.

은서는 한동안 멍하니 편지를 들고 서 있었다. 도저히 믿기지 않는 내용이 편지에 담겨 있었다. 지금까지 알고 있던 그녀의 세계가 송두리째 무너지는 것 같았다. 그녀가 친구라 여겼던 수연과 미연이 어떻게 자신에게 그런 누명을 씌우게 됐는지 현실로 받아들여지지 않는 내용의 편지를 은서는 읽고 또 읽었다. 미연의 고뇌와 사과가 담긴 편지, 끝내 붙이지 못했던 편지는 이제야 주인을 찾았다. 이상하다고만 느껴졌던 미안하다는 미연의 말과 망설임의 눈빛이 이해가 됐다. 하지만 어제 자신을 찾아왔던 수연이를 생각하니 기가 막힐 뿐이다. 수연 앞에서 죄인처럼 갈기갈기 찢긴 채 말 한마디 제대로 하지 못했던 자신을 떠올리면 억울하다 못해 화가 났다. 왜 이렇게 거짓된 삶 속에서 자신을 탓하며 살았는지 분노가 송골송골 맺히기 시작했다.

밤늦게 들어오는 미연을 보니 술을 마셨나 보다. 취하지는 않은 것 같았으나 붉게 달아올라 있는 볼과 약간의 알코올 내음이 한잔하고 들어왔다는 걸 말해 줬다.

"은서야, 내 친구 은서."

"취한 것 같지는 않은데?"

은서의 말투는 딱딱했다. 미연이 들어오기만을 기다리던 시간, 인내는 한계를 드러냈다.

"저…… 은서야, 나 너한테 할 말 있는데 말야."

"할 말? 그래, 나도 너한테 묻고 싶은 게 있어. 이게 뭐니?"

은서는 저녁 내내 읽고 읽어서 다 외울 것 같은 편지를 미연 앞에 내밀었다. 발갛던 미연의 얼굴이 백지장처럼 하얗게 변하며 무슨 말인가를 하려는 것처럼 입을 열었지만 소리가 되어 밖으로 나오지 못했다. 결국 소리가 되어 나온 것은 바람 빠지는 듯한 헛웃음뿐이었다.

"허…… 허허허."

의아하게 쳐다보는 은서의 시선에도 아랑곳하지 않고 쉴 새 없이 헛웃음을 쏟아내던 미연은 비명을 질렀다.

"아악!!"

화가 난 미연이만을 기다리고 있던 그녀에게 미연의 예상치 못한 행동은 그녀를 당황하게 했다. 놀란 나머지 미연을 붙잡고 흔들었다.

"미연아! 미연아, 왜 그래? 정신 차려!"

미연의 몸부림이 좀 잦아지는가 싶더니 이제는 흐느껴 울기 시작했다. 은서는 당황한 나머지 정신을 차릴 수가 없었다. 갑작스런 미연의 행동은 그녀의 복잡한 상태에 혼란스러움을 가중시켰다.

"잠깐만 있어봐."

은서는 뛰어가 냉장고에서 시원한 물을 꺼내 컵에 따라와 미연에게 마시게 했다.

"은서야, 너 내가 얼마나 나쁜지 알았지?"

"사실이니?"

설마 설마 했는데, 내내 편지를 읽으면서도 거짓일 거라고 생각했는데 미연의 목 메인 음성은 진실을 말하고 있었다.

"지금까지 넌 네가 수연이한테 혁이 오빠를 뺏었다고 생각했지?"

"그렇게 알았으니까."

대답하는 은서의 표정은 밝지 못했다. 결국 친구를 배신한 것은 그녀가 아니었다.

"왜 그랬어?"

"처음부터 수연이는 혁이 오빠를 사랑하지 않았어. 수연이가 좋아했던 사람은 신후였으니까. 너희 사이가 사촌이 아니라는 걸 안 순간 떼어놓아야겠다고 생각했나 봐. 취한 너를 혁이 오빠 침대에 눕히더라."

"그러는 넌?"

"그래, 나도 거기 있었어. 내가 얼마나 나쁜 애인가 하면 수연이가 널 혁이 오빠 침대에 눕히는 걸 보고도 말리지 못했어. 그래서는 안 된다는 걸 알았지만 수연의 행동을 저지할 수가 없었어. 지금 생각하면 너무나 유치한 일이지만 그때는 그게 최선인 줄 알았어. 나…… 너희한테 숨기고 있었던 게 있었거든. 처음부터 숨기려고 했던 것은 아니지만 결국 말을 못하고 말았지. 그걸 수연이가 알고 있었어. 그때 난 수연이의 행동을 말릴 만큼 용기가 없었어. 그리고 또 어떤 생각도 했는지 알아? 후, 차라리 잘됐다는 생각도 했어. 네가 혁이 오빠 좋아하는 걸 알았으니까. 너를 위해서도 어쩌면 더 좋을 거라고 자신한테 말하며 내 양심을 팔았어. 이게 나, 네 친구 미연이야. 그러고 나서 네 얼굴을 못 보겠더라. 널 배신자라고 생각해서 전화를 피한 것 아냐. 널 보게 되면 내가 한 짓이 떠오를 것 같아서였어. 너 말고도 나에게도 무척 힘든 시기였거든."

은서는 바닥에 앉아 무릎을 세우고 그 위에 한 손을 올려놓은 채 도대체 자신의 이야기 같지 않은 이야기를 표정없이 듣고 있었다.

"난 죽을 때까지 말하고 싶지 않았어. 너한테 걸려온 전화를 받고 쓴 편지인데 차마 붙이지 못했다. 네가 말한 죄책감? 넌 죄책감 같은 것 가질 필요 없어. 정말 죄책감을 느껴야 하는 사람은 수연이고, 나야. 내가 너와 신후한테 얼마나 미안한 줄 아니?

솔직히 말하면 널 좋아하는 신후 마음을 알고 있으면서도 그런 짓을 했다는 게 너무 미안해. 네가 결혼해서 전혀 행복하지 않았다는 것도 모두 다 내 탓인 것만 같아. 은서야, 내가 정말 싫다. 그러니까 수연이 때문에 네 맘 접고 그러지 마. 넌 마음껏 사랑해도 돼. 내가 지켜줄게. 내가 너 힘들게 한 몫까지 해서 수연이 하나쯤은 무찔러 줄 테니까 포기하지 마. 너랑 신후가 행복했으면 좋겠다."

미연은 울고 있었다. 은서도 같이 울었다. 왜 그랬냐고 화를 내고 원망해야 했다. 그러나 화조차, 원망조차 빗겨간 듯 허탈하기만 했다. 또 거의 정상적이지 못한 미연의 행동을 보고 난 후라 은서는 화를 낼 기운도, 마음도 없었다. 은서는 그동안 미연이 얼마나 힘들었을지 충분히 이해하고도 남았다. 누가 더 힘들었는지 비교한다는 건 무의미할 것이다. 그러나 세상에 혼자 무거운 짐만 지고 살아왔다고 생각했던 은서에게 미연의 모습은 위로가 되었다. 콧물을 휴지로 닦아내 가며 눈물이 더 이상 나오지 않을 때까지 펑펑 울었다. 그러다 진정되어 눈물이 마르고 서로의 얼굴을 마주 보았을 때 퉁퉁 부어올라 개구리 눈처럼 된 서로의 모습을 보고 한참을 웃었다. 미연이 은서를 껴안았다. 은서도 말없이 미연의 등을 토닥여 줬다.

"오늘은 여기서 자고 내일 신후 만나. 너희 싸웠지? 신후가 너 나가는 거 그냥 보낼 사람이 아닌데."

"족집게다. 꼭 수연이 때문만은 아니야."

"아줌마 때문에?"

"그래. 이모는 수연일 마음에 두고 있으니까. 그리고 그 모든 걸 신후를 얻기 위해서 그랬다는 게 난 무섭다. 내 사랑과 비교도 안 되는 것 같기도 하고."

"최은서, 너 몇 년 사이에 완전 바보 됐구나. 그게 사랑이니? 집착이지. 자기 싫다는 사람 죽어라 쫓아다니며 타인의 감정 따위는 아랑곳하지 않는 게 사랑이니? 그리고 너, 그 잘나던 자존심과 투지는 어디다 팔아먹어 버린 거야? 신후가 그 정도도 못 이겨낼 것 같아서 그래? 신후를 믿어봐."

"미연아, 신후를 못 믿어서 그런 것 아냐. 신후를 알기 때문에 내가 헤어지자고 했어. 그게 최선이라고 생각했어."

"그래서 신후가 뭐래?"

은서는 쓴웃음을 지었다. 그녀의 표정에서 씁쓸한 이별의 아픔이 느껴졌다.

"미치겠네. 그래서 헤어진 거야? 난 도저히 신후가 동의했다는 말 믿을 수 없어. 걔가 너한테 얼마나 일편단심인데."

우습지만 은서 자신도 믿기지 않는 사실이었다. 바짓가랑이를 붙잡고 안 된다고 매달리기를 바라기라도 한 듯 신후의 관두자는 말은 다행이 아니라 외줄을 타듯 붙잡고 있던 동아줄이 툭 끊어진 것 같은 기분이었다. 말과 마음이 다른 그녀는 위선자였다. 신후가 잘못한 것은 하나도 없었다. 그런데 신후가 더 붙잡아주지 않은 것이 서러웠다. 차라리 잘된 거라고 수없이 되뇌어도 품속에 지니고 다니던 중요한 것을 잃어버린 것처럼 허전하기만 했다. 수연이에게 죄책감을 가질 필요가 없다고 한다. 그녀의 마음을 무겁게 짓누르던 미안한 감정은 더 이상 갖지 않아도 된다. 수연의 앞에서 당당할 수 있다. 아니, 오히려 자신을 그렇게 비참한 상황에 빠지게 한 수연에게 분노할 수 있다. 그러나 은서는 전혀 기분이 좋아지지 않았다. 다시는 그녀를 안 보겠다는 신후의 말만이 가슴속에서 메아리쳤다. 미연의 말대로 희망을 가질 수 있었으면 좋겠다. 문득 혹시 경진이 신후와 그녀 사이를 이해해 주지 않을까 하는 생각이 들었다. 그렇다면 얼마나 좋을까? 경진이 그랬던가, 물에 빠진 사람은 지푸라기도 잡으려 한다고. 지금 자신의 모습이 꼭 물에 빠져 허우적대는 것처럼 느껴졌다.

밤이 깊어 집에 돌아왔다. 그러나 막상 집 앞에 차를 주차시키고도 신후는 움직일 수 없었다. 그렇게 홧김에 맘에도 없는 말을 하고 나오는 게 아니었다. 무거운 한숨을 내쉬며 신후는 다시 한 번 마음을 다잡았다. 그를 위해 여러 가지 음식들을 준비한 은서를 보며 한껏 부풀어 있었다. 한집에서 자고 일어나 같이 밥을 먹고, 함께 나누는 작은 일상의 소소한 것들이 그를 들뜨게 했다. 늘 이렇게 함께할 수만 있다면 비록 조마조마한 비탈길이라도 상관없을 것 같았다. 밥을 차려주고, 그와 마주 앉아 웃어주는 그녀의 모습이 너무 사랑스러웠다. 둘만이 존재하는 공간, 마음껏 사랑을 표현할 수 있는 공간과 시간에 감사하던 그에게 은서는 이별을 말했다. 이미 오래전부터 준비해 온 듯한 모습으로 담담하게 그를 밀어냈다. 충분히 극복할 수 있을 거라는 그와는 달리 그녀는 안 되겠다는 말로 마음을 표현했다. 참으려 안간힘을 쓰던 그녀의 눈에 눈물이 맺혔을 때 신후는 말하고 싶었다. 위로하고 싶었다. 은서가 우는 모습은 지금까지 보아온 걸로도 족했다. 더 이상 눈물 흘리는 일 없도록 해주고 싶은 신후의 마음과 달리 그녀는 매번 그로 인해 눈물을 보인다는 사실이 그를 더 힘들게 했다. 그렇다고 그녀의 말대로 할 수는 없었다. 그녀의 눈물을 닦아주고 껴안아줄 수 있는 사람은 자신뿐이라고 생각했다. 그러나 그녀가 그의 손길을 외면했다. 왜 좀 더 용기를 내주지 않는지, 왜 도망만 치려고 하는지 순간 화가 치밀었다. 그래서 맘에도 없는 말이 툭 튀어나오고 말았다. 도망치듯 집을 나왔다. 그리고 자신이 무슨 말을 했는지 깨달았다. 상상조차 해보지 못한 말을 자신의 입으로 했다는 사실을 믿을 수 없었다. 다시는 안 볼 거라니, 관두자니, 그가 무슨 생각으로 그런 말을 했는지 망연자실해 대문 밖에서 한참을 서 있었다. 당장이라도 다시 들어가 그가 한 말을 주워담고 싶었지만 차마 그러지 못했다. 감정이 격해 있는 상태에서 또 다른 말이 튀어나와 걷잡을 수 없는 상황으로 만들어 버릴까 두려워서였다.

신후는 대문을 조용히 열고 들어갔다. 거실 등 하나만 밝혀져 있을 뿐 집 안은 조용했다. 그가 매일같이 보던 똑같은 풍경인데 허전하다. 그는 망설이던 끝에 은서의 방문을 두드렸다. 그러나 대답이 없었다. 잠들었나 싶어 조용히 문을 열었다. 그러나 덩그러니 텅 빈 침대만이 보일 뿐이었다. 그 순간 길게 당겨져 있던 신경이 뚝 끊어지는 것 같았다. 설마…… 말도 안 돼. 도저히 믿기지 않는 얼굴로 그녀의 방을 둘러보았다. 항상 그 자리에 있던 여행용 가방이 자취를 감추고 없었다. 숨이 막혔다. 심장에서는 산소를 달라고 아우성치고 있었지만 그는 어떤 것도 할 수 없었다. 결국 그녀는 나가 버렸다. 그에게 말도 없이 그의 인생에서 사라지듯 가버렸다. 그의 삶이 그녀 없이 가능하기나 한 걸까? 정말 그녀는 홧김에 한 그의 말을 진심으로 받아들인 걸까 하는 의문이 들며 신후는 가만히 있을 수가 없었다. 은서가 어젯밤 배회하던 방을 그 역시 미친 듯이 서성였다. 곧 그의 얼굴에 우울한 미소가 보였다. 그녀의 물건들이 사라진 빈 방에서 그는 은서가 그의 말을 진심으로 받아들였음을 보고 말았다. 그녀는 말뿐만 아니라 행동으로까지 분명하게 보여주고 있었다. 그녀가 말한 최선이 바로 이별이었다. 그것이 불가능한 신후와 달리 그녀는 가능한가 보다. 가슴이 먹먹했다. 송곳으로 콕콕 찌르는 듯 아렸다. 은서의 침대에 걸터앉아 가슴에 느껴지는 통증이 사라지기를 기다렸다. 그러나 그 통증은 더해갈 뿐 좀처럼 멈출 기미는 보이지 않았다.

14

그리움으로 찾는다

그리움으로 **14**
젖는다

은서는 경진의 가게를 눈앞에 두고 망설였다. 무엇을 확인하기 위해서라기보다는 어제 아무 말 없이 외박을 해서 많이 걱정할 터였다. 그리고 독립하는 것에 대해서도 말씀드려야 할 것 같아 오전 수업만 마치고 학원을 나왔다. 그러나 좀처럼 발걸음이 떨어지지 않았다.

"이모."

"어, 은서구나? 어젠 어떻게 된 거야?"

경진은 저고리에 동정을 달던 일을 멈추고 은서를 반겼다.

"죄송해요. 오랜만에 미연이 만나서 놀다 보니 늦어져 미연이네서 잤어요."

"그래? 그럼 전화라도 하지. 나도 어제 피곤해서 너 들어왔는지 확인도 못하고 자버렸잖아. 아침에 일어나서 너 없는 것 보고 얼마나 놀랐는데. 참, 며칠 전에 수연이가 놀러왔더라."

"그래요?"

"응. 걔 참 참한 것 같지 않아? 내 맘 같아서는 우리 신후랑 잘되었으면 좋겠는데 녀석이 워낙 무뚝뚝해서 말야. 그런 며느리였으면 딱 좋겠는데. 네가 봐도 괜찮지? 집안도 안 빠지고 애가 워낙 싹싹하고 착하지 않니? 나도 어쩔 수 없나 봐. 여느 집 엄마들과 다를 바 없더라."

"네."

무슨 말을 할 수 있겠는가. 그녀가 가졌던 작은 기대는 여지없이 허물어졌다. 경진의 벽은 아주 높아 보였다. 따지고 보면 당연한 일인지도 모른다. 은서가 알기로 경진은 신후가 여섯 살 되던 해 이혼했다. 그리고 20년이 넘는 세월을 한눈 한 번 안 팔며 신후만을 바라보고 산 인생이라 해도 과언이 아니었다. 그런 경진에게 신후에 대한 기대치는 높을 수밖에 없다.

"저…… 이모, 드릴 말씀이 있는데요."

은서는 조심스럽게 말을 꺼냈다.

"응? 뭔데?"

"저 미연이랑 얘기해 봤는데요, 미연이랑 같이 지냈으면 해서요."

경진은 한동안 말이 없었다. 은서는 경진의 입에서 어떤 말이 나올지 가슴 졸이며 기다렸다.

"그래라. 너도 이제 독립할 나이가 되긴 했지. 그렇다고 끼니 거르고 하면 안 된다."

결코 그녀가 원하던 대답은 아니었다. 너무나 흔쾌히 승낙하는 경진을 바라보며 입이 썼다. 한 번쯤은 말릴 거라고 생각했다. 이미 결정한 일, 고집을 부려서라도 나올 생각이었지만 경진이 한 번의 말림도 없이 기다렸다는 듯 승낙하는 모습은 전혀 생각지 못했다.

경진은 만지고 있던 저고리를 정리하고 있었다. 경진의 가게로 오면서 그녀는 수많은 고민을 했다. 경진이 말리면 뭐라 핑계를 대야 할지, 말도 안 되는 이런저런 이유를 만들어가며 고민했던 자신이 한없이 초라하기만 했다. 경진은 그녀에게 참 많은 사랑을 준 사람이기도 했지만 반면 혼자라는 걸 절실하게 느끼게 하는 사람이기도 했다.

"저 그만 가볼게요."

"그래. 짐은 조금씩 천천히 옮겨가."

"네."

은서는 경진의 가게를 나오며 경진이 그녀와 신후 사이를 눈치 챘다는 걸 느끼고 말았다. 한 치의 틈도 보여주지 않는 경진의 눈빛에서 그녀는 알 수 있었다. 신후와의 감정이 특별하지 않았더라면, 그저 오누이 정도라고 생각했다면 경진은 결코 그녀를 이토록 차갑게 밀어내지 않았을 것이다. 경진이 그녀에게 조금씩 거리를 두고 있었던 것은 그녀와 신후 사이를 감싸고 있는 평범치 않은 기류를 인식하고 있었기 때문일 것이다. 무엇을 확인하기 위해 찾아온 것은 아니라고 생각했지만 혹시나 하는 마음이 있었다. 경진의 마음에 그녀의 자리가 조금이라도 있을지 모른다는 작은 기대가 이곳으로 오게 만들었다. 아주 조금만이라도 빈틈이 보인다면 그녀는 무릎 꿇고 사정했을 것이다. 나는 안 되겠느냐고, 신후를 사랑하면 안 되겠냐고 경진에게 매달렸을지도 모른다. 그러나 경진은 이미 그녀의 마음을 알고 있었다. 그리고 그녀가 떠나가 주길 기다리고 있었다. 미연이 수연이에게 죄책감을 느낄 필요 없다고 말했을 때 조금은 마음이 가벼웠다. 이미 신후와 결별을 했지만 어쩌면 다시 사랑할 수 있지 않을까 하는 설렘도 없지 않았다. 그렇게 복잡한 마음으로 찾은 그녀에게 경진은 단호했다. 말로 표현하지는 않았지만 그녀는 안 된다고 말하고 있었다. 그녀는 축 처진 어깨를 하고 미연의 오피스텔로 돌아왔다. 그리고 누워버렸다. 결국 그녀의 예감은 적중했다. 그녀는 두 사람을 다 잃었다.

"뭐야, 최은서? 아직 안 들어갔어?"

퇴근한 미연이 은서를 보고 맨 먼저 한 말이었다. 은서는 말없이 고개를 끄덕였다.

"왜?"

은서는 차마 경진이 반기지 않는다고 말할 수 없었다.

"나, 여기 좀 더 있는 게 싫어?"

"누가 싫어서 그래? 오늘 신후 안 만났어?"

미연은 이상한 소리를 한다는 듯 눈을 흘기며 물었다. 은서는 말없이 웃었다.

"뭐야, 신후한테서 전화 안 왔어?"

그녀의 얼굴이 굳어졌다. 말없는 웃음이 자취를 감춘 자리에 우울한 표정이 자리를 잡았다. 신후에게서는 연락이 없었다. 오늘 몇 번씩이나 핸드폰을 들여다봤는지 모른다. 왜 이리 미련스럽게 구는지 자신이 정말 싫었지만 어쩔 수 없었다. 그녀는 아직 신후와의 헤어짐이 실감나지 않았다.

"나 여기서 살아도 되지?"

"그럼, 당연한 걸 뭘 물어보고 그래? 아우, 배고파."

은서의 우울한 표정을 봐서인지 미연은 시원스럽게 대답하고 말을 돌렸다.

"그래, 밥 먹자. 근데 냉장고에 쌓아놓은 밑반찬은 많은데 왜 쌀이 없어? 뭐 먹고 산 거야?"

은서의 채근에 미연이 한쪽 눈을 찡긋하며 비실비실 웃는다.

"반찬이야 엄마가 나르는 거고, 밥은 집에서 통 안 먹으니까 그렇지. 이제 너 있으니까 저녁 걱정은 안 해도 되겠다. 그치?"

은서의 기분을 풀어주려는 듯 미연은 그녀와 함께 지내게 되어 즐거운 것처럼 이야기했다. 은서 역시 같이 웃어줬다. 그러나 입맛은 전혀 없었다. 밥이 잘 넘어가지 않았다. 미연이 은서의 눈치를 조심스럽게 살피는 것도 보지 못했다.

"은서야, 너 혹시 아직도 혁이 오빠에 대한 감정이 남아 있는 것 아니니?"

"응?"

갑작스런 미연의 말에 은서는 멍한 눈을 하고 고개를 들었다. 다른 사람들이 보기에는 아직도 그녀가 혁에게 미련이 남아 있는 걸로 보이는 것일까?

"왜 그런 생각을 했어?"

"글쎄. 오늘 사무실에서 일하는데 문득 네가 신후랑 헤어진 게 순수하게 수연이나 아줌마 때문이었을까 하는 생각이 들더라. 아직도 혁이 오빠에 대한 감정이 남아 있어서는 아닐까? 난 솔직히 오늘 신후 만나서 다 풀고 들어갔을 줄 알았거든."

은서는 더 이상 먹지도 않고 휘젓고 있던 젓가락을 내려놨다.

"차라리 아직도 혁이 오빠에 대한 감정이 남아 있다면 좋겠다는 생각이 들어. 그렇다면 우리 관계가 이렇게 복잡하게 꼬이지는 않았겠지. 그런데 언제 내가 그런 감정을 가졌나 싶을 만큼 아무런 감정도 남아 있지 않아. 담담할 뿐이지. 아니, 더 솔직히 말하면 엉망이었던 그 시간들이 억울해. 난 내 선택에 최선을 다하고 책임지려 했었어. 근데 그게 내 선택이 아니었다는 걸 알았어. 미연아, 내가 얼마나 어리석은지 아니? 난 혁이 오빠를 사랑한 게 아니었는지도 몰라. 지금 생각하면 그래. 신후를 만나면서 그런 생각이 들더라. 오빠와 함께 있는 수연을 난 질투해 본 적이 없거든. 근데 신후가 수연이를 바래다주러 간 그 짧은 시간 동안 난 질투의 화신이 되어 있었어. 또 난 오빠와 한 집에 3년을 살면서 어떤 신체적 접촉도 없었거든. 근데 신후와 난…… 내가 지금 무슨 소릴 하는 건지 모르겠다."

"무슨 소리? 난 신후를 사랑해라고 말하고 있지."

은서는 씁쓸하게 웃었다. 아, 난 정말 신후를 사랑하는구나. 그렇다고 뭐가 달라지지. 아무것도 할 수 없는데……. 자꾸만 한숨이 나왔다.

"땅 꺼지겠다. 신후 녀석 금방 연락 올 테니까 기분 풀어. 술 한잔할래?"

"너 정말 변했다. 그 조신하던 미연이는 어디 갔을까?"

"언제든 조신해질 수 있는 미연이도 있어. 그치만 난 지금이 좋아. 바보처럼 속으로 끙끙 앓는 것은 관두기로 했거든. 어리석게 수연이한테 당하는 일 같은 건 두 번 다시 안 할 거야."

미연은 냉장고에서 캔 맥주 두 개와 마른안주를 꺼내왔다.

"넌 수연이랑 무슨 일이 있었던 거야?"

"흠, 얘기하려면 밤을 새워도 모자라니까 생략한다. 술이나 마시자."

호탕하게 다 털어놓을 것 같던 미연의 얼굴에 살짝 어두운 그림자가 스치는 듯했다.

"민석이랑 상관있는 일이야?"

미연이 살짝 웃었다. 맥주를 한 번에 마셔 버린 후 다시 냉장고로 가 하나 더 꺼냈다.

"그렇기도 하고 아니기도 하고."

알쏭달쏭한 말만을 늘어놓은 미연은 새로 딴 캔 맥주를 들고 일어섰다.

"난 아무래도 오늘은 일찍 자야겠다. 내일부터 감사 시작하는 거래처가 있거든."

"그래."

미연이 나가자 은서의 얼굴은 다시 어두워졌다. 아직 그와의 헤어짐을 실감조차 하지 못하고 있는데, 신후는 지금 무엇을 하고 있을까? 정말 날 잊으려고 노력하고 있을까? 그런 생각만으로도 가슴이 묵직해졌다. 은서도 냉장고에서 캔 맥주 하나를 더 꺼냈다. 그리고 미연처럼 단숨에 비워 버렸다.

일주일 동안 은서의 일상은 변함없었다. 아침에 일어나 학원에 가고, 수업을 받고. 아무래도 내년에 대학을 간다는 것은 무리일 거라는 생각이 들었다. 뒤늦게 시작한 공부도 공부였지만, 전혀 공부에 집중할 수 없는 지금의 상황이 더 문제였다. 수업 시간에 그저 멍하니 앉아 있다는 말이 옳을 것이다. 아무리 잊으려 해도, 생각하지 않으려 해도 신후의 화난 얼굴이 머리 속에서 다시는 널 안 볼 거라고 외쳤다. 신후는 그의 말대로 그녀를 안 볼 작정인가 보다. 그녀가 미연에게로 옮겨온 후 한 통의 전화도 없었다. 이제야 조금씩 신후와 헤어졌다는 게 실감이 났다. 매번 핸드폰 전화를 확인하는 것과 수업이 끝날 때쯤이면 혹시나 신후가 기다리고 있지 않을까 계단을 내려오면서 떨리는 가슴과 두리번거림, 그리고 없을 때의 쓸쓸함. 요즘 반복되는 은서의 일상이었다. 이별을 말한 건 그녀였지만 그녀는 신후가 없는 상태를 전혀 적응하지 못하고 있었다. 길을 걷다가도 불쑥 그가 튀어나와 장난을 걸 것 같고, 신후랑 비슷한 뒷모습만 봐도 가슴부터 뛰었다. 날이 갈수록 이런 증세가 나아지기는커녕 심해만 가는 것 같아 불안했다. 신후가 매달리지 않고 그녀의 뜻을 받아들여 줘서 고맙게 생각해야 했지만, 은서는 전혀 그렇지 못했다. 온종일 그의 생각으로 하루가 어떻게 시작하고 어떻게 가는지 알 수 없었다. 그녀의 표정만으로도 많이 힘들어한다는 것을 느낄 수 있을 정도였다. 그날 저녁 미연과 춤을 추러 갔다. 신후와의 냉전이 길어지는 듯해 안타까워 보였는지 은서의 기분을 풀어주려고 노력하는 미연이 보였다. 술을 마시고 신나게 춤을 췄다. 그러나 전혀 즐겁지 못했다. 잊으려 하면 할수록 더 새록새록 떠오르는 신후와의 기억들, 충분히 감안했는데도 불구하고 너무 어렵다. 신후가 보고 싶었다.

다음날도 학원 수업이 끝나고 나와 멍한 상태로 버스 정류장에 섰다. 어제 밤새 마신 술로 거의 오전 수업이 다 끝나서야 학원에 왔지만 끝까지 앉아 있다는 건 무리였다. 낯익은 버스가 왔다. 은서는 버스에 올랐다. 그리고 늘 내리던 정류장에 내려

걸음을 옮겼다. 아무런 생각이 없었다. 그저 발길이 닿는 대로 걷고 있었다.

"은서야, 오늘은 일찍 오네."

은서는 고개를 푹 숙이고 걷다가 그녀의 어깨를 치는 손에 놀라 고개를 번쩍 들었다. 꽃가게 아줌마였다. 당황할 겨를도 없이 자동적으로 다시 머리를 숙여 인사했다.

"안녕하세요."

"어. 오늘은 일찍 오나 보다. 얼굴이 많이 상한 것 같아. 몸 생각도 하면서 하지."

은서는 더 이상 아무 말도 할 수 없었다. 그녀는 자신이 신후의 집으로 가고 있는지도 아줌마가 아는 척할 때까지 몰랐다. 그녀는 분명 미연의 오피스텔로 가고 있다고 생각했다. 그러나 그녀의 몸은 신후의 동네에 와 있었다. 어처구니가 없었다. 경진이나 신후라도 볼까 봐 조바심마저 생겼다. 정말 자신이 어떻게 되지 않고서야 왜 이런 행동을 하는지 믿을 수가 없었다.

"들어가라."

"네."

아무것도 모르는 아줌마에게 네라고 대답할 수밖에 없었다. 돌아서서 가는 아줌마의 등을 보며 은서는 문득 보증금 문제가 떠올랐다.

"저기요, 아줌마."

"응. 왜?"

"저, 보증금은 어떻게 됐어요?"

"어, 이모가 말 안 했나 보구나? 다 해결됐어. 사장이라는 사람이 나타나서 한 방에 해결해 줬다. 젊은 사람이 아주 잘났더라. 참, 언니랑 잘 아는 사이 같던데."

"그래요?"

은서는 인사를 하고 아줌마의 모습이 보이지 않게 되자 정신없이 가던 길을 되돌아 나왔다. 그리고 어느 방향인지 확인도 않고 맨 먼저 오는 버스에 몸을 실었다. 좀 돌아서 가는 거였지만 다행히 미연의 오피스텔 쪽으로 가는 버스였다. 버스가 정차와 주행을 반복하는 동안 창밖을 쳐다보며 은서는 괜한 입술만 질근질근 깨물었다. 솟구치는 울음을 참기 위해서였다. 왜 현실을 직시하지 못하고 바보 같은 행동을 하고 있는지 자신이 원망스러웠다. 그녀와 신후는 서로 무관한 삶을 살기로 하지 않았는가. 이미 혁은 그녀가 신후의 집을 나온 걸 알고 보증금 문제까지 해결해 준 상태였다. 더 이상 되돌릴 수 없는 일, 그저 순응할 수밖에 없다고 현실은 말하고 있었다.

미연의 오피스텔로 돌아온 은서는 샤워기에 물을 세게 틀어 놓고 끝내 참았던 눈물을 터뜨렸다. 마지막 울음이라 다짐하고 또 다짐했다. 이미 알고 있지 않았던가. 신후는 그녀의 것이 될 수 없다는 걸 알면서도 시작한 것은 그녀였다. 놓아주기로 한 이상 더 이상 미련스러운 행동은 그만둬야 한다. 안타까움 같은 것은 날려 버려야 한다. 그녀는 할 수 있을 것이라고 스스로를 위로를 했다.

울 만큼 울고 나니 마음이 가라앉는 것 같다. 너무 울어서 머리가 멍하기도 했지만 기분은 그런대로 괜찮았다. 다소 안정감이 든다고 할까? 그저 복잡하게 뒤엉켜 넋을 놓고 있던 그녀의 머리 속이 정리가 된 기분이었다. 마음이 아픈 거야 여전하지만 오늘 같은 일이 생길 만큼 정신을 빼놓고 다니는 일은 없을 것이다. 마음을 단단히 먹었다. 이제는 신후와의 이별을 받아들이기로 했다. 정말 죽을 만큼 아프고, 보고 싶지만 견뎌보기로 했다. 신후가 그러지 않았는가? 관두는 것 해보자고. 그래, 해보자. 신후가 할 수 있다면 그녀도 할 수 있을 것이다.

요즘 계속해서 미연이는 늦었다. 회계법인의 신출내기 회계사인 미연은 감사라고 하더니 바쁜가 보다. 혼자 일을 다 한다며 투덜거리고 다녔지만 그녀는 일을 즐기고 있는 것처럼 보였다. 같은 나이를 먹었는데 자신의 길을 걷고 있는 미연에 비하면 자신이 초라하게 느껴지는 건 어쩔 수 없다.

미연에게서 전화가 왔다. 본가에서 가족들과 저녁 식사하고 자고 온다는 내용이었다. 목소리에서는 특별한 감정이 묻어나지는 않았으나 느낌상 미연이 별로 달가워하지 않는 본가행 같았다. 이 밤, 그녀가 이 집을 혼자 독차지하게 될 것 같다. 퉁퉁 부은 눈을 보이지 않게 되어 다행이다. 요즘 수면 부족에 시달리고 있었지만 오늘은 일찍 푹 자볼 생각이었다. 그녀의 바람은 다 잊고 잠드는 것뿐이었다. 너무 울어 지친 탓인지 늘 뒤척이며 잠들지 못했던 그녀였지만 쉽게 잠이 들었다.

꿈속에서 쿵쾅쿵쾅 집이 떠나갈 듯 문 두드리는 소리가 들렸다. 줄기차게 초인종이 울렸고 무슨 전쟁이라도 일어난 것 같았다. 그러나 그녀는 쉽게 눈을 뜰 수가 없었다. 어디선가 항의하는 소리도 들려온다. 전혀 그녀의 꿈같지 않는 꿈이었다. 제발 그만 끝나주었으면 좋겠는데 쿵쾅거리는 소리는 끊기지 않았다. 설핏 눈을 떴다. 그 소리는 분명 문 두드리는 소리였다. 문이 부서질 것처럼 뒤흔들리고 있었다. 깜짝 놀란 은서는 일어나 문으로 갔다. 옆집 사람들인지 뭐라고 항의하는 소리가 들렸지만 아랑곳하지 않고 문을 두드리는 사람이었다. 도대체 이 시간에 누가 여기를 찾아온 것일까? 설마…… 언뜻 신후의 얼굴이 스쳤다. 누구냐고 물을 새도 없이 은서의 손은 문을 열고 있었다.

술기운이 확 밀려왔다. 그리고 남자의 뒤로 눈꼬리를 올린 채 혀를 차는 몇몇 사람들의 얼굴이 보였다. 은서는 당황해 남자를 안으로 밀어 넣고 문을 닫았다. 거의 만취 상태인 듯한 민석이었다. 신후일지도 모른다는 생각은 거의 쓰러질 듯 위태하게 문 앞에 서 있던 민석을 보자 허탈감으로 바뀌었다. 쓴웃음이 나왔다. 그렇게 다짐해 놓고도 겨우 문 두드리는 소리에게 가슴부터 뛰는 걸 보면 그녀는 여전히 중증이었다. 어서 치유가 되어야 할 텐데.

은서는 위태위태하게 걷는 민석의 팔을 붙잡고 겨우 소파에 앉혔다.

"미연이, 미연이 어디 갔어? 당장 나와."

"민석아, 정신 차려. 미연이 오늘 집에 갔어."

그러나 민석의 귀에는 은서의 말이 들리지 않는지 계속해서 미연만을 찾고 있었다. 미연과 민석 사이에도 그녀와 신후만큼 복잡한 일이 있는가 보다. 은서는 오늘 미연이 안 들어온다고 했는데 민석을 여기다 둬야 할지 난감했다. 민석은 이미 곯아떨어진 것처럼 보였다. 여전히 중얼중얼 잠꼬대처럼 미연을 찾고 있었지만 말이다. 혼자서 거실을 서성이던 그녀는 끝내 전화기를 들었다.

—여보세요.

낮게 깔린 저음의 목소리가 귓전을 때렸다. 한순간도 잊지 못한 신후의 목소리다. 은서는 목이 메어 말이 나오지 않았다. 분명히 목적이 있어 한 전화인데도 불구하고 입이 떨어지지 않았다. 전화기를 타고 짜증스럽게 내뱉는 한숨 소리가 들렸다.

—여보세요. 전화를 거셨으면 말을 해야죠.

말을 해야 하는데 벙어리라도 된 것마냥 입은 떨어지지 않고 가슴만 대책없이 뛰었다. 후회가 밀려왔다. 차라리 미연에게 전화를 걸 걸. 그냥 끊어버릴까? 이러지도 저러지도 못하는 망설임의 순간은 길어져만 갔다. 수화기를 내려놓으려는데 다급한 신후의 목소리가 그녀를 붙잡았다.

—은서니? 은서구나. 은서 맞지?

"휴……."

은서는 그제야 참고 있던 숨을 내쉬었다.

"잠깐 여기 좀 와줄래? 나 혼자 있는데 민석이가 취해서 와 있어."

얼마나 급하게 서두르고 있는지 신후의 말은 더 이상 들려오지 않았다. 온 집 안이 술 냄새로 진동하는 것 같았다. 족히 30분이 넘는 걸릴 거리를 신후는 채 15분도 되지 않아서 도착했다. 은서가 문을 열어주자 들어서던 신후는 얼굴을 찡그렸다. 현관 앞까지 술 냄새가 풍겼기 때문이다. 정말 민석이는 술독에 빠졌다 나온 사람처럼 보였다. 은서도, 신후도 민석의 심하게 흐트러진 모습은 처음이었다. 신후는 민석을 내려다보며 한숨을 내쉬었다.

은서의 눈에는 신후의 모습만이 각인되어 민석은 더 이상 보이지 않았다. 볼살이 좀 빠진 듯 날카로워 보였다. 늘 장난기로 가득해 빛이 나던 눈은 그 빛을 잃은 것 같다. 힘들어한 흔적이 군데군데 보였다. 그녀만큼 그도 참고 있는 걸까, 견디고 있는 걸까 하는 생각이 들자 더 이상 신후의 얼굴을 쳐다볼 수 없었다.

말이 없는 전화, 장난 전화일 거라 생각하면서도 한편으로는 은서이기를 바랐다. 그리고 그녀가 내뱉는 짧은 한숨을 들었을 때 신후는 안도했다. 셀 수 없을 만큼 그녀의 전화번호를 눌렀다 지웠다를 반복하던 일주일이었다. 은서가 떠난 것을 알았을 때의 그 좌절감, 결코 그의 말이 진심이 아니라고 쫓아가서 해명하고 싶었던 마음을 가까스로 억눌렀다. 두려움 때문이었다. 그가 붙잡고 매달린다 해도 뿌리칠 것 같은 은서 때문에 그는 쉽게 전화를 걸 수 없었다. 문을 여는 은서를 보는 순간 일주일 동안의 그리움이 물밀듯이 밀려왔다. 당장이라도 껴안고 싶었지만 거리를 두려는 듯 물러나는 은서를 보며 신후는 다가갈 수 없었다. 그러나 운 듯 부어오른 눈과 초췌한 그녀의 모습을 보며 다행이라는 생각이 드는 것도 어쩔 수 없었다. 그녀에게 있어 자신이 무의미한 존재가 아니라는 사실, 그녀도 그만큼 힘들어하고 있다는 사실은 그에게 많은 위로와 힘이 됐다.

"잘 지내?"

"응."

"잠깐 앉아. 마실 것 줄까?"

"됐어."

일주일 만에 처음 보는 것이었다. 매일같이 얼굴을 맞대고 지내던 사람들이 일주일 만에 마주 보고 앉았다. 조금은 어색한 기류가 흘렀다. 옆에 쓰러지다시피 잠든 민석이 숨을 내쉴 때마다 알코올 냄새가 뿜어져 나왔지만 두 사람 사이를 방해하지는 못했다.

"피곤해 보인다. 아직도 늦게까지 일해?"

"아니, 관뒀어. 넌 어때? 공부는 잘돼?"

"뭐, 그냥 그렇지."

너무나 평범한 일상을 묻는 대화였다. 서로 약속이나 한 것처럼 아픈 곳을 건드리지 않은 채 주변 이야기만 맴돌고 있었다. 그러나 그 말없는 약속은 오래가지 않았다.

"왜 울었어?"

"어?"

은서는 할 말을 잃었다. 그녀의 눈이 울어서 퉁퉁 부어 있을 거라는 걸 미처 생각지 못했다. 보이고 싶지 않은 것을 들킨 것마냥 얼굴이 달아올랐다. 아직은 나 잘 견디고 있다고 보여주고 싶었는데 보여지는 그녀의 모습은 전혀 그렇지 못했다.

"수연이가 너 좋아하는 것 알았어?"

"어?"

은서는 신후의 질문을 또 다른 질문으로 대신했다. 신후는 갑작스런 은서의 물음에 당황한 듯 바로 대답을 못한 채 반문했다. 은서가 다시 한 번 물었다.

"수연이가 너 좋아하는 것 알았냐고."

"어, 그런 것 같아."

"언제부터?"

"응? 그건 왜?"

신후는 난처한 얼굴을 했다.

"궁금해서 그래. 언제부터 알았어?"

"수연이한테 직접 고백을 들은 건 요 근래야. 근데 훨씬 더 오래전부터 나한테 다른 감정을 갖고 있는 건 아닐까 하는 생각을 한 적은 있어."

"그런데 넌 모른 척한 거였구나."

은서는 자꾸 신물이 넘어오려 했다. 모두가 다 알고 있었다. 그녀만 보지 못했을 뿐 미연도, 당사자인 신후도 느끼고 있었다. 수연의 감정을 어리석게도 그녀만 몰랐다. 그녀만 수연을 아주 순수하게 바라보고 있었던 것이다. 그녀가 가져야 했던 그 긴 시간 동안의 미안함이 정말 바보스럽기만 했다. 자신에게 화가 났다. 친구라고 믿었던 수연은 결코 그녀의 친구가 아니었다. 정말 묻고 싶다. 왜 그랬느냐고, 왜 좀 더 솔직해지지 않았느냐고. 그걸로 인해 무시당해야 했던 걸 생각하면…… 특히 그녀를 무시하던 혁이 밉고, 그녀 앞에 앉아 있는 신후에게도 화가 났다. 두 사람의 잘못이 아니라는 걸 알면서도 솟구치는 화는 어쩔 수 없었다.

"모른 척한 게 아니고 관심이 없었던 거지. 내 관심은 오로지 너뿐이었으니까. 은서야, 그날 내가 한 말 진심이라고 생각하는 것 아니지?"

"진심이든 아니든 상관없어. 우리 할 수 있는 데까지 서로 안 보는 것 해보자."

"뭐? 바보같이 그런 말이 어디 있어? 난 일주일도 너무 힘들었어. 네 얼굴도 힘들어 보여. 왜 이런 어리석은 짓을 해야 하는 건데?"

"그래, 일주일 정말 힘들었어. 하지만 너도, 나도 견뎠어. 일주일을 견디었으니까 앞으로 한 달, 두 달도 견딜 수 있겠지."

"일주일이 내겐 10년처럼 느껴졌어. 그런데 넌 아니었나 봐. 그렇다면 나한테 퉁퉁 부은 눈 같은 건 보여주지 말았어야지. 왜 자꾸 내게 기대를 갖게 해? 왜 곧 쓰러질 것 같은 얼굴을 하고 있는데? 그러면서 견디어보자구? 서로 안 보는 것 해보자구? 지금 네가 얼마나 우스운지 알아? 수연이에 대한 죄책감? 그 딴 소리 하지 마. 순전히 네 죄책감을 나로 갚을 생각 같은 건 안 하는 게 좋아. 네 죄책감을 대신해 주기 위해 내 사랑을 포기할 만큼 내가 어리석어 보여?"

그가 죄책감을 말한다. 더 이상 남아 있지 않은 죄책감을 말한다. 헛웃음이 나오려 했다. 그녀는 깔깔하기만 한 입술을 지그시 깨물었다.

"그만 가라, 민석이 더 깊이 잠들기 전에."

"최은서, 너 정말……."

"나 자다 일어났어. 피곤해."

더 이상 그와 함께 있다가는 그에게 화를 내고 말 것 같다. 얼토당토 아니 한 논리로 그녀가 보낸 헛된 시간들을 그의 탓으로 돌리고 싶어질지도 모르는 일이다. 신후는 그녀의 진의가 무엇인지 찾으려는 것처럼 뚫어지게 쳐다봤다. 그러나 그녀는 어떤 말도 해줄 수가 없었다.

"은서야."

"신후야, 제발 그만 가라. 나 지금 너와 이야기 나눌 기분 아니야. 정말 맘에도 없는 말이 나올지도 모르니까 그만 하고 가주라."

은서의 얼굴에는 정말 피곤한 기색이 역력했다. 금방이라도 쓰러질 듯 창백한 얼굴은 신후를 멈추게 했다. 신후는 일어서서 곯아떨어져 있는 민석을 깨웠다. 아직 잠에서 다 깨어나지 못한 민석은 다시 미연을 찾기 시작했다. 민석의 술주정에 황당한 눈빛으로 무슨 일이 있었냐는 듯 그녀를 바라보는 신후에게 은서는 씁쓸한 미소를 지을 수밖에 없었다. 그녀도 미연과 민석에 대해서 아는 것이 없다. 다만 그들 역시 아픈 사랑을 하고 있는 건 아닐까 짐작해 볼 뿐이다.

겨우 어렵게 민석을 등에 업고 나가던 신후가 고개를 돌렸다. 그 특유의 부드러운 미소가 가득하던 얼굴은 찾아볼 수 없다. 빛을 잃은 눈동자만이 그녀를 향하고 있었다.

"밥 챙겨 먹고 다녀."

"조심해서 가. 민석이 꽤 무거울 텐데."

신후가 어둠 속으로 사라지고도 은서는 한동안 그 자리에 서 있었다. 신후가 왔다 간 자리의 공백은 유난히 더 커 보인다.

일요일도 반납하고 출근한 미연 때문에 은서는 홀로 한가로운 오후를 보내고 있었다. 겨울이 다가오는지 환기시키기 위해 열어놓았던 창문 너머로 불어오는 바람이 꽤 차가워 문을 닫았다. 그리고 차 한 잔을 마시며 가지려 했던 그녀만의 평화로운 시간은 전화벨 소리에 묻혀 버렸다. 무심코 든 전화기 너머로 들려오는 경진의 음성은 은서를 놀라게 했다. 그 어느 때보다 밝은 목소리로 바쁜 일 없으면 집으로 오라는 말에 그녀는 당황했다. 최근 들어 자꾸 그녀에게 낯선 모습만 보여주던 경진과는 너무나 다른 전화 목소리를 어떤 의미로 받아들여야 하는지 알 수 없었다. 경진의 친절과 유쾌한 태도가 달갑지만은 않은 이유가 무엇일까? 경진의 선을 긋는 듯 거리를 두는 모습보다 갑작스런 친절이 더 불안했다. 그래서 경진의 집으로 향하는 발걸음이 무겁기만 했다.

취한 민석으로 인한 만남 이후로 신후에게서 몇 번의 연락이 왔지만 그녀는 전화를 받지 않았다. 그녀의 마음과 달리 선뜻 그의 전화를 받을 수 없었다. 그가 어떤 말을 할 것이라는 걸 이미 알고 있었기에 더 더욱 망설임은 커졌다. 경진의 그 차갑던 태도를 은서는 기억했다. 모든 것을 알고 그녀가 떠나가 주기를 바라는 마음을 그녀는 너무나 분명하게 느꼈다. 과연 경진에게 등을 돌리면서 신후를 붙잡을 수 있을지 그녀로서는 자신할 수 없었다. 그래서 오늘 경진과의 대면이 더 두렵다. 쉽게 풀릴 줄 알았던 두 사람의 냉전이 오래가는 것 같다고 느낀 미연은 그녀의 눈치를 살피는 것 같았다. 그러나 은서는 무표정의 가면을 쓰고 미연의 시선을 모르는 척했다.

대문 앞에서 그녀는 주춤했다. 혹시 신후라도 있다면 어떤 표정을 지어야 할지 난감했다. 머리 속이 과부하가 걸려 터질 것 같았다.

"은서야, 어서 와."

경진은 즐거운 일이라도 있는 것처럼 환하게 웃으며 그녀를 반겼다. 은서는 경진의 환한 웃음에 당황스럽기만 한 마음을 숨긴 채 살짝 웃어 인사를 했다. 보지 않아도 어색한 미소를 짓고 있을 것이다.

"네. 근데 무슨 일 있어요?"

"무슨 일은? 나가고 나서 통 연락이 없어 이모가 전화한 거지. 내가 쉬는 날이라 저녁이라도 한 끼 같이 먹자고 불렀다. 들어와."

은서는 미처 거실에 앉아 있는 혁을 보지 못했다. 신발을 벗고 집 안에 들어선 다음에서야 은서는 혁을 발견했다. 그렇지 않아도 큰 눈이 놀라 더 커졌다. 주위를 두리번거렸지만 신후의 모습은 찾을 수 없고, 혁만이 자신의 집인 것처럼 태연스럽게 앉아 그녀를 바라보고 있었다.

"어떻게 된 거예요?"

딱히 누구에게 묻는 질문이라고도 할 수 없었다. 놀라 다물지 못하던 입에서 자연스럽게 튀어나온 말이었다. 혁은 분명 그녀의 질문을 들었을 텐데도 말이 없었다. 거실 탁자 위에 놓인 탐스런 가을꽃들이 불안하게 그녀를 바라보는 것 같았다.

"은서야, 뭐 해? 앉아. 참, 놀랐지? 강 서방이 전화를 했잖니? 그래서 저녁이라도 대접하려고 내가 불렀다."

은서는 당혹스러운 표정을 감추지 못한 채 엉거주춤 서서 다가가지 못했다. 혁을 대하는 경진의 태도는 오랜 친분 관계를 맺어온 것처럼 자연스럽기만 했다. 그러나 은서는 이 상황에 적응할 수가 없었다. 다정한 경진의 전화 목소리에 불안한 마음을 감추지 못했지만 설마 이런 일이 그녀에게 기다리고 있을 거라고는 감히 상상조차 하지 못했다. 은서는 결국 경진의 재촉에 소파에 가 앉았다.

"그러게 곁에 있을 때 잘하지, 괜한 시간들만 낭비했잖아."

경진은 은서가 도통 이해할 수 없는 이야기를 했다. 황망히 경진이 하는 말을 이해하지 못하고 듣고 있던 은서는 분위기가 묘하게 흘러가고 있다는 걸 눈치 챘다. 경진은 분명 그녀의 이야기를 하고 있었다. 혁과 그녀의 이야기.

"저, 이모, 무슨 말씀이세요?"

"후후. 글쎄, 강 서방이 너랑 다시 시작하고 싶다잖니?"

"네?"

은서의 얼굴은 눈에 띄게 굳어졌다. 마주 앉아 있는 혁을 노려봤지만 혁은 그녀의 시선을 무시했다.

"난 그것도 모르고. 후후."

경진은 혁과 그녀의 일이 무척 만족스러운 것 같았다. 물론 그 이면에는 싹트고 있는 불안감의 해소라는 이유로 혁이 더 반가울 것이다.

"그래, 좀 오래 걸리긴 했지만 잘해봐. 강 서방도 우리 은서

같은 애 어디 가도 없네. 뒤늦게라도 알았다고 하니 다행이지만. 그리고 은서 너도 이만한 신랑감 없다. 다 네 복이려니 생각해."

경진은 아예 혁을 사위로 인정하는 것 같았다. 강 서방, 강 서방 다정하게 부르는 모습에 은서는 숨이 탁탁 막히는 것 같다. 은서에게는 눈길 한 번 주지 않은 채 경진에게 만 사람 좋은 미소를 보내고 있는 혁을 보며 그녀는 치밀어 오르는 화를 참아내느라 힘겨운 싸움을 했다. 굳게 말아쥔 주먹은 파란 실핏줄을 드러냈다. 만약 신후가 있었더라면…… 정말 상상조차 하기 싫은 일이었다. 어서 나가고 싶었다. 더 이상 혁과 경진의 모습을 지켜볼 수가 없었다. 그러나 좀처럼 그 자리를 벗어날 수 없었다.

"잠깐만 기다려. 저녁 다 됐어."

경진이 일어나 부엌으로 가자 무거운 침묵만이 두 사람을 맴돌았다. 머리끝까지 치솟은 분노로 쏟아내고 싶은 말들은 목구멍까지 머리를 내밀며 아우성쳤지만 경진이 있는 곳에서는 어떤 말도 할 수 없어 꾹꾹 눌러야만 했다. 그런 그녀의 마음을 아는 듯 입가에 걸리는 혁의 웃음을 보자 기가 막혀 한숨만 나왔다. 노려보는 은서의 눈빛을 그는 재밌다는 얼굴을 했다.

"미연이한테 가 있다며?"

"네."

은서의 입에서 나오는 대답은 결코 부드럽지 않았다. 감정을 자제하려고 무던히 애쓴 흔적이 그대로 드러나 있었다.

"미연이랑 멀지 않은 곳에 오피스텔 하나 사났다."

"아뇨, 필요없어요."

"키는 경비실에 맡겨났으니까 언제든 들어가면 돼."

일방통행인 그와의 대화는 늘 이렇게 엇나갔다. 혁은 자신이 하고 싶은 말만 일방적으로 쏟아놓고 그녀의 대답은 신경조차 쓰지 않았다. 그녀의 감정 따위는 안중에도 없었다.

은서는 경진에게 신후의 행방을 묻지 못했다. 저녁 식사 내내 경진과 혁 사이에서는 화기애애한 대화가 오갔지만 은서는 바늘방석에 앉아 있는 것만 같았다. 경진이 애써 차려놓은 저녁 식탁은 군침이 돌 정도로 맛있는 음식들이었지만 은서는 맛을 느끼지 못했다. 넘어가지 않는 음식들을 겨우 울며 겨자 먹기로 밀어 넣고 있었다. 그 순간 기억하고 싶지 않았던 기억 하나가 떠올랐다. 혁의 가족과 함께한 마지막 식탁, 그때도 그녀는 넘어가지 않는 음식을 억지로 밀어 넣으며 표정을 감춘 채 참아내고 있었다. 그만큼의 시간이 흘렀는데 똑같은 상황에서 벗어나지 못하고 있는 자신이 원망스럽기만 했다. 경진에게 당당하게 난 이 사람과 다시 시작할 생각 같은 것 추호도 없다고 말했어야 했다. 하지만 그녀는 아무 말도 하지 못했다. 이미 모든 결정이 다 난 것처럼, 그녀가 전혀 거절할 이유가 없다는 듯이 반기는 경진의 모습을 지켜보며 침묵할 수밖에 없었다.

저녁을 먹고 차까지 마시고 가라는 경진의 말을 미연과 약속이 있다는 핑계로 거절하고 일어섰다. 혁도 그녀를 따라 함께 일어섰다. 경진은 자주 놀러오라는 말로 그녀와 혁을 배웅했다. 밖으로 나오자 은서는 내내 참고 있던 분노를 터뜨리고 말았다. 도저히 참을 수가 없었다.

"지금 뭐 하는 거예요?"

"내가 뭐 하는지는 너도 잘 알잖아."

그의 거침없는 대답이 그녀를 더 화나게 했다. 소리라도 지르고 싶은 심정이었다.

"오빠, 그만 해. 나 절대 오빠한테 돌아가는 일 없어. 알아? 두 번 다시 오빠한테는 안 간다고. 내가 오늘 저녁 먹으면서 무슨 생각했는지 알아요? 어머님 생신 날 함께 먹었던 식사를 떠올렸어요. 그 숨막히던 식탁을 떠올렸다구요. 나 그날 어땠는지 알아요? 먹었던 음식 다 게워냈어요. 지금 기분도 그래요. 음식을 다 토해내면서 오빠에 대한 내 마음도 비웠어요. 내 가슴에 응어리져 있던 오빠에 대한 내 마음 이미 다 토해내 버린 지 오래예요. 제발 그만 해요. 달라지는 건 없을 테니까요."

은서는 화를 내며 그녀의 감정을 무시하는 거침없는 그의 말이 되돌아오리라 생각했다. 그러나 혁은 안타까운 눈빛으로 그녀를 바라볼 뿐 말이 없었다. 전혀 예상치 못한 그의 모습이었다. 화가 머리끝까지 났던 그녀에게는 할 말이 더 남아 있었다. 싫다고, 이제는 이런 오빠가 싫고, 무섭다고 말할 생각이었다. 그러나 우울한 표정을 감추지 못한 채 슬픈 표정을 짓고 있는 혁을 보고 은서는 혼란스러웠다.

"은서야, 내가 사과하면 안 될까? 내가 잘못했다고 빌면 안 될까? 나도 모르겠어. 내가 왜 이렇게 너한테 집착하는지 모르겠다. 수연이와 나를 갈라놓았다는 생각 때문에 너한테 내가 못할 짓을 했다는 것 알아. 변명 같지만 그 시간 나도 힘들었어. 갑자기 너와 엮어지지 않았다면 우린 좀 더 다른 시간을 보냈을지도 몰라. 그렇지만 모든 걸 다 덮고 함께할 수 있을 만큼 나란 인간은 넉넉한 사람이 못 됐어. 그래서 이렇게 만들고 말았다. 은서야, 나한테 한 번 더 기회를 주면 안 될까? 수연이가 아닌 너만 생각나."

은서는 그의 고백 앞에 망연자실하게 서 있었다. 있을 수도 없는 일이 그녀의 눈앞에서 벌어졌다. 혁이 그녀의 앞에 고개를 숙이고 사죄했다. 기회를 달라고 한다. 요즘 혁은 그녀에게 너무 많은 충격을 안겨주었다.

"오빠."

"널 놓치고 싶지 않아. 누구하고도 공유하고 싶지 않다. 이게 지금의 내 솔직한 감정이야. 기다려야 한다면 기다릴 수 있어. 너…… 나를 사랑한 것 아니었니? 잊었다고 말하지 마. 아니, 날 잊었다면 넌 신후도 잊을 수 있을 거야. 이모님이 하시는 것 봤지? 널 절대 인정하지 않을 거야."

"오빠, 우린 너무 늦었어."

"아니, 늦은 것이 아냐. 변한 것은 하나도 없으니까. 어떤 것도 결정된 것은 없잖아. 나 같은 실수를 너라고 안 한다는 보장 있니? 나란 사람 영구제명 시키지 마. 지금은 아니라고 생각할는지 모르지만 사람은 변해. 내가 그러했듯이. 그러니까 넌 아니야라고 네 머리 속에서 지워 버리지 마. 다시 한 번 생각해 줘."

거짓이 아닌 진실이 담긴 눈동자에 그녀는 말문이 막혀 버렸다. 무엇이 혁을 변하게 만든 것일까? 가슴이 답답했다. 혁에게 응해주지 못하는 마음, 그때 혁 또한 그녀의 마음이 이토록 부담스러웠을까 하는 생각이 들자 은서는 혁에 대한 원망스러웠던 감정들이 퇴색되어 가는 걸 느꼈다.

"미안해요."

"너한테 미안하다는 소리 듣자는 거 아냐. 내가 듣고 싶은 건 네 사과가 아니라 다시 돌아오겠다는 말이야."

"오빠."

"가자. 데려다 줄게."

혁은 그가 원하는 말이 아니면 듣지 않겠다는 듯 그녀의 말을 잘랐다. 은서는 혁의 차에 올랐다. 왜 경진에 집에 들어서면서 담 옆에 주차되어 있던 혁의 차를 보지 못했는지 모르겠다. 아마 그때 혁의 차를 봤더라면 그녀는 결코 집 안에 들어가지 않았을 것이다. 어떤 핑계를 대서라도 도망쳤을 것이다. 그가 미연의 오피스텔까지 데려다 주는 동안 은서는 말없이 앞만 주시했다.

그녀는 옆에 앉아 있는 혁이 아니라 신후를 생각하고 있었다. 오늘의 일을 신후도 알게 될 것이다. 경진의 기분 좋은 웃음 뒤에는 은서의 행복보다는 더 이상 신후와 연관되지 않을 그녀로 인한 웃음이 더 클 것이다. 그래서 더 침울했다. 신후와는 자꾸만 더 멀어져 가는 것 같다. 같이 길을 들어섰는데 한 사람은 계단을, 한 사람은 에스컬레이터를 탄 것 같다. 다리가 아픈 그녀는 빨리 걸을 수 없어 한 발자국씩 천천히 조심스럽게 계단을 내려오고 있는데 신후는 에스컬레이터를 타고 저만치 멀어지고 있다. 그가 빨리 오라고 아무리 소리를 쳐봤자 그녀의 발이 따라주지 않는다. 기차가 들어서고 있었다. 기다리려 하는 신후를 경진과 수연이 거칠게 잡아끌었다. 그녀가 플랫폼에 내려섰을 때 차는 이미 떠나고 없을 것 같다.

차가 멈추고 그녀의 생각도 멈췄다. 은서는 혁이 말릴 새도 없이 문을 열고 밖으로 나왔다. 더 무슨 말을 하고 싶어하는 것처럼 차에서 내리는 혁을 보고 그녀는 빠르게 인사를 했다. 그의 의도를 모르는 것은 아니었다. 그러나 그와 더 나눌 이야기가 없었다. 아니, 그의 말을 더 들어서는 안 될 것 같다. 지금 들은 말로도 충분히 그녀는 혼란스러웠고 부담스러웠다.

혁의 차가 출발하는 것을 보고 돌아서서 오피스텔로 발걸음을 옮겼다. 어두운 밤, 오피스텔 층층마다 불이 밝혀져 있었다. 한동안 고층 건물을 올려다보던 은서는 쓴웃음을 지으며 다시 걸음을 옮겼다. 환한 현관 로비의 불빛이 그녀의 시야를 반긴다

고 생각하는 순간 그녀는 차가운 손에 이끌려 건물 외벽 쪽으로
끌려가고 있었다. 흠칫 놀란 그녀가 손을 뿌리치려 했지만 무자
비한 손은 그녀의 손을 놓아주지 않았다. 너무 놀란 나머지 비
명조차 지르지 못하던 그녀가 겨우 정신을 차려 입을 벌리는 순
간 차가운 입술이 부딪쳐 왔다. 어둠 속에서 얼굴이 잘 보이지
않았다. 그러나 입술이 부딪쳐 오는 순간 남자에게서 느껴지는
체취는 그녀가 익히 알고 있는 사람의 것이었다. 그녀의 가슴을
가득 채운 남자 신후였다. 공포가 사라졌다. 무자비한 손길에
소름 끼치던 감정이 조금씩 안정을 찾아가고 있다고 생각했는
데 거칠게 부딪쳐 오는 신후의 입술에 은서는 당황했다.

　"신후야, 왜 이래? 아프단 말야."

　조금의 부드러움도 없이 거칠게 은서의 입술을 깨물며 온 입
안을 짓이기는 혀를 밀어내며 힘겹게 꺼낸 말이었다. 그러나 신
후는 밀어내면 밀어낼수록 집요하게 작정이라도 한 듯 괴롭혔
다. 거칠게 입 안을 휘저으며 손은 가을 코트 사이를 뚫고 들어
와 그녀의 가슴을 으스러지게 움켜쥐었다. 그녀의 입에서 새어
져 나오는 비명 소리를 입으로 막으며 가슴을 만지던 손은 스커
트 속으로 들어와 전혀 준비도 되어 있지 않은 은서의 속살로
파고들었다. 조금의 배려도 없는 난폭한 입맞춤과 그녀의 여린
피부에 멍이 들 만큼 거친 손길은 그녀의 몸뿐만 아니라 가슴까
지 멍들게 했다. 도저히 그녀가 알고 있는 신후라고 믿기지 않
았다. 그의 행동은 거의 폭행이나 마찬가지였다. 그녀에게 깊은

상처를 주고 있었다. 은서는 그를 밀어내려 몸을 틀기 시작했다. 손으로 그의 가슴을 밀어내고 거칠게 파고드는 손을 떼어내려고 몸부림을 쳤다. 그녀의 몸부림이 거칠어질수록 그녀를 옥죄는 힘도 더 세졌다. 휘두르는 그녀의 두 손을 한 손으로 잡아 머리 위에 옴짝달싹 못하게 하고, 아파 힘들어하는 그녀를 외면한 채 그의 움직임은 멈추질 않았다. 은서는 참을 수 없었다.

"아!"

은서에게 입술을 세게 물린 신후가 비명을 지르며 주춤 물러서자 그녀는 헐거워진 손으로 그의 얼굴을 내려쳤다. 어둠 속에서 뺨과 손바닥이 만나 나는 소리는 유난히 크게 들렸다.

"너…… 지금…… 뭐 하는 거야?"

그녀의 목소리는 금방 울음이라도 쏟을 듯 심하게 떨렸다.

"그러는 넌 뭐 하는 거야? 지금까지 나 가지고 놀았니?"

"이신후, 지금 무슨 말 하는 거야? 너 지금 나한테 뭐 한 거냐고 물었잖아."

"네가 나한테 원하는 게 이것 아니었니? 왜? 이제는 이것도 맘에 안 드니? 혁이 형한테 돌아갈 거라서 아쉽지 않나 보네."

은서는 가슴에 싸늘한 바람이 부는 걸 느꼈다. 신후는 단단히 오해했다. 그녀에게 묻지도 않고 스스로 판단하고 분노했다. 전혀 그녀를 신뢰하지 않았던 것이다. 혁에게 돌아갈 거라고 믿고 그녀에게 상처 주기 위해 작정을 하고 덤빈 것이 틀림없었다. 절망감이 엄습했다. 그녀의 의지와 상관없이 타인에 의해 좌지

우지되는 것, 이제는 그만 하고 싶다. 오후 내내 꼭두각시처럼 불편한 시간을 싫다는 소리 한마디 못하고 경진과 혁과 함께 보내고 지쳐 돌아오는 그녀를, 사랑하는 사람은 오해를 하고 복수의 칼날을 들이민다. 은서는 더 이상 서 있는 것조차 힘들었다.

"그래, 네가 원한다면 오빠한테 돌아가 줄게. 됐지?"

"야! 최은서!!"

"넌 항상 그래. 나한테 묻지 않고 네 맘대로 판단해 버려. 하나도 변하지 않았어. 그때도 넌 묻지 않고 떠나 버렸어. 지금도 그래. 떠나고 싶으면 떠나. 내 핑계 대지 말고 가고 싶으면 가버려. 너 없이도 잘살았고 앞으로 잘살 거야."

몸을 후들후들 떨며 절규하듯이 내뱉는 은서의 말을 들으며 신후는 그와 그녀를 연결하던 한 가닥의 실이 뚝 끊어지는 걸 느꼈다. 빛을 잃은 공허한 눈이 그를 주시했다. 어떤 감정도 느껴지지 않는 차갑고 시린 눈, 그 눈을 보는 순간 심장 박동이 멈추는 것 같았다. 그녀가 떠나려 한다.

"은서야."

신후가 그녀를 다급하게 불렀지만 그녀는 뒤도 돌아보지 않았다. 쫓아온 신후가 은서의 팔을 붙잡았지만 뿌리쳤다.

"너 정말 잔인하구나! 내가 뭘 그렇게 잘못했니? 네가 내게 느끼게 하고 싶었던 감정을 모조리 느꼈어. 네가 내게 안겨주고 싶었던 감정 다 느꼈어. 다신 얼굴 보지 말자. 너 볼 때마다 떠오를 것 생각하면 벌써부터 몸서리쳐진다. 그래, 난 원래 있던 자리로 돌아갈게."

"은서야, 미안해. 오해했다면 내가 정말 미안해. 너무 화가 나서 제정신이 아니었어."

선배와 만나 졸업 후의 일에 대해 상의하고 돌아오는 길에 경진의 전화를 받았다. 웃음 섞인 목소리로 혁과 은서의 재결합을 얘기하며 함께 저녁을 먹고 갔다는 말을 듣는 순간 신후는 아무것도 생각할 수 없었다. 혁의 자신만만하던 표정과 헤어지자던 은서의 말이 겹치면서 모든 게 무너지는 기분이었다. 이미 예견된 일처럼 느껴졌다. 자신을 향해 있다고 생각했던 은서의 마음이 모두 거짓이었다는 생각에 끓어오르는 분노를 참을 수가 없었다. 차를 돌려 미연의 오피스텔로 왔다. 그리고 혁의 차에서 내리는 은서를 보고 말았다. 이미 이성은 자취를 감춘 후였다. 혁에게 돌아갈 거면서 그를 사랑하고 있다고 착각하게 만든 그녀를 벌하고 싶었다. 그가 느꼈던 모멸감을 그녀에게도 안겨주고 싶었다. 그러나 오해였나 보다.

신후의 사과에도 그녀의 마음은 전혀 풀리지 않았다. 아니, 그의 사과가 더 그녀의 화를 부추기는 듯했다.

"화? 정말 화가 나는 건 나야, 나라고!! 오늘 내가 어떤 맘으로 이모를 만나고, 저녁을 먹고 왔는지 네가 알아? 정말 관둘 거야. 이제는 정말 관둘 거라구!"

그녀는 울분을 토해냈다. 이를 악문 채 눈물을 흘리지 않으려는 그녀에게서 비장함까지 느껴졌다. 그녀는 정말 이별을 말하고 있었다. 돌아서서 가는 그녀를 신후는 붙잡지 못한 채 서 있었다. 정작 그녀는 혁으로 인해서가 아닌 그로 인해서 돌아서 버렸다. 그녀를 믿지 않은 그로 인해서 안녕을 말했다. 서로 헤어지는 걸 해보자고 했지만 결코 이별이라 생각지 않았다. 그러나 차갑고 시린 그녀의 눈에서 그는 영원한 이별을 보았다. 은서의 초췌해 쓰러질 것 같은 모습을 보았으면서도 그녀를 의심했다. 질투는 그를 눈멀게 했다. 엘리베이터 문이 닫히고 은서의 모습은 더 이상 보이지 않았다.

그는 미친 듯이 계단을 뛰어오르기 시작했다. 미연의 층까지 숨도 안 쉬고 뛰어올라 갔지만 이미 은서는 자취를 감추고 없었다. 거친 숨을 내쉬며 초인종을 눌렀다. 급한 마음에 문까지 두들겼다. 오늘 이대로 그녀를 보낸다면 더 이상 기회는 없을 것 같은 불안감이 전신을 휩쓸었다. 이렇게 끝낼 수는 없었다. 제대로 시작도 해보지 못한 사랑을, 이십 년 가까이 지켜온 사랑을 순간의 질투에 눈이 멀어 놓쳐 버릴 수는 없었다. 문을 열어주지 않는다면 밤을 새워서라도 그녀를 기다릴 생각이었다. 그러나 문은 바로 열렸다. 놀란 듯 눈을 치켜뜬 채 미연이 얼굴을 내밀었다.

"은서는?"

미연이 현관 옆에 있는 작은 방문 하나를 가리켰다. 미연이 작업실로 쓰는 방인 듯했다. 신후는 궁금해하는 미연의 시선을 뒤로하고 문을 두드렸다.

"은서야, 내가 잘못했어. 얘기 좀 하자."

그러나 대답도, 문도 열리지 않았다.

"은서야, 은서야."

"은서야, 문 열어봐."

"은서야."

문 앞에서 문을 두드리며 30여 분을 붙잡고 은서를 불렀지만 문은 열리지 않았다.

"금방 화해할 줄 알았더니 무던히도 오래간다. 자, 마셔."

미연이 건넨 캔 맥주를 받아 들었다. 입을 거쳐 목으로 넘어가는 차가운 맥주의 맛이 쓰게만 느껴졌다. 한 모금 마시던 캔을 내려놓자 미연은 놀라며 남아 있는 맥주를 마저 마셨다.

"은서, 저렇게 화내는 애 아닌데 무슨 일이야?"

"나 때문이지."

"너만큼 은서에게 잘하는 사람이 어디 있다구?"

신후는 아니라는 듯 고개를 저었다.

"후, 혁이 형에게 돌아갈지도 모른다는 생각 때문에 늘 불안했거든. 믿지 못하고 의심하는 내 맘을 들켰어. 나…… 다시는 안 보겠대."

신후의 말에 미연은 무슨 말을 하려다 망설이는 듯했다. 손톱을 지근지근 깨무는 게 갈등하는 것처럼 보였다. 그러나 신후는 미연의 모습이 눈에 들어오지 않았다. 머리 속에는 온통 방문을 잠그고 문을 열어주지 않은 채 방에 박혀 있는 은서뿐이었다.

"신후야, 은서 너 사랑해."

신후가 고개를 들어 무슨 말이냐는 듯 미연을 봤다.

"걔 입으로 한 말이니까 거짓말은 아냐. 그렇지만 은서 오늘은 상처받았겠다. 실은 있지⋯⋯."

말을 잇지 못하고 한동안 머뭇거리던 미연이 결심이라도 한 것처럼 입을 열었다.

"혁이 오빠 침대에 뛰어든 것 은서 아냐. 은서는 취해서 정신을 잃은 것뿐이야."

놀라며 무슨 일이 있었던 거냐고 화를 낼 거라 생각했던 신후는 의외로 담담했다. 그가 짓는 씁쓸한 표정은 무슨 일이 있었을지를 이미 예상하는 것 같았다.

"알았어?"

"아니, 알았던 건 아니고 한 번 의심했던 적은 있었어. 은서를 다시 만났을 때 수연이 한숨 자래서 잤던 기억밖에 없다구 했는데 수연이는 나한테 은서가 먼저 집에 갔다고 했거든."

한동안 멍하니 천장을 바라보던 신후가 입을 열었다.

"결국은 수연이가 그런 게 나 때문이지?"

단정 짓는 듯한 신후의 말투는 다분히 자조적이었다. 사람들이 손가락질하고 친구들이 모두 등을 돌렸을 때 은서가 받아야 했던 고통을 생각하면 마음이 아렸다. 그 모든 일의 근원에는 자신이 있었다는 것도 모른 채 그 역시 그녀를 다른 사람들과 다를 바 없이 질책하고 원망했다. 그녀가 보내야 했던 힘든 시간들은 그가 그녀를 사랑함으로 인한 것이라는 걸 비로소 알게 된 신후는 누군가가 가슴을 난도질하는 것 같았다. 너무 아팠다. 사랑하는 여자를 지켜주지 못한 못난 자신이 부끄러웠다.

"내가 잘못 생각했나 보다 했어. 은서가 혁이 형을 사랑한다는 걸 누구보다 잘 알았으니까."

"은서, 혁이 오빠한테 돌아가지 않을 거야. 은서가 그러더라. 너와 혁이 오빠는 많이 다르다고. 널 사랑한다는 얘길 줄줄이 읊던데. 그렇지만 은서 쟤는 너한테 먼저 못 다가갈 거야. 내가 알아."

신후는 고개를 돌려 굳게 닫힌 방문을 바라다봤다. 한참을 바라보던 그는 무슨 결심이라도 한 듯 일어섰다.

"가게?"

"응. 오늘은 그냥 가야겠다. 녀석 울었을지도 몰라. 네가 잘 좀 챙겨줘라."

"그래. 신후야…… 미안하다."

"미안하긴, 다 못난 내 탓이지."

미연의 오피스텔을 나온 신후는 은서가 올려다보았던 고층 건물을 올려다보았다. 불 꺼진 창보다 불 켜진 창이 더 많았다. 불 켜진 창 중의 하나가 은서가 머무는 곳일 것이다. 하늘은 까매서 지상과 구분이 가지 않았다. 차를 주차시켜 놓은 곳으로 가면서 그는 다시 한 번 뒤를 돌아보았다.

그는 자신이 무엇을 잘못했는지 처음으로 직시했다. 처음 그녀를 잃었던 것 역시 그녀의 탓이 아닌 그의 잘못이었다. 그녀를 믿지 못하고 실망한 나머지 돌아서 버렸기에 그녀를 잃은 것이다. 오늘 그녀에게 상처 준 일을 생각하면 가슴이 콱 막힌다. 또다시 어리석은 실수를 반복해 그녀를 잃을 위기에 처하고 말았다. 핸들을 쥔 손에 힘이 들어갔다. 두 번 다시 그녀를 잃지도, 힘들게 하지도 않으리라. 이제는 기다리지 않으리라. 어둠 속을 질주하는 신후의 두 눈은 그 어느 때보다 강하게 빛났다.

신후가 돌아가고 나서도 한참 후에야 은서는 문을 열고 밖으로 나왔다. 터진 입술과 부어오른 눈. 엉망이었다. 눈이 휘둥그레져 다가오는 미연을 뒤로하고 화장실로 들어가 버렸다. 그리고 어느 정도 진정된 다음에서야 얼굴을 내밀었다.

"신후 갔다."

"알아."

"도대체 무슨 일이 있었던 거야?"

"미연아, 나…… 혁이 오빠랑 다시 합치는 거 어떨까?"

어떤 감정도 묻어나지 않는 목소리로 조용히 묻는 은서였다.

"뭐? 너 미쳤어? 신후 사랑한다며? 신후가 열받을 만했겠네. 사랑하지 않는 사람과 사는 게 어떤 것인지 네가 더 잘 알면서 그런 소리를 하니?"

돌아오는 미연의 대답은 거칠었다. 그 거친 대답이 위안이 됐다. 모든 사람이 신후와 그녀를 반대한다고 해도 유일한 그녀

편이 있다는 사실은 지치기만 한 그녀에게 큰 위로였다. 그러나 그녀는 오늘 모든 미련을 버렸다. 더 이상 사랑 따위의 감정으로 인해 휘둘리지 않을 것이다.

"은서야, 나 민석이 많이 좋아했어."

"근데 왜 헤어졌어?"

"자격지심이지. 나 너 많이 부러워했어. 늘 당당했던 너, 참 보기 좋았거든."

"수연이랑 연관있는 것 같던데, 수연이 때문에 헤어진 거야?"

미연의 눈빛이 아련한 추억을 떠올리기라도 하는 듯 슬퍼 보였다.

"아니, 시작은 수연이 때문이었지만 결과적으로는 나 때문이지. 내게도 말할 기회는 얼마든지 있었지만 민석이를 잃게 될까 봐 말 못했어. 그 당시 서미연은 모 건설집 외동딸이 아니었거든. 평범도 아닌 미혼모의 딸이란 걸 차마 말할 수 없었지. 놀랐어?"

은서는 고개를 흔들었다. 미연이 그녀를 위로하기 위해 오래도록 감추고 있던 속내를 보이고 있다는 사실이 감사할 뿐이었다.

"그런데 별것 아니더라. 수연이의 참모습을 너 때문에 알게 됐거든. 수연에게 있어 너와 나는 친구가 아니었다는 걸 알았어. 그리고 내 양심까지 팔아버린 내 모습이 얼마나 싫었는지 넌 모를 거야. 민석이 역시 내 연인도, 친구도 아니었어. 수연이의 친구였지. 그걸 깨닫는 순간 난 홀가분했어. 은서야, 넌 신후랑 꼭 행복해져라. 내가 뭐든 도와줄게."

은서는 미연의 말에 어색한 미소를 지을 수밖에 없었다. 밤은 깊어가고 있었지만 두 사람의 이야기는 끝이 없었다. 오랜 시간 동안 모르고 지내왔던 미연에게 일어난 일들과 은서가 보내야 했던 혁과의 결혼 생활, 그리고 홀로서기 등을 이야기하느라 밤은 짧았다. 이야기를 나누며 울다 웃다가를 반복하던 그들은 새벽이 되어서야 겨우 잠이 들었다. 더 나누고 싶은 이야기가 무궁무진했지만 일찍 출근해야 하는 미연을 생각해서 잠을 청했다. 미연이가 잠이 들고서도 은서는 한참 동안 잠을 이루지 못했다.

15

마지막 여행

지금도

내가 지금 시간 낭비를 하고 있지 않나 생각하고 있다. 내가 봐도 나 대학 가기는 틀렸지?

부를 이런 식으로 할 비에는 차라리 그만두는 게 낫지 않을까. 자신의 한계를 깨달아가고 있었다. 새벽녘에야

까칠까칠한 피부와 창백한 얼굴, 횅한 눈의 그녀는 금방이라도 쓰러질 듯 위태로워 보였다. 열심을 보이던 그녀의 학원 생활도 요즘은 엉망이었다. 중간에 빠져나가는 게 태반이었고 앉아 있다고 해도 멍하니 다른 생각을 하곤 했다. 나이 먹어서 하는 공부를 이런 식으로 할 바에는 차라리 그만두는 게 낫지 않을까, 자신의 한계를 깨달아가고 있었다. 새벽녘에야 겨우 잠들어 제대로 자지 못한 그녀의 얼굴에는 피로가 덕지덕지 묻어났다.

"언니, 고민있어?"

그녀를 친언니처럼 따르는 다희의 눈에도 그녀의 모습이 안 되어 보였는지 다가와 물었다. 어린 친구 앞에서 사는 게 쉽지 않다라고 말하기가 멋쩍었다.

"내가 지금 시간 낭비를 하고 있지 않나 생각하고 있다. 네가 봐도 나 대학 가기는 틀렸지?"

"그냥 시집이나 가. 지금도 밖에서 멋진 오빠가 오매불망 언니만 기다리고 있던데."

"뭐?"

"정말이야. 요즘 안 오기에 언니랑 싸웠나 보다 했지. 한 시간 전부터 기다리고 있었는데 언니 속 썩인 것 같아서 내가 일부러 말 안 했어."

은서는 다희가 누구를 말하는지 알 수 있었다. 다희에게 신후는 멋진 오빠, 혁은 잘생긴 아저씨로 통했다. 이성은 상관없는 일이라고 말하고 있었지만 심장은 대책없이 파닥거렸다.

"안 나가볼 거야?"

다희가 재촉했지만 은서는 심장의 울림을 무시했다. 어제 그에게서 느꼈던 모멸감은 아직도 생생했다. 어떻게 혁에게 돌아갈 것이라고 확신했는지 그는 겨우 아문 상처를 다시 헤집어놓았다. 그와 그녀 사랑의 깊이는 겨우 그 정도였다. 서로의 말보다 타인의 말을 신뢰하는, 믿음이 결여된 사이가 그와 그녀였다. 정말 이제는 그만 하고 싶었다.

"선생님 곧 들어오시겠다."

라는 말로 그녀의 대답을 대신했다. 다희는 입을 삐죽이며 자신의 자리로 돌아갔다. 사실 수업을 다 들을 생각은 없었다. 너무 피곤해서 오전 수업만 마치고 갈 생각이었는데, 신후가 기다린다는 말에 그녀는 마지막 수업까지 자리를 지켰다. 물론 신경이 쓰여 몸만 강의실에 있을 뿐이었지만.

다희가 같이 가자고 하는 것을 먼저 보내고 애들이 다 빠져나간 다음에서야 그녀는 일어섰다. 충분히 그녀의 의사가 전달되었으리라 보고 돌아갔을 것이라 생각했다. 그러나 신후는 그 자리에서 그녀가 나올 때까지 서 있었다.

"여기서 뭐 하고 있는 거야?"

지금까지 그녀를 기다리고 있는 그에 대한 안타까움과 분노가 뒤엉켜 날카로운 목소리가 나왔다. 이미 그녀의 반응을 예상하기라도 한 듯 차갑게 구는 은서에게 신후는 물러서지 않았다.

"너 기다렸어. 잠깐 얘기 좀 하자."

"미안하지만 난 어제 충분히 내 의사를 밝힌 것 같은데?"

"은서야."

그를 지나쳐 가려는 은서의 팔을 붙잡았다.

"나, 너 포기한다고 분명히 말했어. 이신후, 이제 그만 해라."

낮게 깔린 음성에서는 차가움이 뚝뚝 흘러넘쳤다. 이미 마음을 닫아버린 것처럼 냉정하게 뿌리치고 돌아서려는 그녀 앞에 그가 무릎을 꿇었다. 거리를 지나치는 사람들의 호기심 어린 시선에도 아랑곳하지 않고 차가운 보도블록 위에 무릎을 꿇은 채 은서만을 주시했다.

"네가 포기한다고 해도 난 안 돼. 은서야, 미안해. 내가 잘못
했어."

"아니. 이제 그만 해."

은서는 무릎을 꿇고 있는 신후를 뒤로한 채 멈춰 선 버스를
향해 발걸음을 재촉했다. 하염없이 그녀를 바라보고 있는 그의
시선이 등줄기에 따갑게 느껴졌지만 애써 돌아보지 않았다. 버
스에 오르자 사람들의 시선이 그녀를 향해 쏟아졌다. 버스가 지
나쳐 오면서 신후와 그녀의 모습을 본 승객들이 꽤 됐던 모양이
다. 볼이 뜨거워졌다.

"어지간하면 받아주지 그랬어? 학생도 참 독하구만."

생면부지의 낯선 중년 아줌마는 대뜸 그녀를 보고 혀를 찼다.
그녀는 어떤 대꾸도 하지 못한 채 창밖만을 주시했다. 버스가
정차할 때마다 사람들이 오르고, 내리기를 반복하면서 그녀를
바라보는 시선들도 줄어들었다. 뜨겁던 볼도 조금씩 식어갔다.
그녀 앞에 무릎을 꿇은 신후를 보고 흔들리지 않았다면 그건 거
짓말이다. 당황스러운 반면 그녀를 붙잡고 있던 이성은 심하게
흔들렸다. 사랑이 뭐기에 보잘것없는 그녀 앞에서 무릎마저 꿇
은 건지 속상하고 마음이 아팠다. 그래서 뒤도 돌아보지 않고
버스에 올라 버린 것이다. 창밖을 바라보는 그녀의 눈엔 물기가
가득해 반짝였다. 금방이라도 또르르 굴러 떨어질 것 같은 눈물
을 이를 악물며 참아내고 있었다. 스피커에서 안내 방송이 들렸
다.

—이번 정류장은 홍대 입구입니다. 다음 정류장은······.

　은서는 버스에서 내리며 다른 사람들에게 들키지 않으려는 듯 급하게 손등으로 눈가를 훔쳤다. 천근만근 무겁게 느껴지는 다리로 인해 오피스텔까지 얼마 되지 않는 거리가 멀게만 느껴졌다. 어젯밤 미연과 이야기를 나누느라 도통 잠을 자지 못한 데다 하루 종일 딱딱한 의자에 앉아 있었으니 몸이 상할 만도 했다. 피로가 한꺼번에 몰려오는 것 같았다. 침대에 눕고 싶다는 일념으로 도착한 오피스텔 로비에는 경진이 기다리고 있었다. 믿을 수 없어 몇 번이나 눈을 깜빡거렸지만 개량 한복을 멋스럽게 입은 중년의 여자는 분명 경진이었다. 무슨 일일까, 경진에게 다가가는 은서의 머리 속은 온갖 의문들로 가득 찼다.

　"이모?"

　"어, 지금 오니?"

　"네. 그런데 무슨 일로······?"

　반갑게 그녀를 맞는 경진과는 달리 은서의 얼굴은 경직되어 있었다. 경진은 손에 들고 있던 반찬통을 싼 보자기를 들어 보였다.

　"어제 너 오면 주려고 밑반찬 좀 해뒀었는데 그만 깜박하고 그냥 보냈잖아. 너 사는 곳도 한번 볼 겸 직접 들고 왔다."

　"네, 올라오세요."

　은서는 경진이 들고 있던 보자기를 받아 들며 엘리베이터로 향했다. 미연의 오피스텔에 들어선 경진은 별로 크지 않은 공간을 둘러보고 있었다.

"이모, 좀 앉으세요."

"응, 그래."

은서는 경진이 가져온 반찬들을 냉장고에 넣은 다음 커피를 끓여 내왔다.

"제가 좋아하는 반찬들만 만들어 오셨네요. 잘 먹을게요."

"미안하다. 내가 요즘 상가 일로 너한테 신경을 많이 못 썼지?"

"아뇨, 이모는."

다정스런 경진의 모습이 은서는 부담스러웠다. 경진의 호의를 순수하게 받아들이지 못하는 자신이 원망스럽기만 했다. 항상 경진은 그녀에게 어머니 같은 존재이지 않았던가. 의심없이 받아들였던 시간들이 언제였는지 기억조차 가물가물했다. 경진과 함께 있는 이 시간이 가시방석 위에 앉은 것처럼 불편했다. 경진의 입에서 어떤 말이 나올지 몰라 조바심으로 속이 탔다.

"은서야."

"네."

"이모는 네가 강 서방이랑 다시 시작하게 돼서 기쁘다. 먼저 간 네 엄마한테 많이 미안했는데, 이제야 면목이 서는 것 같구나."

경진은 혁과의 재결합을 단정 짓듯 말했다.

"저, 이모."

어제는 당황한 나머지 아무 말도 못했지만 계속해서 오해하게 내버려 둘 수는 없었다.

"저, 아직……."

"왜?"

"이젠 혁이 오빠를 사랑하지 않아요."

은서의 말에 경진은 물끄러미 그녀를 응시했다. 그리고 무거운 한숨을 내쉬었다.

"사랑이라…… 은서야, 너 결혼할 땐 강 서방 사랑하지 않았니? 그런데 어떻게 됐어? 이모가 생각하는 결혼은 말야, 사랑이 전부는 아냐."

"이모."

"그 사람 아니면 죽을 것 같던 사랑도 살다 보면, 생활에 부딪치다 보면 별것 아냐. 강 서방 만나보니까 너한테 진심인 것 같더라. 네가 어디 가서 그런 사람 쉽게 만날 수 있겠니?"

은서는 침묵할 수밖에 없었다. 경진이 왜 찾아왔는지 그 이유를 깨달았기 때문이다. 차근차근 그녀를 타이르듯 말하는 경진을 바라보며 은서는 다시 한 번 마음으로 울었다.

"어머니!"

두 사람의 가라앉은 공기 속으로 묵직한 음성이 끼어들었다. 놀란 것은 비단 은서만이 아니었다. 경진 역시 놀란 듯 허둥댔다. 어떻게 들어왔는지 신후가 식탁에서 마주 앉아 차를 마시고 있는 그녀와 경진을 내려다보고 있었다.

"언제 온 거야?"

놀란 얼굴을 다급히 수습하는 경진을 못 본 체하며 신후에게 물었다.

"방금 전에. 문이 열려 있더라."

"응, 그랬구나."

그녀를 따라 들어오던 경진이 문을 잠그지 않았나 보다. 경진이 평정을 찾았는지 신후를 노려봤다.

"넌 여기 웬일이냐?"

"그러는 어머니는요?"

왠지 분위기가 심상치 않았다. 서로 감추고 갈아오던 칼을 내비칠 것처럼 위험해 보였다. 은서는 어떡해서든 두 사람을 말릴 요량으로 일어서며 말했다.

"신후야, 왜 그래? 이모 나 먹으라고 반찬 해가지고 오셨어."

"반찬? 반찬은 핑계겠지. 너, 혁이 형하고 어떻게든 합치게 하려고 왔겠지. 안 그래요?"

"신후야."

"이신후! 너……."

신후는 끝내 은서의 의도를 무시한 채 판도라의 상자를 열어버렸다. 놀라 그를 부르는 은서의 목소리와 격앙된 경진의 목소리가 뒤엉켰다.

"어머니도 알고 계셨잖아요, 저 은서랑 사귀는 것. 끝까지 모른 척하실 작정이셨어요?"

"뭐?"

"그러니까 싫다는 녀석, 자꾸 혁이 형이랑 다시 시작하라고 종용하는 것 아니에요?"

"너 이놈! 지금 엄마한테 그걸 말이라고 하는 거야?"

경진의 눈이 파르르 떨렸다. 그러나 신후는 멈추지 않았다.

"왜요? 제가 틀린 말 했나요? 그렇지만 어머니 뜻대로는 절대 못해요. 은서 누구한테도 안 보내요. 은서랑 저, 서로 사랑해요. 어머니가 충분히 이해해 줄 수도 있잖아요?"

"이해라고?"

경진의 말투 역시 날카로웠다.

"네. 누구보다도 어머니가 은서에 대해 잘 알잖아요. 어떤 애라는 것 다 알면서 어떻게 그럴 수가 있어요?"

"그러니? 난 널 이해할 수 없다. 내가 널 어떻게 키웠는지 아는 녀석이라면, 적어도 날 이렇게 실망시키지 않겠지. 누구보다도 날 잘 아는 너희들일 테니까."

"어머니, 은서와 제가 결혼하는 게 어머니를 실망시키는 일이에요? 은서와 제가 행복해지는데 왜 그게 어머니를 실망시키는 일인가요? 마음에 조금 안 들어도 어머니가 양보해 줄 수 있잖아요. 네?"

"아니, 난 단 한 번도 은서를 내 며느릿감으로 생각해 보지 않았다."

호소하듯 바라보는 신후의 시선을 무시하며 경진은 단호하게 말했다.

"그렇다면 지금부터 생각해 보세요. 전 은서랑 결혼할 테니까."

"이놈의 자식! 너 지금 엄마한테 명령하는 거냐? 어림없는 소리 하지도 마."

"어머니, 명령이 아니라 부탁이에요."

"부탁 같은 소리 하네. 네 태도가 어디 부탁이니, 명령이지! 꿈도 꾸지 마. 내가 살아 있는 한 그런 일은 절대 없을 테니까."

"어머니!"

"그만 해라."

"어머니가 뭐라 하시든 전 상관없어요. 난……."

"그만 해!"

모자간의 말다툼을 숨죽이며 지켜보던 은서가 끝내 참지 못하고 신후의 말을 가로막았다. 한 치의 물러섬도 없이 끝으로 치닫는 그들의 대화를 막아야만 했다. 그녀로 인해 다정하기만 하던 모자 사이에 금이 가는 걸 보고 싶지 않았다. 이미 신후의 곁을 떠나기로 결심한 상태였다.

"이모, 걱정 말아요. 신후랑은 언제까지나 친구일 거예요. 그리고 혁이 오빠와는 다시 한 번 생각해 볼게요."

"최은서!"

은서의 말에 믿기지 않는다는 얼굴을 한 신후였다.

"그만 가줘."

차갑게 내뱉는 은서를 바라보는 신후의 눈은 점차 불길이 일 듯 분노로 활활 타올랐다. 학원 앞에서 처참하게 거절당하고서도 포기하지 못하고 오피스텔까지 쫓아온 그였다. 최후의 보류처럼 미루었던 경진과의 대면도 서슴없이 단행한 그를 은서는 단호하게 외면했다. 신후는 그녀와 함께이고자 하는 그의 마음을 전혀 모른다는 듯이 말하는 은서를 노려봤다. 그러나 그녀는 그에게 더 이상 시선을 주지 않았다. 옆에 서 있던 경진에게서 안도의 한숨이 흘러나오는 걸 느꼈다. 두 사람이 함께 노력해도 될까 말까 시원찮은 판에 혼자서만 외쳐 댔으니, 은서가 너무 원망스러웠다.

"최은서, 너 진심이야?"

"그래."

은서의 말이 떨어지기가 바쁘게 신후는 휑한 바람을 일으키며 문에 화풀이라도 하는 듯 집이 흔들리도록 세게 닫고 나가 버렸다. 결국 그녀가 쫓아낸 셈이다.

"이모, 죄송해요."

"아니다, 저 녀석이 철이 없어서 그렇지. 네가 중심을 잘 잡아 줘서 고맙다."

"아뇨, 뭘."

"그만 갈 테니 쉬어라. 피곤해 보인다."

"네."

경진마저 돌아가자 은서는 그대로 바닥에 털썩 주저앉았다.

상처받은 듯한 신후의 얼굴이 떠올라 그녀를 괴롭혔다. 그녀에 대한 경진의 생각을 이미 알고 있었는데도 불구하고 마음이 쓰라렸다. 경진 앞에선 아무렇지도 않은 척 굴었지만 터뜨려진 깊은 감정의 골을 직접 눈으로 확인한 그녀는 감당하기 힘들었다. 신후의 말처럼 그들을 이해해주지 않는 경진이 너무 섭섭했다. 그처럼 오기나 떼를 부릴 수 있다면 얼마나 좋을까? 돌아가신 부모님이 떠올라 마른 눈에 다시 물이 차 올랐다.

초인종을 눌렀으나 대답이 없자 미연은 키로 문을 열고 들어왔다. 아직 은서가 들어오지 않았는지 오피스텔 내는 어둠의 베일에 쌓여 있었다. 주섬주섬 벽을 짚어 겨우 불을 켰다. 실내가 환하게 밝아지는 순간, 우두커니 창가에 서 있는 은서의 그림자에 놀란 미연의 입에서는 쇳소리가 흘러나왔다.

"은서야."

그제야 은서가 돌아봤다. 핏기라고는 전혀 없는 얼굴, 억지로 웃으려 애쓴 듯했으나 어색하기만 한 표정의 그녀를 본 미연의 눈은 날카로워졌다.

"은서야, 무슨 일 있었어?"

"아니."

"아니긴 뭐가 아냐? 지금 네 모습이 어떤 줄 알아?"

가까이 다가온 미연은 그녀의 얼굴에서 무언가를 찾으려는 듯 유심히 살폈다.

"너, 지금 산송장 같아. 빨리 말해. 왜 그래?"

"아냐. 어제 잠을 못 자서 그런가 봐."

"최은서, 그럼 불은 왜 꺼놓고 무슨 일이라도 저지를 사람처럼 멍해 있는 거야? 내 초인종 소리 못 들었어?"

"아, 미안해. 생각할 게 좀 있어서……."

은서의 거짓말을 모를 리 없는 미연이었다.

"그 생각 다분히 위험해 보이니까 나랑 같이하자. 저녁은 먹었어?"

"난 생각없어. 참, 이모가 반찬 좀 가져왔거든."

저녁을 차리려는 듯 부엌으로 향하는 은서의 뒷모습을 바라보는 미연은 무슨 일이 있었다는 걸 이미 눈치 챈 것 같았다.

"입맛없어도 너도 한 숟갈 떠라."

"됐어. 난 이제 그만 자야겠다."

"은서야, 이모가 넌 안 된다니?"

은서의 입에서 지친 한숨 소리가 흘러나왔다. 그리고 망설이 듯 일어나지 못하고 뭉그적거리던 그녀는 결국 입을 열었다.

"나, 신후랑 완전히 끝냈어."

"뭐?"

"나, 학원 그만둘 생각이야."

"은서야."

"나, 서울 떠날까 봐."

"헉! 정말 미치고, 환장하겠네."

미연은 제대로 한 숟가락도 뜨지 못한 채 자리를 박차고 일어났다. 그리고는 별로 넓지도 않은 거실을 쿵쿵거리며 어지럽게 서성였다.

"분명 너 혼자 결정한 거겠지?"

"그래. 그렇지만 신후도 충분히 받아들였을 거야."

"너, 후회 안 할 자신 있어?"

"자신 같은 건 없어. 하지만 최선이라고 생각해. 내 몫이 아닌 걸 탐내는 건 한 번으로 끝내야지."

안타까운 눈을 하고 자신을 바라보는 미연에게 그녀는 괜찮다는 듯 웃어 보이려 했지만 근육들이 마비라도 된 것처럼 뜻대로 움직여 주지 않았다. 후회? 이미 가슴 한구석에 깊이 자리 잡은 감정이었다. 또한 그녀가 버린 것이 무엇인지 새록새록 되새기게 했다. 미연은 더 이상 말이 없었다.

아침에 눈을 떴을 때 미연은 이미 출근하고 없었다. 미연은 아침 식사를 식탁 위에 차려놓은 다음, 밥 꼭 챙겨 먹으라는 짧은 쪽지를 남겼다. 출근 준비하는 것만으로 바빴을 친구에게 미안한 마음이 앞섰다. 입맛이 전혀 없었지만 미연의 마음을 생각해 겨우 몇 숟가락 떴다. 그리고 다시 침대에 누웠다. 삶의 의미를 잃은 것처럼 기운도, 의욕도 없었다. 정작 실연을 당한 건 신후인데 몸을 추스르지 못하는 자신을 돌아보며 씁쓸하기만 했다. 이대로 영원히 잠들고 싶다는 생각만이 그녀를 지배했다.

깊이 잠들었던 은서는 오후 내내 울려대는 전화벨 소리에 지쳐 일어났다. 잠에 취해 받아 든 전화기 너머에는 혁의 음성이 들려왔다. 벌써 해가 지고 있는 것 같았다. 경진과 신후의 다툼을 말리기 위해 혁과의 재결합을 다시 한 번 생각해 보겠다고 말했지만 정말 그럴 생각은 전혀 없었다. 그런데 무슨 말이라도 들은 것일까? 피곤해서 쉬고 싶다는 그녀의 말에 직접 찾아오겠다는 혁이었다. 결국 그녀는 무거운 몸을 이끌고 외출 준비를 했다. 그녀의 공간에 혁을 들여놓고 싶지 않았다.

오피스텔 근처의 커피숍에는 이미 혁이 와 있었다. 일요일 날, 그와의 짧은 대화 후 도망치듯 돌아서 버린 그녀였다. 한 번 더 기회를 달라고 간절히 말하던 혁이 떠올라 가슴이 답답했다.

"어서 와라."

"네."

"커피?"

"네."

종업원에게 커피를 주문하고 나오기까지 자신을 불러낸 혁은 좀처럼 말이 없었다.

"저, 오빠."

"오늘 이모님께서 전화하셨더라."

"네?"

"네가 다시 생각해 보겠다고 했다면서. 사실이니?"

경진이 많이 조급했나 보다. 그저 생각해 보겠다고만 했는데,

혁에게 알릴 거라고는 미처 생각지 못했다. 왠지 그에게 못할 짓을 한 것 같았다.

"죄송해요. 이모한테 그렇게 말할 수밖에 없었어요."

"결국 네 의사는 아니란 거네."

"오빠, 저 이젠 누군가에게 휘둘리는 것 사절이에요. 이모가 아무리 원해도 오빠랑 다시 시작하고 싶은 맘 없어요. 제가 사랑하는 사람은 오빠가 아니거든요."

그도, 그녀도 가질 수 없는 것으로 더 이상 아파하지 않았으면 했다. 혁의 눈빛이 흔들렸다. 그러나 그의 감정까지 다독거려 줄 수 있을 만큼 은서는 여유롭지 못했다. 간신히 몸을 추스르고 있을 뿐이었다.

"이모님께 나와 생각해 보겠다고 말했다는 건 신후를 포기했다는 것으로 해석해도 되니?"

은서는 혁의 날카로운 지적에 흠칫 놀랐다. 차마 그렇다는 대답은 할 수 없었다.

"저 먼저 갈게요."

일어서려는 순간, 다리에 힘이 풀린 나머지 휘청거렸다. 놀란 혁이 손을 내밀었지만 은서는 잡지 않았다. 등을 꼿꼿이 세우고 다리에 힘을 줬다. 걱정스러운 눈으로 자신을 바라보는 혁에게 목례를 한 후 밖으로 나왔다. 이미 어둠이 짙게 내려앉아 있었다.

오피스텔로 돌아왔으나 미연은 귀가 전이었다. 이른 저녁을 챙겨 먹었다. 빈 위장이 항의라도 하는 것 같았다. 하마터면 혁 앞에서 쓰러질 뻔했다. 맛도 모른 채 꾸역꾸역 밥을 밀어 넣었다. 이제는 아프다고 기댈 사람도 없었다. 미치도록 외로움이 가슴에 사무쳤다.

미연은 그녀가 떠난다는 게 영 못마땅한 모양이었다. 그녀의 기분을 풀어주려는 의도인지는 모르겠지만 창업에 대한 책들과 팜플릿을 잔뜩 들고 들어와 저녁 내내 떠들었다. 전문가의 입장에서 보면…… 하고 내뱉는 미연의 말을 은서는 그저 웃는 낯으로 듣고 있었다. 당사자인 은서보다 미연이 더 솔깃한지 열심히 찾아보고, 체크하고, 흥분하는 걸 보며 잠깐 신후를 잊을 수 있었다. 하루 종일 생각하지 않으려고 별의별 짓을 다 해봤지만 정신을 차려보면 신후를 떠올리고 있었다.

한참 떠들던 미연이 지쳤는지 늘어지게 하품을 했다. 일하느라 피곤했을 것이다. 그만 자자는 눈짓을 서로 교환하곤 불을 끄려고 일어섰다. 그러나 불을 채 끄기도 전에 문을 무섭게 두드리는 소리에 발걸음이 멈췄다. 눈을 동그랗게 뜬 미연이 은서를 향했다. 은서 역시 어깨를 으쓱하며 현관문 가까이 다가갔다.

쿵쿵쿵쿵!!

저번 날 술이 잔뜩 취해 찾아왔던 민석이 떠올랐다. 미연도 같은 생각을 했는지 인상이 구겨졌다. 망설인 채 서 있는 은서

를 밀어내고 미연이 거세게 문을 열었다. 그러나 문 앞에 고주
망태가 되어 몸도 제대로 가누지 못하고 서 있는 사람은 다름
아닌 신후였다.

"신후야?"

"최은서, 최은서, 너 이리 나와!"

들어오지 않고 문밖에서 버티는 신후를 미연과 은서는 겨우
집 안으로 끌어들여 침대에 눕혔다. 정신을 놓아버릴 만큼 흐트
러진 신후의 모습은 처음이었다. 자신의 이름을 중얼거리며 잠
든 신후를 은서는 슬픈 눈으로 내려다봤다. 미연은 한숨을 내쉬
었다.

"완전 망가졌네. 오늘은 여기서 재워야겠다."

"응. 미안해."

"미안하긴, 신후는 내 친구이기도 해."

많이 피곤할 텐데 전혀 내색하지 않는 미연이 고마웠다. 그때
전화벨이 울렸다. 전화를 받아 든 미연은 신경질적이었다.

"왜?"

"민석이. 신후 저 녀석, 걔랑 술 마시다가 화장실 갔다 온 사
이에 없어졌대. 여기 와 있느냐고."

"아."

"나가봐야겠다."

"이 시간에 어딜?"

"민석이 녀석도 많이 취한 것 같다. 아무리 웬수여도 길거리

에 쓰러져 자는 꼴을 볼 수 없잖아? 데려다 주고 엄마 집 근처니까, 거기서 자고 출근할게."

"미연아, 굳이……."

그러나 미연은 이미 옷을 챙겨 입고 나갈 준비를 했다. 미연이 현관문을 나서다 돌아서며 그녀를 향해 한쪽 눈을 찡긋했다. 못내 미안해 얼굴이 굳어 있던 은서도 미연의 윙크에 기가 막혀 웃고 말았다. 미연을 배웅하고 신후가 잠든 침대 옆에 앉았다. 힘겹게 재킷을 벗겨 옷걸이에 걸었다. 많이 초췌해진 듯했다. 짧았던 머리는 약간 긴 것 같았고, 약간 여윈 듯한 볼과 턱에 거뭇거뭇하게 돋아난 수염. 은서는 조심스럽게 손으로 그의 얼굴을 쓸어보았다.

'신후야, 이러지 마. 너 힘들어하는 모습 보면 나 자꾸 흔들려. 나도 죽을 것처럼 아프고 힘들어. 눈을 떠도, 감아도 온통 네 생각뿐이야. 날 흔들지 마.'

한참 동안 신후를 보던 은서는 바닥에 무릎을 세우고 앉아 침대에 기댔다. 그가 곁에 있다는 것만으로 몸도, 마음도 편해졌다. 꼬리에 꼬리를 무는 잡념들을 털어내려는 듯 그녀는 눈을 감았다. 그러나 좀처럼 잠은 오지 않았다. 신후의 고른 숨소리를 들으며 밤새 뒤척이다 새벽에야 겨우 잠들 수 있었다.

알람 소리에 눈을 번쩍 뜬 은서는 빠른 손길로 알람을 껐다. 미연이 일어나는 시간으로 맞춰진 알람이었다. 신후는 여전히 깊은 잠에 빠져 있었다.

은서는 다시 잠을 잘 수 없을 것 같았다. 잠든 신후를 뒤로하고 지갑 하나만 들고 밖으로 나왔다. 건물 건너편에 위치한 편의점은 이른 시간이라 한산했다. 콩나물과 북어를 대신할 북어채를 산 후 오피스텔로 돌아왔다. 거리에는 하나둘씩 출근하는 사람들이 보이기 시작했다.

정오가 다 되어가는데도 신후는 일어날 줄 몰랐다. 북어국을 끓여놓고 그가 일어나기만을 기다리던 그녀에게는 꽤 긴 시간처럼 느껴졌다. 그때 미연에게서 전화가 왔다.

—신후는?

"아직 자."

—알았다. 너 집에 계속 있을 거지?

"응."

미연과 짧은 전화 통화 후 고개를 돌리자 언제 일어났는지 신후가 침대에 걸터앉아 있었다.

"괜찮아?"

"나, 여기서 잔 거야?"

"응."

머리가 아픈지 두 손으로 머리를 감싸더니 흔들었다.

"아침 먹어, 시간으로 따지면 점심이지만. 북어국 끓여놨어."

"됐어. 그만 갈게."

"신후야."

신후는 정말 가려는 듯 옷걸이에 걸려 있던 재킷을 들고 현관으로 향했다. 은서는 다급하게 그의 팔을 붙들며 말했다.

"신후야, 밥 먹고 가."

"넌 아무렇지도 않은지 모르겠지만 난 아냐. 너랑 함께 있는 게 힘들어. 내가 아닌 혁이 형과 함께 있는 널 생각하면 화가 치밀어. 넌 나와 언제나 친구일 거라 말하지만 내게 넌 여자일 뿐이야. 그만 갈게."

"그럼 내가 어떻게 해야 했을까? 너랑 이모가 나 때문에 싸우는데……. 난 내가 할 수 있는 최선이라고 생각했어."

매몰차게 돌아서는 신후를 향해 은서는 통곡이라도 하고 싶은 마음을 추스르며 되물었다. 금방이라도 쏟아질 것 같은 눈물을 참기 위해 이를 악물었다. 그러나 한 줄기 눈물방울은 그녀의 의지와 상관없이 볼을 타고 흘러내렸다. 어느새 신후가 다가와 그녀의 손을 붙들었지만 뿌리쳤다. 그의 눈은 눈물이 가득한 그녀의 눈에서 떨어지지 않았다.

"너와 내가 생각하는 최선은 참 많이 다르구나. 좋아. 그럼 이번에는 내가 생각하는 최선이 뭔지 보여줄게."

신후는 결국 그녀가 아침부터 준비한 식사를 하지 않은 채 가버렸다. 그녀는 그가 나간 문을 한참 동안 멍하니 바라보고 서 있었다, 다시 돌아올 것만 같은 헛된 기대를 품은 채. 그러나 신후는 돌아오지 않았다.

혼자 늦은 아침 겸 점심을 먹었다. 신후를 위해 준비했던 음식들을 자신의 위장으로 밀어 넣었다. 피와 살이 되어야 할 음식들은 그녀의 가슴에 걸려 더 이상 내려가지 않았다. 오후 내내 소화 불량으로 끙끙 앓아야만 했다. 몸이 안 좋으니 그가 더 생각났다. 그때 텔레파시가 통했는지 알 수 없으나 신후에게서 전화가 왔다.

─나야, 지금 오피스텔 앞이야. 잠깐 내려와.

"나, 기운없어. 피곤해."

─마지막 부탁이야. 다시는 귀찮게 하지 않을게.

그의 말이 가슴에 와 박혔다. 마지막? 그가 처음으로 내뱉는 단어였다. 은서는 몸을 추스르고 밖으로 나왔다. 신후는 차체에 몸을 기댄 채 다가오는 은서를 기다리고 있었다.

"타."

"응? 어디 가려고?"

"가보면 알아."

은서는 더 이상 묻지 않고 차에 올랐다. 마지막이라는 말의 위력은 꽤 컸다. 차가 움직이기 시작하자 은서는 신후를 보며 말했다.

"먼저 약국에 좀 들러."

"왜? 어디 아파?"

놀란 듯 얼굴이 하얗게 질려 그녀를 바라보는 신후로 인해 가슴을 꽉 막고 있던 잔여물이 내려가는 것 같았다.

"아냐, 좀 체한 것 같아서 그래."

"뭘 먹었는데 체해?"

나무라듯 말하는 신후를 은서는 흘겨보았다.

"네가 안 먹고 간 밥, 먹어치우느라 체했다. 왜?"

신후는 어이없다는 듯 허탈하게 웃었다. 약국에 들러 신후가 사 온 소화제를 먹고 나니 속이 편해지면서 잠이 쏟아지기 시작했다. 새벽에 겨우 두세 시간 눈을 붙인 데다가 아침부터 먹지도 않을 신후의 속풀이 아침 식사를 준비하느라 바빴고 휭 하니 가버린 신후로 속이 상해 오후 내내 몸도, 마음도 불편했던 은서는 차가 다시 움직이자 눈꺼풀이 자꾸만 감겼다. 열심히 눈을 떠보려 했지만 이미 찾아온 잠은 그녀를 더 꿈속으로 이끌었다. 잠깐 눈을 감았다고 생각하는 순간 그녀는 깊은 수면 상태에 빠지고 말았다.

얼마 동안 잔 것일까? 설핏 눈을 떴지만 차는 계속해서 달리고 있었다. 느낌이 이상했다. 시원스럽게 뚫린 도로를 거침없이 질주하는 걸 보면 서울 시내를 벗어난 게 분명했다. 갑자기 잠이 확 깼다.

"지금 어디 가는 거야?"

"납치하는 사람이 장소 알려주는 것 봤어?"

"뭐?"

졸음기가 완전히 가셨다.

"너 지금 나한테 납치당한 거야."

은서는 할 말을 잃은 채 운전을 하고 있는 신후를 봤다. 그는 황당한 대답을 하고도 태연스럽기만 했다. 은서는 시선을 돌려

달리고 있는 도로의 표지판들을 살폈다. 평창, 강릉이라고 써 있는 표지판들이 빠른 속도로 스쳐 갔다. 영동 고속도로를 달리고 있는 게 분명했다.

"바다 보러 가는 거야?"

"알았어?"

신후가 씩 웃으며 고개를 끄덕였다.

"어떻게 된 거야?"

"얘기했잖아, 너 납치하는 거라고."

말도 안 된다는 듯이 눈을 동그랗게 뜨고 쳐다보는 은서를 아는지 모르는지 운전에만 열중하고 있는 신후였다. 예고도 없이 갑자기 바다라니, 그녀는 당혹스러웠다. 마지막 부탁이 바다에 함께 가는 것일까.

"신후야."

"왜, 납치라서 싫어? 바람 좀 쐬려고 가는 건데."

"아니, 그건 아니구."

바다를 보면 답답한 가슴이 조금은 트일 것도 같다. 안 된다는 것을 알면서도 신후와 그녀는 매번 제자리다. 그녀가 멀어지면 어느새 신후는 그만큼 다가와 있다. 훌훌 털어버리지도, 뜨겁게 끌어안지도 못하는 가슴을 어떻게 해야만 하는 걸까? 바다를 보면 그 해답을 얻을 수 있을까?

"은서야, 지금부터는 우리만 생각하자."

은서는 고개를 돌려 운전하고 있는 신후를 봤다. 그녀의 시선

을 느꼈는지 핸들 위에 올려져 있던 한 손을 내려 그녀의 손을
잡았다.

"네가 그러했듯 나 역시 내가 할 수 있는 최선을 다할 거야."

그의 마음이 손을 통해 전해졌다. 은서는 아무 말도 하지 못
한 채 그를 주시했다. 그가 얼마나 자신을 사랑하고, 원하는지
가 느껴졌다. 그를 매몰차게 떨쳐 냈던 그녀의 손을 다시 잡는
신후를 어떻게 뿌리칠 수 있겠는가. 그의 손을 밀어내지 못한
채 말없이 웃어줬다. 그녀의 미소에 화답이라도 하는 듯 환한
미소가 되돌아왔다.

"우리 좋은 시간 보내고 오자."

마지막이라도 좋다. 은서는 고개를 끄덕였다. 자연은 성큼 그
들 앞으로 다가와 있었다. 지는 햇살 속에 붉은빛으로 물든 도
로의 구조물들과 이미 단풍이 휩쓸고 간 산자락에는 퇴색되어
바람이라도 불면 금방 떨어질 듯 아스라하게 매달려 있는 나뭇
잎들이 얼마 남지 않은 가을과 겨울의 시작을 알리는 듯했다.
여전히 푸른빛을 발하는 상록수들도 여전했지만 곧 다가올 겨
울을 준비하는 듯한 산의 모습은 정겨운 운치를 더하는 것 같았
다. 눈이 내리면 저 나뭇가지마다 하얀 눈꽃이 필 것이다. 자꾸
만 깊어가는 산세를 따라 거침없이 뚫린 고속도로를 즐기며 시
원스럽게 달리는 차 안에서 마음껏 지는 가을산을 감상했다.

"문밖으로 튕겨져 나가는 것 아냐?"

"뭐?"

"난 너밖에 안 보이는데, 넌 바깥 경치밖에 안 보이는 것 같다."

"말도 안 돼. 아직 멀었어?"

"응. 다 왔어."

얼마 지나지 않아 톨게이트를 빠져나온 신후는 7번 국도를 따라 계속해서 달렸다. 해는 이미 져서 어두워지고 있었다. 조금 달리다 보니 오른쪽으로 바다가 보이기 시작했다. 어두워진 탓에 바다빛깔은 파란색이 아닌 검회색 빛을 띠었지만, 철썩이는 파도 소리와 물결처럼 흔들리는 모습은 정말 바다에 왔다는 것을 알려주는 듯했다. 이미 신후는 목적지를 정한 듯 운전에만 집중했지만, 그녀는 나름대로 걱정이 됐다. 어둠이 짙어지는 걸 확인하면서 아무래도 오늘 안으로는 돌아가지 못할 것 같은 생각이 그녀를 엄습했기 때문이다. 굳게 입을 다문 신후를 보며 문득 납치라는 말이 떠올랐다. 신후는 무슨 생각으로 여기까지 온 것일까? 단순히 바람을 쐬고 싶어서일까? 그녀의 염려스러운 시선을 눈치 챘는지 신후가 고개를 살짝 돌려 웃었다.

"바다는 내일 보자."

"어? 어. 근데 지금 어디 가?"

"가보면 알아. 조금만 더 가면 돼."

신후는 바닷가에 위치한 동네들을 지나쳐 국도를 빠져나와 작은 샛길로 들어섰다. 다행히 포장은 되어 있었지만 겨우 힘겹게 차 두 대가 지나칠 정도의 도로를 따라 달리기 시작했다. 어렴풋이 멀리 보이는 불빛 덕에 마을이 있다는 생각이 들었지, 그렇지 않았다면 망망대해의 들판을 달리는 기분이었을 것이다. 정겨운 운치를 더하던 산자락은 더 이상 아름답지 못했다. 세상을 휘감는 검은 그림자로 바뀌어 그녀에게 공포를 안겨줄 뿐이었다.

신후의 차가 멈추었다. 아직 불빛이 보이는 곳까지 가려면 멀었는데 신후의 차는 멈춰져 그녀에게 다 왔음을 알렸다. 놀라 눈을 치켜뜨는 은서에게 신후가 손가락으로 가리켰다. 산 그림자에 미처 보지 못했는데 집 한 채가 덩그러니 마을과 떨어진 곳에 서 있었다. 덜컥 겁이 나 신후가 내리라며 문을 열어주는데도 쉽게 발을 내딛지 못한 채 망설였다.

"왜, 나한테 납치된 거라서 겁나?"

신후의 목소리가 갈라지고 있었다. 그와 함께 보내는 밤이 두려워서 망설이는 것으로 오해한 듯했다.

"여기 귀신 나오는 것 아냐?"

"뭐—어?"

기가 막힌다는 듯 은서를 보던 신후는 결국 웃음을 터뜨렸다.

"너 지금 무서워서 못 내리고 있는 거야?"

"응."

"하하하하! 걱정 마. 내가 지켜줄 테니까 내려."

은서는 더 이상 망설일 수 없어 차에서 내렸다. 그러나 그녀를 덮친 것은 귀신이 아닌 온몸을 움츠리게 할 정도의 차가운 공기였다. 바람도 불지 않는데 피부를 에워싼 찬 공기는 몸이 부르르 떨릴 정도였다.

"춥지? 들어가자."

신후는 자신의 품으로 은서를 껴안으며 그녀의 걸음을 재촉했다. 열쇠 돌아가는 소리와 함께 문이 열리고 익숙한 집인 양 바로 불을 찾아 켰다. 생각지도 못했는데 집 안에는 훈기가 느껴졌다. 그들이 올 것을 알기라도 한 듯 그들의 추위를 녹여줄 만큼 따뜻했다. 캄캄해서 잘 보이지 않아 귀신이 나오는 것은 아닌가 염려했던 그녀의 생각은 기우였다. 집 안은 너무나 잘 꾸며져 있었다. 1층에는 널찍한 거실과 벽난로가 놓여 있었고, 나무 계단은 2층으로 향해 있었다. 그리고 나무 계단 뒤쪽으로 부엌과 다용도실 등이 잘 갖춰진 고급스러움과 부드러움이 조화를 이룬 아름다운 집이었다. 벽난로 앞에 앉아 다정하게 이야기 나누는 노부부가 떠올랐고, 쿵쾅거리며 2층을 뛰어다니는 꼬마 아이들의 모습도 그려졌다. 바깥 세상이 어떤지는 내일이 돼서야 알 수 있겠지만, 집 안 전체에 나무 향이 느껴지는 곳이었다.

"집 어때? 선배네 별장인데."

"너무 좋다. 나도 이런 집에서 살고 싶어."

"그래? 그럼 이 집보다 더 예쁜 집에서 살 수 있을 거야."

"왜?"

"이 집 내가 설계한 거야. 원래는 선배 네가 살던 낡은 시골집이었는데 서울로 옮겨가면서 거의 버려지다시피 한 것을 선배랑 나랑 다시 신축했지."

"정말?"

"응. 여름에 이쪽으로 휴가를 왔었는데 너무 아깝더라구, 방치해 놓은 게. 자재들이 다 비싼 것은 아냐. 다른 공사 현장에서 남은 자재들하고, 꼭 필요한 몇 가지들은 구입하고 해서 지은 건데 그럴듯하지?"

은서는 집 안을 연신 훑어보며 믿기지 않는다는 얼굴로 고개를 끄덕였다.

"난 상업적인 건물보다 가족이 사는 집을 짓는 게 좋아. 높은 고층 빌딩, 상가들은 돈은 많이 벌지 모르겠지만, 행복한 가족을 떠올리며 도면을 그리다 보면 나도 같이 행복해지거든."

은서는 신후의 말을 들으며 눈가가 젖어오는 걸 느꼈다. 결코 눈물지을 얘기도 아닌데 주책맞게 젖어오는 눈이 원망스러웠다. 문득 신후가 가장 소망하는 것은 행복한 가정이 아닐까 싶었다. 어려서 헤어진 아버지의 그림자가 그리운 건지도 모른다. 눈가에 맺힌 물기를 애써 지워냈다.

"신후야."

"내가 생각하는 최선은 너와의 결별이 아니라 너와 함께하는 거야."

애써 지워낸 눈물이 다시 차 올랐다. 끝내 자신을 포기하지 않겠다고 말하는 신후를 보며 그녀는 가슴이 뭉클했다. 그러나 정말 눈물은 보이고 싶지 않았다. 지금까지 그에게 보인 눈물만으로도 충분했다. 더 이상은 그 앞에서 울보가 되고 싶지 않아 일부러 큰 소리로 말했다.

"아, 배고파."

"냉장고 열어봐. 선배 고모님이 근처에 사셔서 부탁했는데 뭐 좀 있을 거야."

시원한 대답을 하지 않은 채 말을 돌리는 은서로 인해 잠깐 눈빛이 흔들렸지만 신후는 내색하지 않았다.

"이제 속은 괜찮은 거야?"

"응. 소화제를 먹어서 그런지 밥 달라고 아우성이네."

냉장고에는 이미 장을 봐놓았는지 야채며 생선 등 꽤 많은 찬거리들이 있었다. 은서가 요리할 재료들을 꺼내놓자 신후가 다가왔다.

"같이하자."

"아냐, 나 혼자 할게. 넌 운전하느라 피곤했을 테니까 가서 뜨거운 물로 몸이나 풀어."

은서의 거절에도 신후는 한동안 부엌을 떠나지 않고 서 있었다.

"정말 내가 피곤할 것 같아서 그러는 거야?"

"그럼."

냉큼 말한 은서였지만 붉게 변하는 볼은 숨길 수 없었다. 신후의 다소 굳어 있던 얼굴이 어느새 풀리며 음흉한 눈길로 은서

를 주시했다. 은서가 자신을 불편해서 피하는 게 아니라, 언젠
가 부엌에서 있었던 일을 떠올리고 있다는 걸 눈치 챘기 때문이
다. 경계의 눈초리를 감추지 않고 그를 노려보는 은서를 보며
신후는 피식 웃고 말았다.

"네가 밥 할 거야?"

"너 배 안 고프구나? 저녁 먹기 싫으면 내가 하고."

심통이 난 듯 묻는 은서에게 능청스럽게 대답하는 신후의 얼
굴에는 장난기가 가득했다.

"너, 정말……?"

"알았어. 사라지면 되잖아."

신후가 씻고 나왔을 때는 가스레인지 위에 찌개가 보글보글
끓고 있었다. 바로 씻고 나온 신후에게서 산뜻한 스킨 향이 느
껴졌다. 여전히 짓궂은 표정을 하고 그녀를 따라 시선이 움직이
는 걸 보며 은서는 눈을 흘겼다. 몇 가지 안 되는 반찬과 싱싱한
조개, 생선이 들어간 찌개는 자신의 솜씨인가 의심스러울 정도
로 맛있었다.

"너 자꾸 밥은 안 먹고 나만 쳐다볼 거야?"

그녀의 타박에 겨우 눈을 돌리는 신후였다.

"내일 일출 보러 가자."

"정말? 와~ 나 꼭 한번 보고 싶었는데, 한 번도 못 봤어."

"너, 무지 배고팠나 보다."

열심히 밥숟가락을 입으로 넣는 은서를 보며 놀리듯 말했다.

"쳇, 다 너 때문이야. 그러니까 설거지는 네가 해."

"어? 같이하는 것 아냐?"

신후가 놀란 듯 물었지만 눈은 웃고 있었다. 같이 설거지를 하자는 의미는 아닌 게 분명했다.

"됐어. 너 혼자 해. 나도 씻을 거야."

"그럼 2층 가서 씻어. 오른쪽 방에 욕실이 딸렸거든."

은서는 먼저 일어나 2층으로 향했다. 갑자기 떠나온 여행이라 옷가지며 준비된 게 하나도 없었다. 신후가 알려준 방은 커다란 침대 하나와 차를 마실 수 있는 티 테이블이 덩그러니 놓여 있을 뿐이었다. 그러나 바다를 향해 있는 커다란 창문이 어떤 장식도 필요없음을 말해 주었다. 지금은 커튼이 드리워져 있지만 아침이 되면 햇살이 창문을 통해 들어오리라. 은서는 당장이라도 문을 열고 바다와 깊은 산 향기를 맛보고 싶은 충동을 느꼈지만 꾹 참았다. 밤 공기가 얼마나 차가운지 몸소 느꼈기 때문에 아침이 올 때까지 기다려야 했다. 욕실은 크진 않았지만 깨끗했다. 한쪽 벽에 위치한 욕조에 뜨거운 물을 받고 들어가 몸을 녹였다. 하루 동안의 피로가 말끔히 가시는 것 같았다. 몸이 나른해지는 게 졸리기도 했다. 한껏 여유를 부리고 있는데 노크 소리가 들렸다.

"왜?"

"너 입을 옷 없지?"

"응."

"여기."

살짝 문이 열린 사이로 손 하나가 불쑥 들어왔다. 신후에게서 받아 든 옷은 신후가 즐겨 입는 셔츠였다. 아쉬운데 찬밥, 더운밥 가릴 상황이 아니었다. 몸은 나른했고 졸음은 쏟아졌다. 어서 침대에 몸을 눕히고 싶은 생각이 간절했던 은서는 대충 물기를 닦고 신후의 옷을 걸친 후 문을 열었다. 신후의 셔츠는 그녀에게는 짧은 원피스였다.

"헉!"

놀란 은서의 입에서 튀어나온 소리였다. 은서를 기다리고 있는 건 커다란 침대가 아니었다. 창가를 밝히는 수십 개의 촛불, 티 테이블에 올려진 케이크와 샴페인, 그리고 신후였다. 어둠 속에서 촛불은 그 영롱한 빛을 더 발하고 있었다. 촛불이 흔들릴 때마다 그림자들도 흔들렸다. 놀라 입을 다물지 못한 채 서 있는 은서에게 신후가 다가왔다.

"어떻게 된 거야?"

"앉아."

신후가 티 테이블 위에 올려진 케이크 쪽으로 은서를 끌어 앉게 했다. 그리고 맞은편에 앉은 그는 케이크 위에 꽂혀 있는 한 개의 양초에 불을 붙였다.

"이건 내가 준비한 우리 둘만의 결혼식이야."

"신후야."

"넌 기억도 못할 때부터 난 너만 봐왔어. 처음부터 사랑이라하기엔 너무 어린 나이였을지도 몰라. 하지만 그 순간에도 너 없는 내 삶을 상상할 수 없었고, 지금도 마찬가지야. 신이 내게 세상에서 원하는 것은 무엇이든 가질 수 있는 단 한 번의 선택권을 준다면 난 두말 않고 너를 선택할 거야. 그리고 그 선택이 나만의 선택이기를 바라지 않아. 지금까지 함께였던 것처럼 앞으로도 쭉 너와 함께이고 싶어. 넌 어때?"

은서는 신후의 고백 앞에 숙연해질 수밖에 없었다. 그의 오랜 사랑과 기다림 앞에 부끄럽고 미안했다. 늘 그에게 받기만 했던 과거의 기억들이 파노라마처럼 머리 속에 펼쳐졌다.

"신후야, 난…… 너무 많이 부족한 사람이야. 항상 네게서 받기만 하고 감사할 줄 몰랐어. 내가 널 사랑하는 게 널 많이 힘들게 할 거야. 또 나로 인해 많은 것을 잃어야 할지도 몰라."

"널 잃는 것보다 더 힘든 것은 없어. 내가 잃을 것들? 난 잃을 게 두려울 만큼 많은 것들을 갖지도 않았어. 내가 욕심 부리는 게 있다면 그건 오로지 너뿐이야."

"이모가 결코 허락하지 않을 거야. 너도 봤잖아, 이모가 날 어떻게 생각하는지."

"은서야, 난 네 마음이 중요해. 너와 내가 아닌 다른 사람의 생각 같은 건 관심없어. 물론 환영해 줬다면 감사했겠지만 허락하지 않아도 내 생각은 변함없어."

촛불이 흔들렸다. 그러나 은서와 마주 앉은 신후의 눈빛은 더없이 진지했고, 한 치의 흔들림도 없었다. 케이크의 촛농이 녹아 케이크 위로 떨어졌다.

"이러다 케이크 못 먹고 버리겠다."

"은서야."

여전히 대답을 피하려는 듯한 은서를 신후는 놓치지 않고 재촉했다. 케이크를 향해 고개를 숙이고 있던 은서가 얼굴을 들었다. 그녀의 눈에는 이슬이 맺혀 빛나고 있었다.

"신후야."

"바보, 왜 울어? 지금 한창 진지한 얘기 중인데. 아직 혼인 서약도 안 했단 말야."

놀리는 듯한 말투였지만 한없이 깊은 애정이 묻어났다. 그리고 그가 앉은 의자를 그녀 옆으로 옮겨 혼인 서약이라는 말을 이해 못한 채 눈을 깜박이고 있는 은서를 꼭 껴안았다.

"혼인 서약?"

"그래, 혼인 서약. 너와 내가 하나가 됨을 서로에게 다짐하는 것 말야."

은서를 꼭 껴안은 채 손으로 그녀의 등을 부드럽게 쓸어 내리면서 귓가에 더운 김을 불어 넣었다.

"나 이신후는…… 뭐 해? 너도 따라해."

"어? 응. 나 최은서는…….."

"최은서를 아내로 맞아."

"이신후를 남편으로 맞아……."

"기쁠 때나 슬플 때나."

"기쁠 때나 슬플 때나."

"아프고 병 들었을 때나."

"아프고 병 들었을 때나."

"죽는 날까지 함께할 것을 약속합니다."

"죽는 날까지 함께할 것을 약속합니다……."

껴안고 있던 몸을 뗀 후 은서의 이마에 살며시 입을 맞추고 그녀를 지그시 내려다봤다.

"너, 이제 내 색시 된 거다. 딴말하기 없기야."

"뭐?"

"잠깐만."

신후가 일어서더니 케이크 뒤에 숨겨두었던 반지 케이스를 꺼내왔다. 촛불에 커플링이 반짝였다. 신후가 그녀를 세웠다. 서로의 손가락에 반지를 나눠 끼며 삐져 나오는 웃음을 감추지 못했다.

"이제 너와 난 서로에게 속한 사람들이야. 알았지?"

은서는 신후를 마주 보며 말없이 웃었다. 그녀의 손가락에서 빛나고 있는 반지를 바라보며 미로를 헤매듯 불안하게 흔들리던 그녀의 감정들이 출구를 만난 것처럼 그녀의 가슴에는 평안이 깃들었다. 지금 이 순간 진실한 신후의 고백 앞에 어떤 장애물도 두렵지 않았다. 그와 함께라면 태산도 옮길 수 있을 것만 같았다.

"은서야."

"응."

"사랑해."

"나도…… 읍."

은서는 더 이상 말을 할 수가 없었다. 그녀가 하지 못한 나머지 말들은 신후의 입속으로 빨려 들어가 버렸다. 촉촉한 입술을 부딪쳐 오는 신후 앞에서 그녀는 속절없이 무너져 내렸다. 신후의 입술이 파르르 떨리고 있는 그녀의 눈꺼풀을 살짝 건드리고 코를 지나 입술로, 그리고 턱 선을 따라 귓불까지 조심스러운 움직임을 반복했다. 질투에 눈이 멀어 그녀를 다치게 한 게 떠올라 섣불리 격해서 들뜬 그의 마음을 내비칠 수 없었다. 간헐적인 신음 소리를 내뱉는 그녀의 입속으로 그의 혀가 조심스럽게 노크를 했다. 그리고 문이 열린 입술 사이로 성급하게 들어가 그를 반기는 그녀의 혀와 해후했다. 이성이 차츰차츰 고갈되어 갔다. 마지막까지 붙잡고 있으려 했던 그의 이성은 물거품이 되어 사라져 갔다. 잠시 동안의 망설임은 서로의 존재를 확인한 후 자취를 감추었다.

그의 혀는 제왕처럼 그녀의 입 안을 농락하고 있었고, 그의 손은 말려 올라 간 셔츠로 인해 환히 드러난 허벅지를 쓸어 올렸다. 너무나 부드럽고 매끄러운 감촉에 탄식의 한숨을 내쉴 수밖에 없었다. 허리에 올려져 있던 다른 한 손이 그녀의 엉덩이를 움켜쥐며 바짝 자신의 몸으로 끌어당겼다.

"신후야……."

은서의 입에서 흘러나오는 그의 이름은 거친 숨소리에 끊어져 제대로 들리지 않았다. 다만 그녀가 그에게 몸을 맡긴 채 그의 손길이 실크처럼 부드러운 속살들을 지나칠 때마다 주체할 수 없는 세포들의 거친 반응에 떨고 있다는 것이다. 그녀의 탄력있는 엉덩이와 은밀한 곳을 감싸던 작은 헝겊은 신후의 손에 의해 벗겨진 상태였다. 브래지어를 하지 않은 그녀는 헐렁한 그의 셔츠 한 장만으로 아무에게도 보이지 않았던 속살들을 숨기고 있었다. 그러나 그것도 오래가지 못했다. 그의 손길에 의해 셔츠가 흘러내렸다. 엄마 뱃속에 태어나던 그 원초적인 모습으로 신후 앞에 서 있었다. 조명을 대신하는 흔들리는 촛불에 비춰진 그의 눈동자는 너무 깊고 진했다. 그의 눈동자 가득히 부끄러운 듯 얼굴을 붉힌 채 서 있는 한 여인만이 존재할 뿐이다. 입술에서부터 턱으로, 목으로, 가슴으로 그의 손이 조심스럽게 닿을 듯 말 듯 쓸어 내려갔다. 그 유혹적인 손길에 자신조차 의미를 알 수 없는 안타까운 한숨이 새어 나왔다.

그녀의 안타까운 한숨은 신후에게 불을 지피고 있었다. 그렇지 않아도 이미 묵직해진 아랫도리는 자유롭고 싶어 안달하던 참이다. 그가 그녀에게서 눈을 떼지 못한 채 옷가지들을 벗어 던졌다. 그리고 그녀와 똑같은 모습으로 마주 섰다. 은서는 정체를 알 수 없는 뜨거움이 목구멍으로 넘어가는 걸 느꼈다. 그의 단단한 가슴은 그녀에게 그렇게 생소하지 않다. 그러나 적나라하게 남자임을 보이는 그의 실체 앞에서 그녀의 얼굴은 잘 익은 홍시마냥 붉어졌고 눈은 자리를 찾지 못한 채 헤맸다.

그는 그런 그녀의 모습을 진귀한 보물을 보는 것처럼 시선을 떼지 못했다. 그가 그녀를 껴안았다. 맨살에 닿는 서로의 피부를 느껴보고 싶어서였다. 단단한 가슴에 부딪쳐 오는 말랑말랑하며 푹신한 그녀의 가슴은 뜨거워진 몸에 전기 충격을 준 것처럼 짜릿한 감각을 선사했다. 그녀의 몸을 헤매던 손이 그의 허리에 올려져 있던 그녀의 손을 잡아 그녀의 마음을 향한, 그의 몸을 적나라하게 보여주는 곳으로 이끌었다. 멈칫하며 도망치려는 그녀의 손을 꼭 잡고 발산하고 싶어 미치도록 안달하는 그의 것 위에 올려놓았다.

"나…… 너 때문에 죽을지도 몰라. 이 녀석 느껴지지? 네 안으로 들어가고 싶어 폭발 직전이야."

그의 원색적인 고백에 은서는 말없이 남아 있던 한 손으로 그녀의 등을 감싸고 있던 손을 잡아끌어 그녀의 봉긋 솟아오른 가슴 위에 올려놓았다. 쉴 새 없이 뛰고 있는 심장 박동 소리가 그의 손에 전해졌다. 그리고 수줍은 미소를 지으며 올려다보는 그녀의 모습에 참고 억누르던 그의 이성은 자취를 감추고 없었다.

그녀를 번쩍 들어 올려 침대 위에 눕혔다. 그의 손길이 입술에서부터 아래로, 아래로 내려갈수록 은서의 숨소리는 거칠어졌다. 무르익어 주인의 손을 기다리고 있는 탐스러운 과일 같은 가슴을 부드럽게 어루만진 다음, 입 안에 가득 담고 핥고 빨았다.

"아…… 신…… 후야."

재촉하듯 그녀의 입에서 그의 이름이 반복되어 흘러나왔다. 그녀 스스로도 주체하지 못하는 뜨거운 감정의 소용돌이 속에 빠져 헤어 나오지 못한 채 구조를 요청하는 것처럼 애타게 그의 이름을 불렀다. 너무 생소한 감각들이 살아나 그녀의 온몸을 휘감고 가슴을 뜨겁게 달구었다. 그의 입이 가슴을 떠나 더 아래로 내려갔다. 그녀로서는 감당하기 힘든 충격으로 거부하듯 몸을 비틀었지만, 달래듯 부드럽게 스며드는 혀의 느낌에 그녀의 의식은 아득해져 갔다. 더 이상 참을 수 없는 욕구가 그녀를 감싸고 가슴속으로부터 목구멍을 타고 올라온 흐느낌은 입을 통해 어떤 망설임도 없이 흘러나왔다.

만개한 꽃처럼 그를 기다리고 있는 그녀를 향해 신후는 그녀의 다리 사이에 자리를 잡고 안으로 들어가기 시작했다. 이미 촉촉이 젖어 그를 반기던 그녀였지만 아무도 가보지 않은 길은 험난했다. 아픔을 참으려는 듯 꽉 문 잇새로 거친 신음 소리가 흘러나왔고, 그도 성이 나서 급하기만 한 녀석을 다스리려고 애쓰느라 진땀이 났다. 그녀의 짧은 비명 소리와 함께 마침내 그녀의 성지에 도착했다. 그리고 그들이 한 번도 가보지 못했던 열락의 세계로 빠져들었다. 서로의 거친 신음 소리가 난무했고 그들의 움직임만큼이나 촛불도 심하게 흔들렸다. 물결치듯 흔들리던 가슴이 멎고, 그가 양손으로 움켜쥐고 있던 그녀의 엉덩이를 바짝 끌어당기며 그녀 안에 마지막 그의 흔적을 아낌없이 남겼다. 아직도 가라앉지 않은 거친 숨소리가 방 안에 울려 퍼지고 있었다. 여전히 그녀 안에 있는 그가 몸을 돌려 그녀를 위로 가게 했다. 그리고 두 눈을 들여다보았다.

"많이 아팠지?"

은서가 피식 웃었다. 그러자 그는 쑥스러운 듯 그녀를 옆으로 돌려 꽉 껴안으며 그녀가 귓가에 속삭였다.

"사랑해. 고마워."

은서는 부드러운 미소를 지으며 너무나 따뜻한 그의 가슴에 얼굴을 묻었다. 추운 겨울날 따뜻한 벽난로 앞에 앉아 꾸벅꾸벅 조는 고양이처럼 나른한 만족감이 밀려왔다. 부드럽게 그녀의 등을 어루만지는 그의 손길을 느끼며 은서는 잠이 들었다. 널찍한 그의 가슴에 몸을 웅크리고 그의 몸이 다시 뜨거워지는 것도 모른 채 깊은 잠 속으로 빠져들었다.

"은서야, 일어나."

달콤한 잠에 빠져 있는 그녀를 깨우는 소리가 들렸다. 귀찮아 몸을 구부리며 돌렸지만 그녀를 깨우는 신후의 손길은 좀처럼 지칠 줄 몰랐다.

"아우, 왜?"

"일출 보러 가기로 했잖아. 안 갈 거야?"

"아, 맞다."

신후의 일출이라는 말에 정신이 번쩍 드는 그녀였다. 아무리

졸리다고 하지만 태어나 처음 보기로 한 일출을 놓칠 수는 없는 일이었다. 비몽사몽 떠지지 않는 눈을 하고 일어나 앉은 은서의 눈에는 갈 준비를 다 한 듯 옷을 차려입은 신후가 재밌다는 표정을 한 채 그녀의 가슴에서 시선을 떼지 못하고 있었다. 은서는 신후의 시선이 의심스러워 자신의 가슴을 내려다보다 놀란 나머지 정신없이 이불을 올려 가렸다.

"이신후, 지금 뭐야?"

"뭐긴, 내 마누라 가슴 좀 봤다."

"어휴, 정말."

"빨리 일어나 준비해, 나 먼저 내려가 있을 테니까. 바깥 날씨가 상당히 춥다."

심통한 표정을 짓고 있는 은서를 뒤로하고 신후는 문을 열고 나갔다. 은서도 망설임없이 일어나 옷을 챙겨 입고 아래층으로 내려왔을 때 신후는 다용도실에서 나오고 있었다. 좀 오래된 듯한 커다란 겨울 파카를 손에 들고 만족한 미소를 짓고 있는 그를 보며 물었다.

"그건 왜?"

"새벽이라 공기가 장난 아냐. 아무래도 바닷가에선 이거라도 걸치고 있어야 할 것 같다. 좀 낡아 보이긴 하지만 추워서 감기 드는 것보다 낫잖아. 입어봐."

"나만? 너는…… 너도 추울 것 아냐?"

"나야 네가 꼭 껴안아주면 되지."

그러면서 장난스럽게 웃는 신후를 보며 은서는 어이가 없었다.

"네 덩치를 내가 어떻게 안아주니? 보니까 남자 옷인데 그러지 말고 네가 입어. 그리고 네가 날 꼭 껴안아주면 되잖아."

문을 열고 밖으로 나오자 차가운 새벽 공기가 밀려왔다. 몸이 저절로 덜덜 떨릴 만큼 매섭고 찬 공기가 몸을 휘감았다. 신후가 열어준 차에 급하게 올랐다. 차 안은 시동을 켜고 히터를 틀어놓았는지 따뜻했다. 도대체 언제 일어나서 다 준비를 했는지 의심스러울 정도였다. 조심스럽게 차가 어두운 시골길을 빠져나가기 시작했다.

"언제 일어난 거야? 잠 별로 못 잤겠다."

"잠을 별로 못 잔 게 아니고 아예 못 잤다."

"뭐? 왜?"

"네가 옆에 누워 있는데 잠이 오니? 배신녀는 신랑 맘도 모르고 잠만 쿨쿨 자더라."

"하하하하."

은서는 심통난 아이처럼 투덜대는 신후를 보며 웃지 않을 수 없었다. 그가 지칭한 둘만의 결혼식을 기정사실화하듯 자신을 신랑이라고 말하는 신후를 보며 자꾸 입가에 번지는 웃음을 막을 수 없었다.

"잘 잤어? 컨디션은 좋아?"

"응. 너무 잘 잤어."

미안하다는 듯 배시시 웃는 그녀의 머리를 헝클어뜨리며 그도 기분 좋은 미소를 지었다. 어제의 아침과 오늘의 아침이 이렇게도 다를 수 있는 것일까? 모든 것이 끝난 것만 같던 어제의 아침은 이미 기억 속으로 사라진 지 오래였다. 그와 함께 맞는 아침, 따뜻한 눈빛과 미소로 오로지 세상에 그녀만이 존재하는 듯 바라보는 그를 통해 행복이라는 감정이 그녀 가슴속으로 서서히 스며들었다.

그들이 새벽길을 달려 찾은 곳은 낙산 해수욕장이었다. 여전히 어둠이 내려앉은 바닷가에는 사람들의 흔적을 찾아볼 수 없었다. 차를 주차하고 내리던 그들은 바다에서 불어오는 바람에 몸을 흠칫해야만 했다. 도저히 해가 뜰 때까지 바닷가에 서서 기다린다는 것은 불가능해 보였다.

"들어가자, 안 되겠다. 해 뜰 때까지 차에 있자."

"응."

잠깐이었지만 이미 몸이 차가워진 상태였다. 한껏 어깨를 움츠린 탓에 차에 들어서니 목과 어깨 근육이 욱신거리는 것 같았다.

"춥지?"

"응."

신후는 여전히 온기가 남아 있는 히터를 다시 한 번 만지더니 그녀 쪽으로 몸을 기울였다. 그녀의 입술에 닿는 신후의 입술은 차가웠다. 그러나 그 차가움이 싫지 않았다. 소중한 보물을 다루는 것처럼 그녀의 입술을 부드럽게 훔치는 그의 입술과 혀의 느낌은 살짝 닿았다가 멀어져 간 달콤한 아이스크림 같았다. 그의 품에 푹 안겨 서로의 숨결을 느끼며 키스는 깊어갔다. 그의 손이 가슴을 배회하다 말고 멈추었다. 그리고 귓가에는 그의 고른 숨소리가 들려왔다. 그녀를 안은 채 잠이 들어버렸다. 얼마나 피곤했던 것일까? 측은한 생각이 앞서 그를 그녀의 어깨에 기대게 한 채 머리카락을 손으로 슬며시 쓸어 내렸다. 어젯밤도 설친 데다가 장시간 운전까지 했으니 피곤에 지쳤을 만도 했다. 그녀와 일출을 보기 위해 더 더욱 긴장했을지도 모른다. 그녀의 품에 긴장을 풀어버리고 잠에 빠져 버린 그를 보며 은서는 가슴이 따뜻해져 오는 걸 느꼈다. 그가 그녀의 남자라는 게 너무 감사했다. 그가 다른 누구도 아닌 자신을 사랑한다는 사실이 기뻤다. 잠들어 있는 그의 얼굴을 손으로 어루만졌다. 밤새 자란 수염 탓에 턱은 따끔거렸다.

그를 더 재우고 싶었지만 하늘이 밝아지고 있었다. 바다 수평선 너머로 붉은 기운이 느껴지는 것 같아 신후를 깨워 밖으로 나왔다. 어깨에 둘러진 신후의 팔이 든든한 바람막이가 되어주었다. 정말 태양은 바다 너머에서 솟아오르고 있었다. 넘실대는 바다를 붉은빛으로 물들이며 제 모습을 서서히 드러냈다. 좀처럼 보기 힘들다는 일출을 신후와 은서는 눈을 떼지 못한 채 바라봤다. 그들의 얼굴빛도 붉게 물드는 것 같았다. 차가운 바람 탓이 더 컸지만 이유는 중요하지 않았다. 웅장한 해의 모습과 각자만의 생각에 빠져 해가 이미 솟아 하늘에 걸렸을 때까지도 좀처럼 움직일 수가 없었다.

'저로 인해 많은 사람들이 아파할지도 몰라요. 그치만 저, 그와의 사랑을 지키기 위해 이기적이기로 했어요. 욕을 먹어도 어쩔 수 없어요. 그의 곁에 있을래요. 당당하게 그를 사랑한다고 말할래요. 더 이상 그를 기다리게도, 나로 인해 아프게도 하고 싶지 않아요. 그가 원하다면 생이 다하는 마지막 날까지 함께 할래요. 제게 벌하신다 해도 어쩔 수 없어요. 모든 이에게 손가락질받는다 해도 그의 손을 놓고 싶지 않아요. 나쁜 사람이 될래요, 내 사랑을 지킬 수만 있다면.'

은서는 떠오르는 태양을 바라보며 간절한 마음을 실었다. 귓가에 신후의 조용한 음성이 느껴졌다.

"은서야, 사랑해. 그리고 지금은 비록 우리 둘만의 결혼식을 가져야 했지만 조금만 기다려 줘. 많은 이들 앞에서 고백하자, 너와 내가 부부가 되었음을. 기다려 줄 수 있지?"

은서는 코끝이 찡해지는 걸 느끼며 고개를 끄덕였다.

날이 밝았다. 움츠린 몸을 이끌고 근처 횟집에서 맵고 뜨거운 매운탕으로 아침을 대신했다. 세상에서 가장 맛있는 매운탕이라고 기억될 것 같다. 좀 이른 시간이었지만 든든한 아침을 먹고 나니 한결 여유가 생기는 듯했다. 그래서 좀 더 모래사장을 거닐다가 별장으로 돌아오니 정오가 다 되어 있었다. 은서는 돌아오자마자 침대로 뛰어들어 이불을 뒤집어썼다.

"최은서, 아직 11월이야. 올 겨울을 어떻게 나려고 그렇게 추위를 타니?"

"아, 난 몰라. 추운 걸 어떻게 해?"

"알았어."

"……."

은서의 대꾸는 이불 속으로 뛰어든 신후로 인해 그만 막혀 버렸다.

"피곤하잖아. 잠 좀 자둬."

"아니, 내 피곤을 푸는 방법은 잠이 아냐."

그러면서 새벽 차 안에서 다 못한 채 잠이 든 것을 만회라도 하려는 듯 그녀에게 달려들었다.

그들이 침대 밖으로 나왔을 때는 이미 해가 진 다음이었다. 괜히 멋쩍어 서로를 보며 웃고 말았다. 이 밤이 지나면 그들의 현실이 기다리고 있는 서울로 가야 하지만 내일의 염려로 인해 그들의 소중한 시간을 낭비할 만큼 어리석지 않았다. 그들의 여행은 마지막이 아니라 시작이었다.

서울로 돌아오는 길, 켜놓았던 핸드폰 전원을 켜지 수십 개의 문자 메시지, 음성 녹음까지 모두 미연에게서 걸려온 전화였다. 미연이 얼마나 걱정을 했는

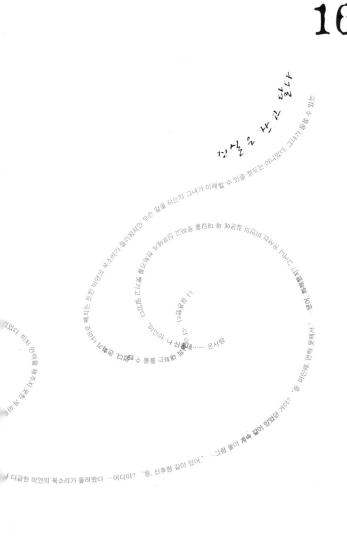

16

경을 낸 고 말았다

그녀가 이해할 수 있을 정도는 아니었다. 그녀가 들을 수 있는 마음이 미처 안정되기도 전에 밀려오는 불길한 예감에 그녀는 이것저것

무슨 일을 하는지

미연의 목소리가 들려왔지만 무슨 일을 하는지

그녀는 도저히 화를 낼 수 없었다.

"미안아, 나 신후랑…… 온서탕

다급한 미연의 목소리가 들려왔다 ―어디마? "응, 신후랑 같이 있어." "그럼 좋아 계속 같이 있었던 거야?" "응, 미안해, 연락 못해서. ……왔어"

서울로 돌아오는 길. 꺼놓았던 핸드폰 전원을 켜자 수십 개의 문자 메시지, 음성 녹음까지 모두 미연에게서 걸려온 전화였다. 미연이 얼마나 걱정을 했는지 통화하지 않고도 알 수 있었다. 미처 연락을 해주지 못한 게 마음에 걸렸다. 통화음이 가자마자 다급한 미연의 목소리가 들려왔다.

—어디야?

"응, 신후랑 같이 있어."

—그럼 둘이 계속 같이 있었던 거야?

"응, 미안해, 연락 못해서."

—됐어. 화해했지?

그러나 은서는 미연의 질문에 채 대답을 못하고 신후에게 전화기를 뺏기고 말았다.

"미연아, 나 신훈데…… 은서랑 나 결혼했다."

더 이상의 대화는 들을 수 없었다. 전화기 너머로 째지는 듯한 미연의 목소리가 들려왔지만 무슨 말을 하는지 그녀가 이해할 수 있을 정도는 아니었다. 그녀가 들을 수 있는 것은 신후의 웃음소리뿐이었다. 도대체 미연이 무슨 말을 했기에 그렇게 웃어대는지 운전하는 모습이 위험해 보일 정도였다. 눈을 커다랗게 뜬 채 바라보는 은서의 시선을 의식했는지 웃음소리가 잦아지면서 전화를 그녀에게 넘겼다.

—은서야, 행복해라. 조만간 식 올릴 거지? 내가 다 알아서 준비하마.

은서의 대답에는 관심도 없는 것처럼 뚝 끊어지는 신호음이 울렸다. 황당한 눈빛으로 끊어진 전화기를 노려보는 그녀를 보고 신후는 씩 웃었다.

"미연이가 뭐랬는데 그렇게 웃는 거야?"

"어? 아냐. 별 얘기 안 했어."

"너, 얼굴까지 빨개지며 웃어놓고는 뭐가 아무것도 아냐? 궁금하잖아."

"하하하."

신후는 은서의 질문엔 대답도 않고 다시 웃음을 터뜨렸다. 신후는 미연이가 늘어놓은 음담패설이 아직도 귓가에 선명했다.

궁금해하는 은서의 얼굴을 보면서도 차마 자신의 입으로 이야기할 수 없어 웃고 말았다. 은서는 끝내 대답을 않는 신후를 수상하다는 눈으로 바라봤지만 꼬치꼬치 캐묻지는 않았다.

또다시 제 모습을 드러낸 산들이 스쳐 가고 파란 가을 하늘도 변함없이 그들을 내려다보고 있었다. 그러나 내려오던 길과 올라가는 길은 분명히 달랐다. 바다를 본 후 막혔던 숨통이 조금이나마 뚫리길 기대하며 내려왔다면 올라오는 이 길은 희망이 함께했다. 혼자가 아닌 신후와 함께하는 삶을 꿈꿀 수 있었다. 그것만으로도 충분히 만족했다.

서울이 가까워질수록 고속도로의 차들도 늘어갔다. 용인 휴게소에 잠깐 들렀다 나오니 도로는 기하급수적으로 늘어난 차량으로 거북이 걸음을 하고 있었다. 겨우 톨게이트를 빠져나왔지만 퇴근 시간과 맞물려 경진의 동네에 도착했을 때는 저녁 시간이 지난 후였다. 그러나 교통 체증이 은서에게는 전혀 지루하게 생각되지 않았다. 서울이 가까워질수록 경진과의 대면의 시간도 가까워지고 있었기 때문이다. 물론 포기하고 달아날 생각은 없었다. 욕을 먹고 이기적인 사람이 되더라도 그녀의 사랑을 지키기로 이미 마음을 굳힌 상태였다. 그러나 그렇다고 해서 긴장되지 않는 것은 아니다. 대문 앞에 차가 멈추어 섰을 때 평온한 신후와는 달리 은서는 불안하고 초조한 마음으로 심장이 거칠게 뛰고 있었다.

경진은 벌써 퇴근했는지 집 안에서 불빛이 새어 나왔다. 바짝 긴장해서 굳어 있는 은서의 손을 신후가 꽉 쥐었다. 경진은 현관에 들어서는 신후를 쳐다보지도 않은 채 텔레비전에만 시선을 집중하고 있었다.

"잠은 집에서 자라."

그녀로 인해 다투었던 앙금이 여전히 남아 있는지 냉랭한 목소리였다.

"들어와."

은서를 향한 신후의 말을 듣고서야 신후가 혼자가 아니라는 걸 느꼈는지 고개를 돌렸다.

"어? 은서도 왔구나. 어디서 만나 같이 오는 거야?"

의심이 가득 담긴 눈을 치켜뜨며 물었다.

"저…… 어머니, 잠깐 드릴 말씀이 있는데요."

"응, 그래. 이쪽으로 와서 앉아라. 나도 너한테 할 말이 있었는데 잘됐다."

신후와 은서는 경진의 맞은편 소파에 앉았다. 은서는 신후의 옆에 앉아 경진의 눈을 마주할 수가 없어 탁자만을 내려다봤다. 경진은 그들의 생각을 전혀 알지 못하는 듯 태연한 얼굴이었지만 찻잔을 집어 드는 손에 힘이 들어가 있는 걸 느끼며 은서는 경진이 이미 짐작하고 있는 것은 아닌가 싶었다.

"어제 수연이 다녀갔다. 엄마는 수연이가 참 마음에 들더구나. 수연이도 널 특별히 생각하고 있다던데, 졸업하고 식 올리자."

경진의 단도직입적인 말에 놀란 은서는 입술이 바짝바짝 타들어가는 것만 같았다.

"수연이는 친구일 뿐이에요."

신후가 퉁명스럽게 대답했다. 그러나 경진은 쉽게 물러서지 않고 기회라도 잡은 듯 몰아붙였다.

"그래, 너무 오랜 시간 친구로 지내서 특별한 감정이 안 느껴지는 건지도 모르지. 하지만 그래서 더 좋을 수도 있어. 사랑? 물론 사랑도 중요하지. 하지만 세상 살아가는 데 사랑은 아주 잠시일 뿐이야. 결혼은 현실이다. 은서만 해도……."

경진의 말은 끼어든 신후의 말로 인해 더 이상 이어지지 못했다.

"은서랑 저, 결혼하기로 했어요."

"뭐? 그게 무슨 말이야?"

놀란 얼굴의 경진은 도저히 믿을 수 없다는 표정이었다. 경진이 내뱉는 날카로운 대꾸에도 은서와 신후가 조용하자 눈꼬리가 올라가며 차가운 시선을 고개를 숙인 은서로 향했다.

"말도 안 돼. 네가 왜 은서랑 결혼을 해? 은서에게는 강 서방이 있는데."

"그건 어머니 생각이죠. 제 앞에서 강 서방, 강 서방 하지 마세요. 왜 혁이 형이 어머니한테 강 서방이 되는 거예요?"

경진의 입을 통해 너무나 자연스럽게 흘러나오는 강 서방이라는 말에 흥분한 나머지 신후의 음성도 날카로워졌다.

"이게 도대체 무슨 소리라니? 은서야, 너 말 좀 해봐라. 너, 분명히 나한테 신후와는 언제나 친구일 거라고 하지 않았니?"

경진은 배신감을 느꼈는지 경악과 실망스런 표정을 감추지 못한 채 은서를 다그쳤다. 그러나 은서는 어떤 대답도 하지 못한 채 고개를 숙이고 있을 뿐이었다. 신후는 괜히 은서만 나무라는 듯한 경진의 태도에 더 화가 치솟았다.

"어머니가 보시기에는 은서가 정말 원해서 그렇게 말하던 걸로 보이던가요? 어머니 눈에는 은서가 혁이 형이랑 다시 합치고 싶어하던가요?"

"이놈아, 말은 바로 해라. 은서 처지에 강 서방 정도면 금상첨화지. 길 가는 사람들한테 다 물어봐라. 다 나랑 똑같은 대답을 할 거다."

"어머니든 길 가는 사람들이든 그건 다른 사람들의 생각일 뿐이에요. 본인이 아닌 걸 어떡해요?"

"왜? 왜 아닌데? 좋아했으니까 결혼했을 것 아니냐? 그것도 수연이의 약혼자였다며? 그런데 그렇게 서둘러서 결혼할 정도였다면 보통 좋아한 것은 아니었을 텐데 지금 너랑 결혼한다는 게 말이 되는 소리니?"

놀란 은서의 얼굴은 창백해졌다. 경진이 혁이 수연의 약혼자였다는 것을 알 거라고는 생각지도 못했었다. 그런데 다 알고 있었다는 사실 앞에 경진이 그녀를 결코 받아주지 않을 거라는 걸 느낄 수 있었다.

"그러는 어머니는요? 아버지랑 좋아해서 결혼하신 것 아니에요? 근데 왜 이혼은 하셨어요?"

"이신후, 너 이놈이!"

경진은 채 말을 잇지 못했다. 굳게 말아쥔 주먹이 부들부들 떨리는 것만으로 경진의 감정이 얼마나 격해져 있는지 알 수 있었다. 은서도 신후의 입에서 나온 아버지라는 말에 놀라기는 마찬가지였다. 그와 20년이 넘는 세월을 친구라는 이름으로 함께해 왔지만 그의 입에서 아버지란 말을 듣기는 이번이 처음이었다. 불문율처럼 금지된 단어가 아버지였다.

"왜요? 내가 틀린 말 했나요? 과거에 어떠했었는지는 나한테 중요하지 않아요. 은서는 내 여자예요. 어머니의 입에서 다시 강 서방이니 하는 소리 나오는 것 나 못 참아요."

경진의 숨이 거칠어졌다. 분노를 감당할 수 없었는지 벌떡 일어난 경진의 손이 신후의 뺨을 내려쳤다. 은서의 입에서는 놀란 외마디 비명이 흘러나왔다.

"신후야."

손자국이 선명한 신후의 얼굴을 살피기 위해 올리던 손을 은서는 살기가 느껴지는 경진의 눈빛에 머뭇거리며 내려놓았다.

"은서야, 너 어떻게…… 어떻게 네가 내게 이럴 수 있니?"

"은서 탓 하지 마세요. 은서 아무 잘못 없어요. 처음부터 내가 시작했고, 내가 붙잡았어요. 그리고 누가 뭐래도 안 놔줄 거예요."

경진의 얼굴이 창백하게 변했다. 금방이라도 무슨 일이 일어날 것처럼 위태로워 보였다. 은서는 더 하려는 신후의 팔을 말리듯이 붙잡았다. 그러나 그 모습이 경진의 화를 더 부추겼나 보다.

"허, 아들 녀석 키워 놔봤자 아무 소용 없다는 말이 하나도 안 틀리네. 은서랑 결혼할 거면 나 네 얼굴 안 본다."

"그러신다 해도 어쩔 수 없어요. 저 은서 포기 못해요."

"이놈이! 내가…… 내가 널 어떻게 키웠는데……."

부르르 떨던 경진은 더 이상 말을 잇지 못한 채 소파 위로 쓰러져 버렸다.

"어머니!"

"이모!"

아무 말도 못한 채 몸을 부들부들 떨고 있는 경진으로 인해 사색이 된 것은 신후만이 아니었다. 은서 역시 가슴이 철렁 내려앉으며 떨리는 손으로 어찌할 줄 몰라 당황했다. 신후가 경진을 업어 차에 태운 후 병원으로 달렸다. 만약 경진이 잘못되기라도 한다면 은서는 아무것도 생각할 수 없었다. 그녀의 사랑을 지키기 위해 벌을 준다 해도 받을 거라고 생각했는데, 경진이 잘못된다는 것은 감당키 버거운 형벌이었다. 급하게 거리를 질주하는 신후를 보며 그녀는 그녀가 알고 있는 세상 모든 신들을 다 찾았다. 그녀의 간절한 기도가 외면되지 않기를 바랐다. 병원까지 가는 그 길이 너무도 길게만 느껴졌다.

응급실에 도착한 후 정신을 차리지 못한 채 초조하게 서성이고 있는 그들에게 두세 시간 남짓 지났을 때 담당 의사가 정신적 충격에 의한 일시적 쇼크 증상이라는 진찰 결과를 알려주었다. 안정을 위해 이삼 일 정도 입원을 권하는 의사의 말을 듣고 왔을 때 이미 경진은 깨어나 있었다. 그러나 고개를 돌린 채 신후도, 그녀도 보려 하지 않았다. 이런 상황까지 오리라고는 미처 생각지도 못했기에 신후도, 그녀도 난감하기만 했다.

신경 안정제로 인해 곧 잠이 든 경진을 응급실 침대에 두고 복도 간이의자에 앉아 있는 은서의 어깨에 신후가 팔을 두르며 그의 어깨로 머리를 기대게 했다.

"신후야, 이모 잘못되면 어떡하니?"

은서의 울음 섞인 목소리는 조용히 떨리고 있었다. 은서는 정말 두려웠다. 경진이 잘못되기라도 하면 신후와 함께한다고 과연 행복할 수 있을지 의문이었다.

"괜찮으실 거야. 이삼 일 정도면 퇴원하실 수 있대잖아. 너 많이 피곤할 텐데 미연이한테 가서 좀 자. 그리고 내일 아침에 와라. 그 시간까지 어머니도 주무실 거야."

"싫어. 가도 잠이나 잘 수 있겠어. 신후야, 나 자꾸 무서워지려고 해."

"너 만약 이상한 생각 하면 나 이번엔 정말 못 참아. 이미 우린 한몸이야. 난 네 남편이다, 넌 내 아내고. 우리 약속 잊으면 안 돼. 알았지?"

그는 단호한 말과 함께 다시 한 번 다짐하듯 그녀의 눈을 내려다봤다. 은서는 그의 어깨에 머리를 기댄 채 고개를 끄덕였다. 이마에 그의 촉촉한 입술이 느껴졌다.

"은서야, 처음이 힘든 거야. 이제 가장 힘든 고비를 넘겼으니까 다음은 덜 힘들 거야."

무엇보다도 확신에 찬 목소리가 불안한 그녀의 마음을 진정시켜 줬다. 복도 간이의자에 서로의 어깨에 머리를 기댄 채 긴 밤을 보내야 했다. 응급실은 시간과 상관없이 많은 사람들의 움직임으로 밤을 밝히는 사이 소리없이 아침은 와 있었다.

간호사의 지시에 따라 경진은 입원실로 옮길 수 있었다. 그동안 내내 경진은 그들의 시선을 피했다. 입원실로 옮기고, 의사가 다녀가고 나서도 경진은 단 한 마디도 하지 않은 채 침묵으로 일관했다. 신후가 걸려온 전화를 받기 위해 잠시 자리를 비운 사이 병실은 숨소리조차 느껴지지 않았다. 경진과의 사이가 회복될 수 없을 만큼 악화되어 버렸지만 그녀는 쉽게 포기할 수가 없었다.

"저…… 이모, 죽이라도 끓여올게요."

은서의 침묵을 깬 한마디의 파장은 너무 큰 부메랑이 되어 그녀에게 날아왔다.

"지금은 네 얼굴을 안 보는 게 내 속을 편하게 해줄 것 같구나."

경진의 차가운 말에 은서는 마음을 다잡으며 다시 한 번 경진을 불렀다.

"이모."

"그래, 난 네 이모야. 지금까지 이모였고, 앞으로도 난 네 이모라구. 이모가 시어머니가 될 수는 없는 거잖아. 은서야, 이 이모가 너한테 부탁한다. 너도 알잖아, 내가 신후를 어떻게 키웠는지. 은서 네가 나 좀 봐주라."

"이모, 저 잘할게요. 정말 신후 사랑해요. 이모가 나 좀 봐주시면 안 될까요? 이모 눈에 안 차는 것 당연하지만 이모…… 내가 이모 사랑하는 것 알잖아요."

안 된다고 말하는 경진에게 처음으로 자신의 마음을 보였다. 신후를 사랑하는 마음을 숨기지 않고 털어놓으며 기회를 달라고 사정했다. 그러나 경진은 그녀의 고백을 외면했다.

"허? 날 사랑한다는 사람이 내 등에 칼을 꽂니? 두 번 다시 네 얼굴 안 보고 싶다. 수연이 말이 하나도 안 틀려. 나가라."

경진의 매몰찬 대답에 은서는 병실에 남아 있을 수가 없었다. 고개를 돌려 누워버린 경진을 뒤로하고, 조심스럽게 문을 열고 병실 밖으로 나왔다. 전화 통화를 끝내고 오던 신후가 병실 밖 의자에 앉아 있는 은서를 보고 물었다.

"왜 여기 나와 있어?"

"이모가 나 안 보고 싶대."

씁쓸한 표정의 은서를 신후는 꽉 껴안았다. 그리고 등을 쓸어내렸다.

"은서야, 미연이한테 가 있어. 여긴 내가 있을게. 너 여기 있으면서 계속 상처받는 것 나 싫어. 이미 어머니 반대는 알고 시작한 거잖아."

그 역시 피곤한 얼굴인데도 혹시나 그녀가 상처받지 않을까 걱정하고 있었다.

"신후야."

"걱정 마. 넌 아무 걱정도 하지 마. 그냥 내 곁에만 있어. 난 바라는 것 아무것도 없어. 너만 곁에 있다면 난 행복해. 너 내가 불행해지는 것 싫지?"

"고마워. 그래도 나 여기 있을게. 저녁에 미연이더러 태우러 오라고 해서 그때 갈게. 들어가 봐."

과거 같았으면 먼저 손을 들어버렸을지도 모른다. 그러나 신후의 큰사랑을 느끼고 있었기에 힘들어도 그녀는 흔들리지 않았다. 망설이는 듯한 신후를 병실로 밀어 들여보낸 후 은서는 휴게실로 발걸음을 옮겼다. 피로한 몸을 달래려면 진한 커피 한 잔이 필요했다. 종이컵에 담긴 커피 한 잔을 들고 병실 앞으로 다시 왔을 때도 문은 여전히 굳게 닫혀 있었다. 한참을 앉아 있는데 신후가 나왔다.

"아직 아무것도 안 먹었지?"

"그러는 넌?"

같이 마주 보며 소리없이 웃었다.

"하루쯤 굶어도 안 죽어."

"그래도 나 너 굶는 거 싫어. 가서 밥 먹고 와."

은서는 고개를 흔들었다. 그녀의 고집을 누가 꺾을 수 있겠는가. 그는 은서가 마시던 커피 몇 모금을 홀짝이고는 다시 병실 안으로 들어갔다.

병실 안에서 신후와 경진은 말없는 싸움을 계속하고 있었다. 경진은 침묵으로 신후를 나무라고 있었고, 신후는 의도적인 경진의 침묵을 무시하고 있었다. 경진의 마음을 모르는 것은 아니었다. 그만을 바라보고, 많은 것을 희생하며 살아오셨다는 것을 알지만 경진을 위해 그의 사랑을 포기할 수는 없었다. 그가 잘되기를 바라는 마음에서 은서를 반대하는 거겠지만 그는 은서 없이 행복할 수 없었다. 또한 아버지의 전철을 밟고 싶지도 않았다. 자신의 여자는 꼭 제 손으로 지킬 것이다. 지금까지 힘들게 한 것만으로 충분했다.

병실 복도 의자에 앉아 있는 은서의 귓가에 다급하게 걸어오는 여자의 하이힐 소리가 들렸다. 무릎에 머리를 묻고 있던 은서는 천천히 고개를 들었다. 여자는 정확히 은서 앞에서 멈췄다. 올려다보는 은서를 비난이 가득 담긴 눈이 내려다봤다.

"네가 원하는 게 바로 이런 거였니?"

"너랑 얘기하고 싶은 기분 아냐."

수연에게 할 말은 많았지만 경진이 누워 있는 병실 앞에서 언성을 높이고 싶지는 않았다. 그래서 수연이 그녀의 감정을 더 이상 건드리지 않기를 바랐다. 적어도 여기서 수연에 대한 그녀의 감정을 드러내고 싶지는 않았기 때문이다. 은서의 대꾸에 수연은 어이없다는 표정을 지었다. 그리고 무슨 말인가를 더 하려는 듯 입을 열던 수연은 지나가는 간호사를 보고 멈췄다. 수연역시 병실 앞이라는 것을 의식했나 보다. 수연은 병실 문을 노크하더니 아직 할 말이 남았다는 듯 다시 한 번 은서를 돌아봤다.

수연이 병실로 들어가고, 보이지 않게 되자 은서는 다시 무릎에 머리를 묻었다. 굳게 닫힌 문, 자신을 거부하던 경진은 수연의 방문을 기다리기라도 한 것처럼 열리지 않았다. 병실 안에서 어떤 대화가 오갈지 궁금해하며 문이 열리기만을 기다리고 있는 자신의 모습을 더 이상 볼 수가 없어 화장실로 몸을 옮겼다.

거울 속의 그녀는 며칠 밤을 샌 사람처럼 후줄근했다. 어제먼 길을 달려온 데다 밤새 병원 간이의자에서 지낸 탓에 얼굴은 화장기가 군데군데 남아 푸석푸석한 게 정말 몰골이 아니었다. 은서는 차가운 물에 세수를 했다. 비누 거품을 묻혀 잘 닦이지 않은 화장들도 깨끗이 지워내고 나니 그나마 힘이 나는 것 같았다.

마음을 어느 정도 추슬렀다 싶어 화장실을 걸어나오던 은서는 오늘만은 가장 피하고 싶은 사람을 다시 봐야 했다. 그녀를 기다리기라도 한 듯 벽에 등을 기대고 있던 수연은 은서를 보자마자 서릿발 같은 눈을 하고 다가왔다. 눈앞에 섰다고 생각한 순간 은서의 뺨은 쫙 하는 소리와 함께 한쪽으로 돌아가 있었다. 욱신거리는 뺨을 손으로 만지며 은서는 헛웃음이 나오려는 걸 참았다. 여전히 수연은 그녀를 인간 이하의 사람을 바라보는 듯 경멸을 담은 시선으로 바라보고 있었다. 기가 막혔다. 지금까지 친구라 생각하며 죄책감과 미안함으로 지내왔던 시간들이 안타까워 소리라도 지르고 싶은 심정이었다. 수연의 위선과 잔인함에 몸서리쳐졌다. 그녀뿐만 아니라 수연을 사랑했던 혁까지 기만한 것을 생각하면 다시는 상종하고 싶지 않았다. 수연을 친구라고 받아들였던 자신이 원망스러웠다. 참고 있었던 분노가 화살처럼 폭발하기 직전까지 이른 그녀를 수연은 알지 못했다.

"네가 사람이니?"

수연이 빈정거렸다.

"그래, 너보다는 나은 사람이지."

은서의 차가운 대꾸에 수연의 눈에 불이 일었다.

"뭐? 이제 보니 너 눈에 뵈는 게 없구나. 왜, 신후가 너 없이 죽고 못 산다니까 친구도, 부모처럼 키워준 은혜도 다 필요없다는 거니?"

친구라고 자연스럽게 내뱉는 수연의 얼굴이 가증스러웠다.

"미안하지만 난 너 같은 친구 둔 적이 없는데."

"야, 너 최은서! 너 어떻게 됐구나! 그러니까 어머니가 쓰러지셨는데도 뻔뻔하게 병원을 활보하고 다니지. 그래서 검은머리 짐승은 거두는 게 아니라는 말이 있는가 봐. 하긴 친구의 약혼자까지 뺏은 애가 뭔들 못하겠니? 이번에는 모자간까지 갈라놓으려고 작정을 했나 보지?"

한껏 조롱을 담은 말들이 쏟아졌다. 분명 예전에 들었다면 가슴에 비수가 되고, 상처가 될 말들이었지만 진실을 알아버린 은서 앞에서 이제는 무용지물이었다.

"한수연, 말은 바로 해. 언제까지 날 속이려고 하는 건데? 내가 혁이 오빠를 뺏었다고? 웃기지 마. 지금까지 너한테 속아서 산 세월을 생각하면 분통이 터져. 너, 처음부터 혁이 오빠 사랑하지도 않았잖아. 너밖에 모르는 혁이 오빠랑 나 데리고 노니까 재밌었니?"

당황한 표정이 언뜻 스쳤지만 시치미를 떼며 수연은 자신과 무관한 듯한 얼굴을 했다.

"너 무슨 말 하는 거야?"

"왜? 내가 알면 안 되는 걸 알고 있니?"

"미연이 이 기집애…… 그래, 내가 좋아했던 사람은 신후였어. 난 내가 사랑하는 남자를 갖기 위해 최선을 다했을 뿐이야. 그러는 넌 뭐 했니? 너도 기회는 충분했어. 혁이 오빠랑 결혼까지 했으면서 그동안 넌 뭘 했기에 이제 와서 내게 신후를 뺏어가는 건데? 난 정말 네가 미워. 잘난 것 하나 없으면서 내 친구들, 사랑하는 사람까지 뺏어가는 네가 죽이고 싶도록 미워."

더 이상 수연은 자신의 모습을 감추지 않았다. 거침없이 속내를 드러내며 표독스러운 얼굴로 자신을 합리화했다.

"최선을 다했다는 말로 너 자신을 미화시키지 마. 네가 정말 신후를 원했다면 넌 솔직해야 했어. 나와 혁이 오빠를 이용하지 말고 솔직하게 신후를 좋아한다고 말했어야 했다구. 그랬다면 혁이 오빠와 난 3년의 지옥 같은 결혼 생활을 할 필요도 없었고, 지금 우린 많이 다른 모습을 하고 있을 거야. 이렇게 만든 것은 내가 아니고 너란 말야. 결혼 3년 동안 난 최선을 다했어. 너만 바라보는 혁이 오빠를 뒤에서 바라보며 무던히도 많이 아팠어. 적어도 네가 솔직했다면 혁이 오빠와 난 잘됐을지도 모르지. 하지만 지금은 너무 늦었어. 내가 사랑하는 사람은 신후니까."

"거짓말하지 마. 넌 아직도 혁이 오빠에 대한 미련이 남아 있을 거야. 오빠가 바라봐 주지 않으니까 신후를 붙잡은 것 아냐? 난 신후만 바라본 지 10년이야. 그래도 변함없이 그를 사랑해."

"혼자 하는 사랑을 10년이나 했다구? 난 혼자 한 사랑은 화초에 물을 주지 않는 것과 같다고 생각해. 자랄 수 없지. 말라 죽든지 아니면 앙상한 뿌리를 하고 겨우 연명을 하겠지. 넌 10년 동안 뭘 했니? 네 사랑을 위해 널 아끼던 많은 사람들을 속이면서까지 가지려 했던 걸 왜 아직까지 갖지 못한 거니? 네가 어떤 말을 하던 난 내 사랑을 지킬 거야. 이번에는 내가 선택한 거니까."

항상 수연 앞에서 죄인인 양 불편한 얼굴을 하고 말 한마디 제대로 못하던 은서의 얼굴은 찾아볼 수 없었다. 너무나 당당하게 신후를 사랑한다고 말하는 은서 앞에서 수연은 아무 말도 못한 채 당황한 기색이 역력했다.

"은서야."

은서는 그녀를 부르는 소리에 고개를 돌렸다. 언제부터 서 있었던 것일까? 과일 바구니를 든 혁과 미연이 병원 복도에서 그들을 가로막고 있는 은서와 수연을 바라보고 있었다. 은서도 당황했지만 혁의 얼굴을 본 수연의 표정은 정말 가관이었다. 거만함이 느껴질 정도로 당당하던 수연의 모습은 찾을 수가 없었다. 어떻게서든 무마시켜 보려는 듯 혁을 향해 손을 뻗으며 다가갔다.

"오빠, 그러니까……."

그러나 수연의 손은 혁에 의해 뿌리쳐졌다. 차갑게 굳어 있는 혁의 얼굴이 지금까지 그녀와 수연의 대화를 다 들었다는 것을 말해 주고 있었다. 얼굴이 하얗게 질려 넋이 나간 듯 서 있는 수연을 무시하고 혁은 과일 바구니를 은서에게 내밀었다.

"얼굴 못 뵈어서 죄송하다고 전해라."

경진의 병문안을 왔던 혁이 얼굴도 안 보고 가져온 과일 바구니를 그녀의 발 아래 내려놓고 뒤돌아서 가는 모습을 보니 충격이 컸나 보다. 수연이 그를 처음부터 사랑하지 않았다는 사실을 비로소 알게 되었는데 충격을 받지 않았다면 그게 더 이상할 것이다. 외곬으로 자존심 강한 그가 오늘 그녀와 수연에게서 받았을 상처가 눈에 선해 그냥 보낼 수가 없었다. 그래서 은서는 과일 바구니를 미연에게 맡기고 그를 쫓아갔다. 그녀만 아프다고 생각했는데, 그녀를 무시하고 바라봐 주지 않았던 시간들에 대해 원망했었는데 어쩌면 가장 큰 피해자가 혁이 아닐까 싶었다. 사랑한다고 믿었던 사람에 대한 배신감, 그리고 신후를 사랑하는 그녀로 인해 느끼는 좌절감, 그 좌절감이 어떤지는 이미 경험한 그녀로서 너무 잘 아는 감정이기에 안타까울 수밖에 없었다.

"오빠. 오빠, 얘기 좀 해."

성큼성큼 저만치 걸어가는 혁을 향해 은서가 뛰어가는 모습을 볼 수 있었다. 그 자리에 남아 있던 미연과 수연은 혁과 은서의 모습이 보이지 않고서야 서로를 마주 봤다. 넋이 나간 듯 혁과 은서를 좇던 시선이 미연의 눈과 만나자 다시 적개심을 드러냈다. 이렇게 된 것에 대한 모든 원인은 모두 미연의 탓인 것처럼 노려봤다.

"나쁜 년! 왜, 고소하니?"

"아니, 불쌍하다."

"불쌍하다구? 내가? 웃기지 마. 너 같은 걸 친구라고 생각한 내가 미쳤지. 태생이 천한 게 어디 가니?"

"태생 좋은 넌 그래서 그 모양이니? 정신 차려! 그리고 말은 바로 해. 내가 네 친구였던 적이 있기는 했어?"

살기 가득한 눈을 한 수연을 미연은 안됐다는 듯 바라보며 말을 멈추지 않았다. 그런 미연에게 더 더욱 화가 난 듯 노려보았지만 전혀 동요를 보이지 않는 미연이었다.

"넌 반칙을 했어. 그러니까 다 잃은 거야. 은서가 네 친구들을 다 뺏어갔다고? 착각하지 마. 은서가 친구들을 뺏어간 게 아니고 네 이기적인 행동이 친구들을 네게서 멀어지게 한 거야. 처음부터 널 친구가 아니라고 생각하는 사람은 아무도 없었어. 그런데 지금 널 친구로 생각하는 사람이 과연 몇이나 될까?"

수연은 더 이상 대꾸를 하지 못한 채 서 있었다. 미연의 질타도 아닌 동정 어린 충고 앞에 그녀는 무너지고 있었다. 정말 미연의 말처럼 그녀 곁에 남아 있는 사람이 몇이나 될까? 항상 그녀 편에 서주던 혁마저 등을 돌려 버렸다. 차라리 미연이 자신을 비웃었더라면 무시하고 말았을 것이다. 그러나 당당하게 신후를 사랑한다고 말하며 자신이 선택한 것이기에 지킬 거라고 말하는 은서, 불쌍하다고 말하는 미연 앞에서 수연은 한없이 초라해지는 자신을 봐야 했다.

"오빠, 오빠…… 혁이 오빠."

현관 로비에서야 혁을 겨우 따라잡은 은서는 거친 숨을 몰아쉬었다.

"왜? 나한테 다시 한 번 확인시켜 주려고 붙잡니?"

비딱한 말투였다.

"아뇨. 오빠, 저……"

"나한테 돌아오겠다는 얘기가 아니라면 관둬라. 오늘은 더 이상 어떤 얘기도 듣고 싶지 않다."

감정의 동요를 전혀 내보이지 않는 메마른 음성이었다.

"오빠한테 사과하려구요."

"네가 뭘 잘못했는데? 잘못한 것도 없이 나한테 3년을 구박받고 산 게 억울해서 따지러 온 것은 아니고?"

"아냐, 오빠. 나만 힘들었나요, 오빠도 충분히 힘들었지."

은서의 말이 다소 의외라는 듯 혁은 걸음을 멈췄다. 은서는 그녀를 내려다보고 있는 혁에게 어디서부터 어떤 말을 시작해야 할지 난감했지만 그녀의 진심을 고백하는 게 그에게 더 이상의 상처를 주지 않을 것 같았다.

"오빠, 미안해요. 내가 한동안 오빠를 마음에 담았었다는 게 미안해요. 그렇지 않았더라면 오빠도, 나도 서로에게 상처 주면서 힘든 시간을 보내지 않아도 됐을 텐데 싶어서 미안해요. 그리고 또 오빠 마음을 받아주지 못해서 미안해요. 오빠는 누구보다 제 마음을 알 거예요. 오빠와 나는 인연이 아니었나 봐요. 내가 오빠를 바라볼 때는 오빠는 다른 사람을 바라보고, 오빠가 절 원할 때 저는 다른 사람을 원하는 걸 보면요. 오빠도 혼자 하는 사랑 말고 나누는 사랑을 했으면 좋겠어요."

혁이 씁쓸한 미소를 지었다. 그리고 말없이 그녀를 한동안 바라보았다.

"넌 네 사랑에 확신하니?"

"확신? 확신이라기보다는 함께 있어서 행복해."

그녀의 말에 그의 얼굴에 고여 있던 씁쓸한 미소마저 사라졌다. 함께하는 동안 그들은 전혀 행복하지 못했다.

"가봐야겠다."

"응, 오빠. 미안해요."

은서는 가봐야겠다고 말하는 혁의 얼굴에서 체념을 봤다. 결코 포기하지 않을 것처럼 강한 집념을 보이던 그의 눈빛에는 공허한 기운이 서리고 있었다. 다행이다 싶은 안도감과 더불어 미안한 마음이 얼기설기 얽혀 착잡하기만 한 은서였다. 그가 병원 현관 로비를 지나 보이지 않게 되자 돌아선 그녀의 눈에 100미터 정도의 거리를 두고 서서 바라보고 있는 신후가 들어왔다.

"왜 나왔어?"

"혁이 형 왔다 갔다며?"

"응."

"뭐래?"

"나 포기한대. 잘 먹고 잘살래."

신후가 어이없다는 듯이 피식 웃었다.

"웃음이 나와, 이모 병원에 누워 계시는데?"

"네 표정이 어떤지 알아?"

"어떤데?"

"혁이 형이 너 포기해서 아쉽다는 표정이다."

"말도 안 돼. 그런 말이 어디 있어?"

억울하다는 듯 얼굴을 찡그리는 은서를 계속 놀리듯이 바라보는 신후였다.

"네 표정이 그런걸 뭐. 너……."

계속 이죽거리며 그녀를 놀리던 신후가 반갑지 않은 사람이라도 보았는지 갑자기 얼굴이 차갑게 굳어지며 말을 중간에 멈추었다. 은서는 신후의 시선을 따라 주위를 두리번거렸지만 병원 로비에는 방문객으로 보이는 몇몇의 사람들과 환자들밖에 보이지 않았다.

"왜?"

"아무것도 아냐. 은서야, 미연이랑 돌아가."

"어."

심상치 않은 신후의 표정에 은서는 고개를 끄덕일 수밖에 없었다.

은서와 미연이 돌아간 후에도 신후는 병실에 들어가지 않고 밖에 앉아 있었다. 반갑지 않은 손님과의 대면을 뒤로 미루고 있었다. 경진과 헤어진 후 단 한 번도 찾지 않았던 아버지란 사람의 모습을 병원에서 봤을 때, 신후는 자신의 눈을 믿을 수가 없었다. 설마 경진의 입원을 알고 찾아오지는 않았겠지 하면서도 그는 중년의 남자에게서 눈을 뗄 수가 없었다. 먼 미래의 자신의 모습일 듯한 남자가 엘리베이터를 타고 올라가는 걸 지켜보며 그 남자의 출현이 그에게 어떤 영향을 끼칠지 염려스러웠다. 이미 타인이나 마찬가지지만 사춘기 시절, 그의 수많은 고민거리들 중 가장 큰 고민이 아버지란 사람이었다. 자신의 아버지란 사람이 어떤 분인지 궁금해서 은서의 아버지께 묻기도 했었고, 혼자 몰래 찾아가 보기도 했었다. 그래서 하게 된 결심이 그의 인생에서 아버지란 존재를 비우는 것이었다. 이미 다른 여자와 아이를 낳고 단란한 가정을 꾸린 신후의 아버지 정섭은 그들과 무관한 삶을 살고 있었다.

경진의 병실 앞에서 노크를 하려던 그는 들려오는 목소리에 잠시 멈칫했다. 정섭이 병원을 찾은 이유는 다름 아닌 바로 경진 때문이었다. 정섭을 보는 순간 느꼈던 감정의 응어리들이 두둥실 가슴을 떠다녔다. 몇 년 만의 만남인 것일까? 경진과 정섭의 대화가 사뭇 궁금했지만 아무렇지도 않게 아버지란 사람을 대면할 마음의 여유가 없었다. 잠깐이면 끝나겠지 싶었던 대화는 길어지는 듯 문이 굳게 닫혀 있었다.

열다섯 살, 정섭의 회사를 찾아갔던 적이 있었다. 은서의 아버지, 경호에게 어렵게 주소를 알아내 찾아갔던 정섭의 회사는 사춘기 소년의 눈에도 보통 건물들과는 달라 보였다. 정섭이 직접 설계하고, 지었다는 건물은 단연 그 거리에서 돋보였다. 그쪽 계통에서는 꽤 이름이 알려진 건축사로 건축법인의 대표였고, 대학에서 강의도 한다고 했다. 그의 얼굴은 어려서 헤어진 탓에 가물가물했지만 보는 순간 바로 이 사람이다 알 수 있었다. 그가 나오는 걸 보며 자신도 모르게 몇 발자국 다가갔다. 그러나 뒤에서 초등학생으로 보이는 여자 아이가 아빠 하고 부르는 소리를 들었을 때 신후는 그 자리에 우뚝 서버리고 말았다. 대기 중이던 차에서 뛰어내려 와 정섭의 품에 안기는 어린 여자 아이의 모습과 고급스런 정장 차림의 젊은 여자를 보는 순간 신후는 뒷걸음질쳤다. 그 후 다시는 정섭을 찾지 않았다.

문이 열렸다. 고개를 든 그와 정섭의 눈이 마주쳤다. 서로 닮은꼴의 모습을 한 그들은 한동안 아무 말도 못한 채 서로를 주시할 뿐이었다. 먼저 입을 연 건 정섭이었다.

"잠깐 얘기 좀 하자."

신후는 말없이 그의 뒤를 따라갔다. 병원 1층 커피숍에 마주보고 앉은 그들은 차가 나올 때까지 침묵하고 있었다. 세월을 빗겨갈 수는 없었는지 단정한 정섭의 머리카락 사이에 흰머리가 드문드문 보였다. 그렇다고 재회한 아버지에 대한 애틋한 감정이 생기는 것은 아니었다. 다만 20년을 왕래도 없이 남으로 살아온 경진과 그 앞에 왜 나타났는지 궁금할 따름이었다. 지금 경진과 대립하고 있는 상태에서 정섭의 등장이 신후는 달갑지 않았다.

"그 애랑 헤어져라."

"네?"

20년 만에 만난 아들에게 아버지란 사람의 첫마디가 은서와 헤어지라는 말이었다. 기가 막힌 그는 할 말을 잃은 채 정섭을 노려보았다.

"은서와 왜 헤어져야 하는데요?"

"나도 네 엄마와 같은 생각이다. 한쪽이 너무 기울면 결혼이라는 게 쉽지 않아. 네게 면목없다만, 네 엄마와 나도 처음엔 열렬히 사랑해서 결혼했지만 서로의 환경 차이를 극복하지 못했어."

그의 결혼에 대한 입장을 밝히는 정섭의 태도는 극히 당연하다는 듯한 행동과 말투였다. 경진과 그를 자신의 울타리 안으로 묶으며 은서를 밀어내는 정섭을 보며 신후의 한쪽 입가가 올라갔다. 비릿한 비웃음이 얼굴 전체를 감쌌다. 그에게 있어 가족은 눈앞에 앉아 당당히 아버지 행세를 하고 있는 사람이 아니라 은서였다.

"정말 이상한 논리를 가지셨네요. 환경의 차이라, 저와 은서의 차이가 뭔데요? 죄송하지만 유명하신 이정섭이라는 분을 아버지로 둔 적이 없네요. 물론 이씨라는 성을 준 생물학적인 아버지로서는 인정할지 모르지만, 전 홀어머니에 외아들, 이신후랍니다. 어디다 내놓아도 별로 환영받을 수 있는 조건은 아니죠? 그리고 한 가지 더 말씀드릴까요? 환경의 차이라고 핑계 대지 마십시오. 그땐 어렸기에 왜 매일 싸우는지 이유를 알고 싶어도 알 수 없었지만 커가면서 알고 싶지 않아도 알게 되는 것들이 참 많더군요. 당신은 어떤 것도 놓지 않았잖아요. 할머니란 사람과 어머니 사이에서 둘 다를 가지려 했기 때문에 실패하신 거예요. 전 하나를 놓아야 한다면 과감히 놓을 겁니다. 당신이 제 인생에 끼어들기에는 너무 늦은 것 같군요."

아버지뿐만 아니라 한 남자로서의 삶까지 비웃는 신후를 보며 정섭은 당황한 것처럼 보였다. 급하게 테이블에 올려져 있던 물 컵을 입으로 가져갔다.

"난 네 엄마를 사랑했다."

"참 편한 사랑을 하셨군요."

어떤 감정도 느껴지지 않는 타인을 대하는 듯한 신후의 태도에 정섭은 초조해 보였다.

"신후야, 난……."

그러나 정섭의 말이 끝나기도 전에 신후는 일어서서 돌아보지도 않고 커피숍을 나와 버렸다. 뒤늦게 찾아와 경진과 무슨 이야기를 나누었는지 알 수는 없지만 단 일 분도 정섭과 함께 있고 싶지 않은 게 그의 심정이었다.

미연은 그녀를 오피스텔까지 태워다 주고 회사로 들어갔다. 은서는 병원에 혼자 남아 있을 신후가 마음에 걸렸지만 몸은 이상신호를 보내고 있었다. 수면 부족에 허기진 위장, 금방이라도 쓰러져 잠들어 버릴 것 같았다. 침대에 누워 잠깐 눈을 붙이고 일어난 은서는 도시락을 준비했다. 아무래도 아무것도 먹지 않고 병원을 지키고 있을 신후에게 저녁 도시락이라도 챙겨서 갖다 주어야 할 것 같아 부엌에서 부지런히 움직이고 있을 때였다. 미연이 벌써 퇴근했는지 초인종이 울렸다. 그러나 문밖에 서 있는 사람은 미연이 아닌 신후였다. 피곤에 지친 모습을 하고 있는 신후를 보며 반갑기도 하면서 한편으로는 걱정도 되었다. 병원에 있어야 할 신후가 그녀를 찾아왔다는 것은 무슨 일이 있었다는 불안한 생각이 불쑥 뛰어들었지만 애써 밀어내며 신후를 들어오게 했다. 모든 사태가 그녀로 인해 발생한 것이기에 고맙고 미안할 뿐이었다. 그러나 신후는 그녀의 염려에 아랑곳하지 않고 태연하게 들어와 침대에 걸터앉았다.

"나 오는 줄 알고 저녁 준비 한 거야?"

"무슨? 네 도시락 싸가지고 병원에 가려던 중이었어. 근데 이모는 어떡하고 여길 온 거야?"

"아버지가 와 계셔."

"뭐?"

"놀랐지? 나도 놀랐어, 우습기도 하고. 와우, 나 배고파. 쓰러지기 일보 직전이야."

왠지 더 이상 아버지의 이야기를 하고 싶어하지 않는 눈치였다.

"그럼 잘됐다. 얼른 이리 와. 먹고 좀 자. 너 무지 피곤해 보여."

"그래."

그녀가 도시락용으로 준비한 반찬들로 저녁을 맛있게 먹는 신후를 보며 은서의 얼굴엔 웃음이 고였다.

"같이 치울까?"

"미연이 곧 올 거야. 넌 피곤하니까 저기 소파에 좀 기대고 자."

"같이 설거지하는 것하고, 미연이하고 무슨 상관이야?"

놀리듯이 말하는 신후를 보며 은서가 눈을 흘겼다. 소파에 털썩 앉으며 손짓으로 그녀를 불렀다.

"왜?"

"잠깐만, 잠깐만 여기 옆에 와서 앉아봐."

그의 눈빛이 무언의 위로를 바라는 듯했다. 기댈 어깨가 필요하다고 말하는 것 같았다. 은서는 하려던 뒷정리를 미룬 채 그의 옆에 가서 앉았다. 그가 그녀의 어깨를 자신의 품으로 끌어안아 기대게 했다. 그리고 그녀의 머리카락을 손으로 가볍게 쓸어 내렸다.

"은서야."

"응?"

무슨 말인가를 하려는 것처럼 그녀를 불러놓고도 말이 없었다. 그저 머리카락만 소리없이 쓸어 내리기를 반복할 뿐이었다.

"신후야."

"어머니가 반대하는데도 난 건축을 전공했다. 왜 그랬을까?"

그 말이 그렇게 어려웠던 것일까?

"후, 넌 가족이 함께 사는 따뜻한 집을 지으면 행복해진다고 했잖아."

"그렇지."

신후는 은서의 어깨에 얼굴을 묻은 채 잠이 들어버렸다. 은서는 그가 자라면서 아버지를 많이 그리워했을 거라는 걸 느꼈다. 그러나 그렇게 대답할 수 없었다. 결코 그가 원하는 대답이 아니라는 걸 그의 눈빛을 보고 알 수 있었으니까. 무척이나 그리웠을 아버지와의 만남이 그리 유쾌하지 않았나 보다. 은서는 잠이 든 신후의 얼굴을 손으로 조심스럽게 어루만졌다. 아기처럼 잠이 든 그의 얼굴을 보며 그녀의 품에서 푹 쉴 수 있기를 바랐다. 그가 그녀에게 있어서 언제나 찾아가 기댈 수 있는 곳이듯 그녀 역시 그에게 새의 둥지처럼 언제든 날아와 쉴 수 있는 곳이 되고 싶다.

그 시간, 혁은 현진의 바(bar)를 찾았다.

"통 안 보이더니 웬일이야?"

"또 병이 도지려나 보지. 술 좀 가져와."

경진의 입원 소식을 듣고 병원을 찾았을 때만 해도 혁은 자신에게 기회가 온 것이라 생각했다. 경진의 심한 반대에 부딪친 은서가 많이 흔들릴 거라 의심치 않았다. 그러나 그를 기다리는 것은 잔인한 진실이었다. 그 진실 앞에 그는 명분도, 희망도 잃었다. 현진이 그가 즐겨 마시는 술과 안주를 가져왔는데도 전혀 의식하지 못한 것처럼 의자 등받이에 몸을 기댄 채 눈을 감고 있었다.

"자기야!"

현진이 재차 부르고 나서야 눈을 떠 술잔으로 손이 움직였다.

"자기, 오늘 이상해. 무슨 충격받은 일이라도 있었어?"

그의 입가가 올라가며 결코 유쾌해 보이지 않는 웃음이 스쳤다.

"누님은 나에 대해 모르는 게 뭐가 있어?"

"글쎄."

현진의 눈빛이 조금 서글퍼 보였다. 그러나 혁은 목구멍을 타고 들어가는 액체에 취해 현진의 얼굴에 스친 잠깐 동안의 감정을 보지 못했다.

"은서 씨랑 다시 시작하고 싶다더니 잘 안 돼?"

혁은 더 이상 말이 없었다. 묵묵히 옆에 앉아 있는 현진의 존재를 잊은 것처럼 술잔만을 비우고 있을 뿐이었다. 현진은 씁쓸한 미소를 감추며 일어섰다.

"적당히 마셔. 혼자 있고 싶은 것 같은데 필요하면 부르고."

다시 한 번 혁을 쳐다보았지만 그는 깊은 생각에 잠긴 듯 대꾸가 없었다. 그 여느 때와는 다른 혁이다. 늘 강한 빛을 발하며 존재감을 느끼게 하던 눈빛이 자취를 감추었다. 늘 독수리를 연상시키던 그의 눈이 더 이상 살아 있지 않았다. 현진은 염려스러운 눈길로 술에 취해가는 혁을 지켜보며 한숨을 내쉬었다. 또 한 분의 손님이 들어왔다. 반갑게 인사를 하려고 일어서던 현진은 수연임을 확인하고 걸음을 멈췄다.

수연은 자신이 왜 여기에 왔는지 알 수 없었다. 혁에게 심한 질타를 들은 이후로 한 번도 찾지 않았던 곳을 찾아온 것이다. 그녀를 보고 놀라는 현진의 표정을 봤다. 그러나 수연은 현진을 무시한 채 어두운 실내를 둘러보았다. 그녀의 발걸음을 이곳으로 내몬 원인을 찾아 두리번거리던 수연은 혁을 발견하고 그에게 다가갔다.

수연에게 있어 혁은 이성으로서가 아니었을 뿐 사랑하는 가
족과 같은 사람이었다. 한 번도 혁을 남이라고 생각지 않았다.
그녀의 모든 허물을 감싸고 보듬어주는 친오빠 같은 존재였다.
그러나 오늘 차갑게 돌아서 가버리는 혁을 보며 그녀는 그에게
정말 못할 짓을 저질렀다는 걸 처음으로 깨달았다. 혁에게만은
사과하고 용서받고 싶었다.

"오빠."

"누구니?"

모르는 사람이 아는 척이라도 한 듯한 말투였다.

"오빠, 미안해. 나, 오빠도 좋아했어. 그치만 신후가 더 갖고
싶었어."

"그 얘기를 하기에는 너무 늦었다고 생각지 않아?"

전혀 감정이 묻어나지 않는 음성으로 귀찮아하는 기색이 역
력했다.

"오빠, 나 용서해 주면 안 될까?"

"헛! 용서?"

혁의 얼굴에는 비웃음이 가득했다.

"나한테 용서받고 싶거든 다신 내 눈에 띄지 말아라."

"오빠!"

"오빠? 난 너 같은 동생 둔 적 없고, 너와 마주하고 있는 것만
으로도 소름이 돋는다. 너로 인해 내 자신에게 얼마나 화가 나

는지 넌 모를 거다. 너의 영악함도 모르고 속았으니. 사람을 아예 바보로 만들었더구나. 더 이상 너와 연관되고 싶지 않으니까 그만 가라."

"오빠, 제발!"

"네가 남자가 아닌 걸 다행으로 여겨라."

혁은 수연을 놔두고 일어섰다. 그러나 취해 몸을 제대로 가누지 못하고 비틀거렸다. 수연이 팔을 부축하려고 손을 내밀자 매섭게 뿌리친 후 놀라서 달려온 현진의 어깨에 손을 올려놓았다. 현진에게 몸을 기댄 채 밖으로 나가는 혁의 뒷모습을 바라보던 수연은 끝내 울음을 터뜨렸다. 한참을 울던 수연은 손등으로 눈가를 훔쳤다. 그리고 독기를 가득 품은 채 충혈된 눈을 무섭게 부릅떴다. 손톱이 손바닥을 깊이 찔러 아플 정도로 굳게 주먹을 쥐었다. 이대로 무너질 수 없었다. 포기할 수는 없었다.

어깨가 뻐근해 눈을 떴던 신후는 불편하게 그의 어깨에 기댄 채 잠이 든 은서의 얼굴이 보였다. 시계를 보니 2시를 가리키고 있었다. 저녁을 먹자마자 소파에서 잠이 들었나 보다. 미연은 아직 안 들어왔는지 보이지 않았고, 불편하게 소파에서 잠을 자고 있는 그와 그녀만이 있을 뿐이다. 신후는 은서를 안아 들어 침대에 눕혔다. 그러나 그 움직임에 눈을 뜬 은서였다.

"편하게 재우려는 거였는데 깼어?"

"응. 너도 더 자."

잠이 덜 깬 은서의 목소리는 탁했다.

"미연이는 안 보이네."

"아, 미연이는 오늘 집에 갔어."

병원에 갈 거면 태워다 주겠다고 걸려온 미연의 전화에 신후가 와 있는 것을 알리자 눈치 빠른 미연은 계획에도 없었던 본가행을 그녀에게 알렸다. 은서는 신후더러 더 자라는 듯 그녀가 누워 있는 침대 옆을 두드렸다. 신후의 표정이 야릇하게 변하고 있는 것도 모른 채 잠결에 그는 신후에게 더 잘 것을 청하고 있었다.

"초대지?"

"응?"

다음은 숨막히도록 부딪쳐 오는 신후의 입술을 받아내는 것이었다. 졸음에 취해 나른한 몸은 신후의 손길에 의해 녹아내렸다. 입술과 목을 거쳐 그녀의 가슴으로 내려오는 그의 입술은 전혀 무방비 상태인 그녀에게 어떤 행동도 취할 수 없게 만들었다. 온몸으로 그를 느낄 뿐이었다. 그가 간절히 원하는 것을 주고 싶다. 지친 그의 몸을 뉘어야 할 곳이 그녀의 가슴이길 바라며, 그가 주는 흥분과 떨림이 가득한 세계로 겁없이 뛰어들었다. 적극적으로 그를 받아들이는 그녀의 모습에 신후는 취해가고 있었다. 뜨거운 신음 소리가 그들을 감싸고, 서로의 호흡이 뒤엉킨 채 밤은 깊어갔다.

"은서야."

"응."

"내게 아버지는 네 아버지였어. 내게 팽이와 연을 만들어주고, 눈썰매를 만들어줬던 사람도 아저씨였어. 기억나지, 우리 겨울이면 꽁꽁 언 논에 가서 팽이도 치고, 썰매 타던 것?"

"후후, 너 그때 지지리도 못했었는데. 만날 지고 울고 왔잖아."

"하하, 그땐 내가 좀 약했었지. 아저씨 보고 싶다. 아저씨가 사고로 돌아가셨을 때 네 아버지만 돌아가신 게 아냐, 그때 내게도 아버지였던 아저씨가 돌아가신 거야."

신후는 여전히 열기가 식지 않은 은서의 여린 가슴을 부드럽게 어루만지며 귓가에 조용히 속삭였다. 아버지를 만나고 온 그가 그녀의 아버지를 떠올리며 그리워한다는 사실에 은서는 뭉클했다. 은서 역시 의도적으로 부모님 생각을 하지 않으려고 노력했었다. 나약해질까 봐, 눈물 흘리게 될까 봐 부모님에 대한 생각들을 가슴 저편으로 밀어놓곤 했었는데 신후의 한마디에 가슴이 저려왔다. 나만 그리워하는 게 아니었구나, 나랑 같은 추억을 공유하고 있는 사람이 곁에 있었구나. 은서는 신후의 가슴에 금방이라도 눈물이 떨어질 것 같은 얼굴을 살며시 묻었다. 신후의 손이 매끄러운 그녀의 등을 쓸어 내렸다.

"은서야, 너랑 함께 있어서 너무 행복해."

"나도 그래."

등을 가볍게 쓸어 내리던 손이 그녀의 엉덩이를 감쌌다. 그리고 바짝 끌어당기자 여전히 단단히 고개를 들고 있는 그의 남성이 느껴졌다. 그녀의 어깨에 그의 입술이 부딪쳐 왔다. 그의 품속으로 파고들던 은서는 나른한 숨을 내쉬며 그를 향해 고개를 들었다. 깊이를 알 수 없는 눈이 지그시 그녀를 내려다보고 있었다. 그의 얼굴이 내려와 그녀의 입술을 덮었다. 다시 한 번 그는 그녀 안으로 들어왔다.

경진의 퇴원 날, 은서는 먼발치에서 지켜볼 수밖에 없었다. 입원해 있는 동안 매일 경진을 찾아갔지만 경진은 은서를 병실에조차 들여놓지 않았다. 많이 믿었던 사람이기에 그 상처가 더 컸을는지도 모른다. 하지만 어떡해서든 경진과 화해하고 싶었다. 신후를 떠날 수는 없지만 경진과 신후 사이를 등지게 하고 싶지 않아 열심히 찾아갔지만 그녀의 노력은 모두 수포로 돌아갔다. 병실조차 들어오지 못하게 하는 경진에게 무엇을 할 수 있었겠는가. 간혹 병실을 드나드는 수연을 볼 수 있었다. 마주칠 때면 찬바람이 쌩쌩 불 정도로 서로를 외면했다. 신후는 화가 난 경진이 병실에 들어오지 못하게 하자 병원에 발을 끊었다. 그리고 매일 병원을 찾는 은서에게 소용없는 짓 그만 하라며 화를 냈다. 결국 퇴원하는 날이 돼서야 다시 병원을 찾은 신후였다. 그러나 경진을 퇴원시킨 사람은 신후가 아닌 정섭이었다. 조심스럽게 경진을 부축하고 고급 외제 승용차에 오르는 정섭의 모습을 지켜보는 은서의 어깨 위에 너무나 친숙한 남자의 손이 느껴졌다.

"어떻게 된 거야?"

"글쎄, 나도 몰라. 내가 퇴원 수속 하려고 했더니 벌써 다 했더라."

"아버지 재혼하셨잖아."

"후, 3년 전에 돌아가셨다나 봐."

은서는 신후의 얼굴을 올려다봤다. 그렇다면 설마…… 신후는 은서가 눈빛으로 무엇을 묻고 있는지 아는 듯했다. 그녀의 말없는 질문에 피식 바람 빠지는 것 같은 미소를 지으며 고개를 흔들었다.

"몰라. 어머니, 나랑 눈도 안 마주치는데 그 속을 어떻게 알겠니."

"신후야."

"참, 나 오후에 바빠서 너한테 못 갈지도 몰라. 오늘 선배네로 옮기기로 했거든."

"뭐?"

"너 또 그런 얼굴 한다. 서로 얼굴 마주 보며 부딪치다 보면 좋아지기는커녕 더 나빠질 거야. 시간이 해결해 주겠지. 그리고 오늘 같아서는 굳이 내가 필요할 것 같지도 않고."

멀어져 가는 차를 바라보며 신후가 혼잣말을 하듯 나지막하게 내뱉었다.

"가자. 데려다 줄게."

"아냐, 됐어. 혼자 갈게. 너, 나랑 이모 때문에 시간 많이 뺏겼 잖아. 보충해야지."

"시간 충분해."

은서는 신후가 내미는 손을 잡았다. 싸늘하게 돌아서는 경진 을 바라보며 예전 같았으면 한없이 흔들렸을 그녀였지만, 지금 은 늘 그 자리에 미동도 없이 그녀의 손을 잡아주는 신후가 있 었기에 흔들리지 않았다. 그의 따뜻한 손을 잡으며 그와 함께라 면 두려울 게 없을 것 같았다. 그러나 그녀의 자신감은 그리 오 래가지 못했다. 그녀의 손에 깃든 행복은 눈을 뜨고 나면 사라 져 버릴 신기루처럼 위태로워 보였다.

17

백화점 지하 식품 매장에는 수능시험을 앞두고 다채로운 아이디어 상품뿐만 아니라 화려한 포장의 선물들이 진열되어 있었다. 톡톡 튀는 아이디어 상품들을 바라보며 은서는 혼자 피식 웃었다. 시간의 변화는 거기에서도 찾을 수 있었다. 그녀가 입시를 준비하던 때 나왔던 상품들은 이미 유행이 지나 구닥다리 취급을 받는 듯했다. 수능시험을 앞둔 다희와 경미의 선물을 사기 위해 들른 참이었다. 짧은 학원 생활이었지만 그녀를 잘 챙겨주던 좋은 동생들이다. 그녀는 시험을 포기했지만, 그들은 좋은 결과가 있기를 바라는 마음으로 예쁘게 포장된 찹쌀떡과 엿을 사서 학원으로 향했다.

석 달도 채 다니지 못한 학원이었지만 정이 많이 들었는지 학원 건물이 보이기 시작하자 무척 반가웠다. 수업이 끝날 시간에 맞춰 찾아온 덕에 학원을 빠져나오는 아이들의 모습이 하나둘씩 보이기 시작했다.

　"언니!"

　다희가 먼저 그녀를 보고 손을 흔들었다. 다희와 단짝인 경미도 함께였다.

　"잘 지냈지?"

　"쳇, 언니는? 지금 우리 얼굴이 잘 지낸 걸로 보여요? 요즘 피가 마르는 것 같아요."

　다희의 애교 섞인 투정을 들으며 근처의 패스트푸드점으로 자리를 옮겼다.

　"자."

　"우리 선물?"

　"그래. 이 찹쌀떡이랑 엿 먹고 이번엔 꼭 붙어."

　"고마워. 아, 정말 언니 말대로 이번엔 꼭 붙었으면 좋겠어. 근데 언니는 요즘 잘되어가?"

　"뭐가?"

　"어휴, 시치미 떼기는? 오늘 보니까 얼마 전이랑 얼굴이 확 다른데. 멋진 오빠랑 잘된 거지?"

　"나한테 신경 끄고 시험이나 잘 봐. 그만 일어나야지. 나랑 노닥거릴 시간이 어딨어?"

"아무튼 언니도 못 말려. 아직 콜라도 다 안 마셨어."

조용히 듣고 있던 경미가 거들었다. 결국 어린 친구들과 30분을 더 앉아 있었다. 은서를 어른이라기보다는 편한 친구처럼 느끼는지 조잘조잘 쉴 새 없이 떠들어대는 다희와 경미의 수다를 들어주며 그녀는 말없이 웃었다. 그녀에게도 그들과 같은 시절이 있었다. 그녀의 수다를 들어주던 말없던 신후, 그때도 그는 그녀의 곁에 있었다.

어린 친구들과 헤어져 밖으로 나오니 도시의 빌딩들 너머로 어두운 회색과 뒤섞인 붉은 하늘이 보였다. 해도 많이 짧아졌고, 매번 그렇듯 수능시험이 다가온 탓인지 날씨도 꽤 차가웠다.

경진이 퇴원한 지 일주일째, 그녀의 발걸음은 자연스럽게 경진의 한복점을 향했다. 경진의 퇴원을 지켜본 후, 몇 번이나 연락을 하고 싶었지만 쉽게 전화를 할 수 없었다. 단호하게 시간이 필요하다고 말하는 신후를 보며 망설이다 보니 벌써 일주일이 지나 있었다. 물론 환영해 주리라고는 생각지 않았다. 다만 그녀가 할 수 있는 최선을 다하고 싶었다. 그녀로 인해 경진과 신후의 사이가 회복될 수 없을 정도로 어긋나 버리는 건 막고 싶었다. 아니, 더 솔직한 마음은 경진에게 인정받고 싶었다. 친구의 딸이 아닌 신후의 여자로 받아들여 주길 바라는 마음이 더 컸다. 그러나 경진의 한복점이 가까워질수록 그녀의 발걸음은 무겁기만 했다. 이미 결과를 예상하기에 또 어떤 상처의 말을 듣게 될지 두려운 마음은 어쩔 수 없었다.

상가에 들어서며 심호흡을 하듯 크게 숨을 내쉬었다. 경진이 어떤 말을 하더라도 상처받지 말자를 되뇌면서 씩씩해지려고 애를 썼다. 그러나 경진의 한복점은 굳게 닫혀 있었다. 셔터가 내려진 가게를 바라보는 은서의 얼굴엔 경진과의 대면이 미뤄졌다는 안도감이 스쳤으나 아주 잠깐이었다. 혹시 어디 아픈 게 아닌가 하는 생각이 들면서 불안해지기 시작했다. 신후도 집을 나온 상태였다. 아프다고 연락할 경진이 아니었다. 은서는 자신도 모르게 손톱을 깨물고 있었다. 어떻게 해야 할지 고민하며 가게 앞을 서성였다. 문득 꽃가게 아줌마가 생각났다. 은서는 코너에 있는 꽃가게로 걸음을 재촉했다.

"아줌마."

뒤쪽에서 물을 주고 있던 아줌마가 얼굴을 내밀었다.

"아니, 이게 누구야? 은서 아니니?"

"네, 아줌마. 그동안 안녕하셨어요?"

"그럼. 네 이모 덕에 아직까지 꽃집 아줌마 하고 있잖니? 근데 여긴 왜? 꽃 사려고 온 거야?"

그녀의 인사에 꽃집 아줌마는 얼굴에 웃음을 가득 머금은 채 말했다. 도저히 경진을 찾아와 신세 한탄을 하던 아줌마의 모습은 찾아볼 수 없었다.

"아, 네. 저…… 이모 가게 왔는데 문이 닫혔네요."

"참, 너 독립했다지? 언니가 몸이 좀 안 좋다더니 일주일째

문을 안 여네. 전화 통화만 했다. 그렇지 않아도 한 번 들러봐야지 하고는 있는데 요즘이 바쁜 철이라서 통 짬이 안 나는구나."

"네."

경진의 이야기에 다소 미안한 표정을 짓는 아줌마였다.

"집에 안 들르고 바로 왔구나."

"네."

"집에 한번 가봐라."

"네, 그래야겠어요."

인사를 하고 나왔던 은서는 다시 꽃가게로 들어갔다.

"왜?"

"저, 이모 좋아하는 소국 좀 포장해 주세요."

"어휴, 언니는 꽃 선물하는 조카도 있고. 너 키운 보람 있겠다."

아줌마의 말이 가슴을 찔렀다. 키운 보람이라, 경진은 아마무척 후회하고 있을 것이다. 그녀가 자라면서 경진을 실망시킬 것이라고는 전혀 예상하지 못했듯이 경진도 마찬가지이리라. 배신감이 컸을 것이다. 아줌마에게 소국 다발을 받아 든 은서의 마음은 무겁기만 했다.

거리는 어둠이 내려앉기 시작했고, 거리의 가로등도 하나둘씩 불을 밝히기 시작했다. 은서는 경진의 집 앞에서 한참을 망설인 채 서 있었다. 컴컴한 집은 아무도 없는 듯 조용했다. 어디 외출이라도 한 것일까. 밖에서 집 안을 살피며 벨에 손을 올렸다, 놓았다를 반복했다. 그때 현관이 불빛으로 환해졌다. 집 안에 있던 경진이 그제야 불을 켠 것이다. 은서는 꽃다발을 가슴에 품은 채 벨을 눌렀다.

—누구세요?

착 가라앉은 경진의 목소리가 들려왔다.

"이모, 저 은서예요."

그녀의 목소리를 듣지 못한 듯 조용했다. 바짝 긴장한 은서는 숨죽이며 귀를 기울였다. 그러나 침묵은 계속되었다.

"이모, 이모!"

—웬일이냐?

너무나 차갑고 냉랭한 경진의 음성이 귓가에 울렸다.

"저, 잠깐 들어갈게요."

—그럴 필요 없다.

"이모!"

—나, 지금 너랑 얼굴 맞대고 얘기할 기분 아니다.

"이모, 몸은 괜찮으세요?"

—뚝!!

다급하게 묻는 은서의 말은 인터폰을 내려놓는 소리에 묻히고 말았다. 경진의 냉담한 반응은 이미 예상했지만 문전박대를 당하게 될 줄은 몰랐다. 차가운 바람은 그녀의 몸뿐만 아니라 마음까지 시리게 했다. 차마 이대로 돌아갈 수는 없었다. 처음보다 더 힘들게 다시 한 번 벨을 눌렀다. 그러나 더 이상 어떤 소리도 들려오지 않았다. 은서는 하염없이 대문 밖에서 경진의 집을 바라봤다. 한때는 그녀가 제 집처럼 생활하던 곳, 신후를 친구 이상으로 생각하지 않았다면 기억 속에 영원히 그녀의 안식처로 남아 있을 집이다. 그러나 이젠 그녀를 허락하지 않는 우뚝 솟은 성처럼 느껴졌다. 영원히 추방되어 버린 것 같았다. 문이 열리지 않을 것이라는 걸 알면서도 은서는 좀처럼 걸음을 뗄 수 없었다.

이미 어둠이 짙게 세상을 덮기 시작했고, 늦가을의 바람 끝도 꽤 차가웠다. 그러나 막연한 기대감은 그녀를 붙잡고 놓아주지 않았다. 대문 앞에서 한동안 꼼짝도 않은 채 서 있었다. 정말 다른 것은 필요없었다. 단지 몸이 괜찮은지만 확인할 수 있다면 그것으로 족할 것 같았다.

골목으로 들어오는 자동차의 불빛에 눈이 부셔 손으로 눈을 가리며 빨리 지나가기를 바랐다. 그러나 차는 경진의 집 담 옆에 멈춰 섰다. 시동을 끄고 내리는 사람은 다름 아닌 수연이었다. 항상 마주치고 싶지 않은 상황에서 부딪치게 되는 게 수연과 그녀의 운명인 걸까, 여전히 당당하기만 수연을 바라보며 은서는 씁쓸했다. 그녀와 혁, 그리고 신후의 인생을 흩트려 놓았으면서도 미안하다는 사과 한마디 하지 않는 수연을 보며 은서는 자신을 탓했다. 무얼 보고 수연을 친구라 생각했었는지 자신의 발등을 찍고 싶은 심정이었다. 대문 밖에서 꽃다발을 안은 채 추위에 떨며 서 있는 그녀의 모습을 보고 한눈에 짐작했는지 수연의 입가가 살짝 올라갔다. 보란 듯이 그녀 앞에서 벨을 누르는 수연이었다. 수연의 손에는 그녀처럼 소담스런 소국과 들꽃이 섞인 꽃다발이 들려 있었다. 기다렸다는 듯이 문이 열렸고 수연은 집 안으로 사라졌다. 은서는 수연과 자신을 대하는 경진의 모습이 얼마나 다른지 새삼 느끼며 입술을 깨물었다. 수연의 모습이 보이지 않고도 한참을 슬퍼하지 않으려고, 아파하지 않으려고 입술이 짓무르도록 깨물고 있었다.

대문 밖에서 추위에 떨며 서 있는 은서를 뒤로하고 들어오는 수연의 얼굴엔 한껏 만족스러운 미소가 고였다. 모든 사람이 그녀를 밀어내도 단 한 명의 아군이 있다는 사실이 그녀에게 흡족스런 미소를 짓게 했다.

"어머니."

"수연이구나. 어서 와라."

많이 초췌해진 경진이 현관문을 열어줬다. 그리고는 선뜻 문을 닫지 못한 채 서 있었다.

"어머니, 왜요? 벌써 겨울이 오는지 저녁엔 꽤 차가워요."

"요즘은 가을이 없잖아. 저기, 혹시……."

말을 잇지 못하는 경진을 보며 수연은 자신의 신경들이 민감하게 반응하는 걸 느꼈다. 설마…….

"어머니, 날이 쌀쌀해서 그런지 골목길에 사람들이 하나도 없네요."

"그러니?"

"네. 추운데 어서 문 닫으세요. 그렇지 않아도 몸이 많이 상하신 것 같은데."

수연의 말에 경진은 더 이상 망설이지 않고 문을 닫았다. 집 안에 들어서며 느꼈던 만족감은 이미 많이 상실된 후였다. 경진의 마음에 약간의 변화라도 있는 게 아닐까 의심스러웠다. 단 한 사람뿐인 아군을 잃을 수는 없는 일이었다. 수연이 내미는 꽃에 경진의 얼굴은 다소 밝아졌다.

"어머니가 좋아하는 꽃이에요."

"예쁘구나."

꽃에 대해 몇 마디를 나누던 수연은 조심스러운 표정을 지으며 경진에게 망설이듯 말했다.

"어머니께서 퇴원하셨으니까 제가 하는 말인데요, 병원에서 은서가 저한테 뭐라는 줄 아세요?"

"뭐라는데?"

"자식 이기는 부모 없대요. 언젠가는 어머니도 허락하실 거라면서 얼마나 당당하게 구는지 제가 그 앨 친구라고 생각했다는 게 정말 후회스러웠어요. 친구인 제가 그런데 친자식처럼 키우신 어머니 마음이 어떠실지 생각하면 제 맘이 더 아파요."

수연의 말에 경진의 얼굴은 잔뜩 굳어졌다.

"우리 신후가 왜 널 두고…… 그만 하자. 그 애들은 생각하는 것만으로도 머리가 아프다."

"어머니, 저녁은 드셨어요?"

"아직이다만 넌?"

"저도요. 어머니는 앉아 계세요. 제가 차릴게요."

"고맙구나."

"어머니는, 뭘요. 제가 자주 놀러올게요."

여성스러우며 입 안에 녹을 듯 부드럽게 구는 수연을 바라보는 경진의 눈빛은 아쉬움과 안타까움이 뒤섞여 있었다. 신후가 사랑하는 사람이 은서가 아니고 수연이길 바라는 마음일 것이다.

은서가 당연히 집에 있을 줄 알고 퇴근한 미연은 입술을 내밀었다. 손에 잔뜩 들고 있는 장거리가 주인을 찾지 못한 채 배회하고 있었다. 마트에 들러 거한 저녁 식사를 위해 잔뜩 사 온 찬거리를 식탁 위에 올려놓으며 혼자 중얼거리고 있을 때 초인종이 울렸다. 미연은 반가운 마음에 뛰쳐나가 문을 열었다.

"은서니?"

미연의 앞에 서 있는 사람은 은서가 아닌 신후였다, 그것도 혹을 하나 달고서. 환한 표정을 짓던 미연의 얼굴이 순신간에 차가워졌다. 그러나 신후도, 민석도 미연은 무시한 채 제 집처럼 들어오면서 은서를 찾았다.

"은서 없어."

"어디 갔어?"

눈을 치켜 뜨며 신후가 물었다.

"나도 몰라. 집에 오니까 없네. 오늘 같이 학원 다니던 동생들 옷 사준다는 얘기는 들었는데 아직까지 같이 있는 건가."

"설마. 수능 며칠 안 남았는데 걔네들도 공부해야지. 얘가 어딜 간 거야? 만났으면 바로 집으로 들어와야지, 밤늦게까지 어딜 돌아다니고 있는 거야?"

"어머, 얘 좀 봐. 이신후, 너 뭐야? 지금 티 내는 거야? 정말 남편처럼 구네."

"그래, 나 최은서 남편이다!"

신후의 대꾸에 못 말린다는 듯 머리를 흔드는 민석과 미연이었다. 오랜만에 그들에게도 일치된 의견이 있었다. 서로 눈이 마주치자 미연은 재빨리 시선을 피해 버렸다.

"요즘 너 자주 본다."

"바늘 가는 데 실이 가는 건 당연하지."

미연의 삐딱한 말투에 민석은 신후를 가리키며 능청스럽게 대답한 후, 집 안을 둘러보았다.

"밥은 안 주냐? 친구들이 놀러왔는데."

한술 더 뜨는 민석의 말에 미연의 눈은 화등잔만해졌다.

"이신후, 너! 저 녀석 데려올 거면 너도 오지 마."

"어, 네 집이라고 지금 텃새 부리는 거냐? 나 너 만나러 온 것 아니다, 은서 보러 온 거지."

민석은 야금야금 미연의 성질을 건드리며 약을 올렸다.

"미연아, 좀 봐주라. 친구 좋다는 게 뭐냐? 마누라가 여기 있는데 안 올 수야 없지. 그리고 저 녀석 떼어내려면 밤새도 불가능할걸."

"잘 아는군."

또 거드는 민석이었다.

"아무래도 전화 한번 해봐야겠다."

신후가 은서에게 전화를 거는 동안 미연과 민석은 내내 옥신각신했다. 그러나 신후는 더 이상 그들에게 관심이 없었다. 신호음이 가는 동안 괜히 불안한 생각이 앞서 초조하기만 했다.

"어디야?"

—어? 응. 여기, 그러니까…….

핸드폰 너머로 들려오는 은서의 목소리는 너무 힘이 없었다. 낮에 통화했을 때와는 달리 기운이 전혀 없는 것 같아 신후는 나갈 채비를 하며 벌떡 일어섰다.

"어딘데? 지금 데리러 갈게."

—아냐, 나 지금 집에 가는 중이야.

"버스야?"

—응.

"얼마만큼 왔는데? 지금 탔으면 내려, 바로 갈게."

—괜찮아. 기다리는 것보다 더 빨리 도착할 텐데 뭐 하러 그래?

"네 목소리, 굉장히 피곤하게 들려서 그렇지."

—걱정도 참. 나 멀쩡해. 좀 있다 봐.

신후는 은서의 기운없는 목소리가 내내 걸렸지만 오는 중이라고 하니 기다릴 수밖에 없었다.

"어디래?"

"어, 곧 온대."

"그럼 저녁은 은서 오면 같이해야겠다."

안도하는 미연의 표정을 보고 민석이 다시 이죽거리기 시작했다. 하지만 신후는 가만히 있지 못하고 현관으로 향했다.

"어디 가?"

"밖에서 기다리려고."

"아무튼 못 말린다."

친구들의 야유를 들으며 신후는 밖으로 나왔다. 바람은 불지 않았지만 공기 자체가 많이 차가워졌다. 신후는 오피스텔과 얼마 떨어지지 않은 버스 정류장으로 발걸음을 옮겼다.

은서는 경진의 집 앞에서 신후의 전화를 받았다. 차마 경진 집 앞이라고 말할 수 없었다. 데리러 오겠다는 신후를 겨우 거절했다. 수연이 안으로 들어가고도 한 시간여 남짓, 끝내 대문은 열리지 않았다. 눈에 너무 익어 더 슬프게 느껴지는 집을 다시 한 번 돌아본 후 은서는 힘겹게 발을 옮겼다.

버스라고 했으니 신후는 곧 도착할 것이라 짐작할 것이다. 신후에게 그녀가 경진에게 문전박대당한 걸 알게 할 수는 없는 일이었다. 그가 얼마나 화를 낼지 보지 않고도 훤했다. 고개를 푹 숙인 채 막 골목을 빠져나오려는데 맞은편에서 걸어오던 사람이 아는 척을 했다.

"은서야."

놀라 고개를 든 은서는 목소리의 주인공이 꽃가게 아줌마라는 걸 알았다. 점포 문을 닫고 퇴근하는 길인가 보다.

"네, 아줌마. 지금 퇴근하세요?"

"응. 근데 지금 가는 거냐? 언니는 좀 괜찮아?"

"아, 네."

은서는 얼버무리듯 겨우 대답했다.

"그 꽃, 언니 주려고 샀던 것 아니었어?"

아줌마는 은서의 손에 들려 있던 꽃을 놓치지 않고 본 모양이었다. 당황한 그녀는 자신의 손에 들려 있는 꽃을 보며 아무 말도 못했다. 그러나 지레짐작한 아줌마는 그녀를 위기에서 모면시켜 줬다.

"언니가 줬구나. 내가 어제 못 찾아가는 게 미안해서 꽃바구니를 하나 보냈거든. 춥다, 어여 가라."

"네."

아줌마의 모습이 보이지 않게 되자 은서는 꽃을 가로등 옆에 있던 쓰레기통에 버렸다. 아름답던 소국들도 그녀의 모습처럼 초라하게만 느껴졌다. 은서는 택시를 탔다. 아무래도 버스보다는 빠를 것 같았다. 미연의 오피스텔이 가까워지는 동안 그녀는 내내 창밖만을 바라보고 있었다. 머리가 텅 빈 것처럼 멍한 눈으로 지나치는 거리를 의식없이 바라볼 뿐이었다. 도착했구나. 지갑을 꺼내려고 고개를 돌리려던 은서는 낯익은 얼굴이 스쳐 가는 걸 느꼈다.

"아저씨, 여기서 세워주세요!"

"네."

은서는 요금을 계산하고 되돌아 걸었다. 버스 정류장에 신후가 서 있었다. 지치고 힘들었던 마음에 평안이 찾아왔다. 눈물이 울컥 올라왔다. 그러나 애써 참으며 그에게 다가갔다.

"신후야."

"어? 언제 내린 거야?"

"응. 버스가 조금 앞에서 멈췄어."

"어딜 갔다 온 거야? 너, 많이 피곤해 보이는데."

신후는 차가운 그녀의 손을 잡았다.

"응, 시골. 갑자기 엄마랑 아빠가 보고 싶어서……. 흑! 엉엉……."

그녀는 거짓말을 해야 했다. 그러나 거짓말을 끝내지도 못한 채 참았던 눈물을 터뜨리고 말았다. 갑자기 울음을 터뜨린 은서를 신후는 꼭 껴안으며 등을 토닥였다.

"미안해, 은서야. 내가 먼저 한번 다녀오자고 했어야 했는데. 바보처럼 같이 가자고 하지, 거길 왜 혼자 가?"

"신후야……."

은서는 신후의 품에 안겨 실컷 울었다. 참고 참았던 눈물을 맘껏 쏟아냈다. 신후는 말없이 그녀의 머리를 쓰다듬어 주었다.

"어휴, 우리 울보. 춥다, 그만 들어가자."

한동안 버스 정류장에서 은서를 꼭 껴안고 있던 신후는 은서의 어깨에 손을 올려놓으며 말했다. 오피스텔까지는 짧은 거리였지만 걸어오는 동안 그녀의 어깨를 감싼 신후의 따뜻한 손을 느끼며 은서는 경진에게서 느꼈던 서운한 감정을 다 잊었다.

신후와 은서가 오피스텔 벨을 누르자, 미연이 득달같이 달려 나왔다.

"뭐야? 금방 온다더니 왜 이렇게 늦은 거야?"

"밖에서 딴짓하다 왔나 보지. 코딱지만한 집 가지고 까탈스런 주인 행세를 해대는 사람 피해서 말이야. 내 말이 맞지, 신후야?"

신후가 없는 내내 티격태격한 것 같은데 아직도 부족한지 서로 비아냥거리고, 눈을 흘기는 건 여전했다.

"아무튼 왔으니까 이제 저녁 해 먹자."

미연이 한 발 물러나는 게 보였다.

"저, 미안해서 어떡하냐? 은서는 오늘 저녁 하기 힘들겠다. 많이 피곤한 것 같거든. 미연아, 네가 좀 해줄래?"

"은서야, 어디 아파?"

"아니, 좀 피곤해서."

정말 은서의 얼굴엔 핏기가 전혀 없었다. 미연도 걱정스러운 얼굴을 하며 괜히 민석을 노려보았다.

"그래, 은서 넌 좀 누워라. 좋아, 오늘 저녁은 내가 하마. 단 맛없다고 안 먹는 사람만 있어봐. 다신 이 코딱지만한 집에 발 못 들여놓을 줄 알아."

엄포를 놓고 쿵쾅거리며 미연은 부엌으로 갔다. 민석도 슬금 슬금 눈치를 살피며 미연을 따라 부엌으로 가자 신후는 은서 옆에 앉았다.

"좀 자."

"응. 눈이 감긴다. 놀다 가."

"그래."

침대에 눕자마자 잠이 들어버린 은서를 신후는 가만히 내려다봤다. 마음이 아팠다. 그가 아버지 이야기를 하지 않듯 은서 역시 좀처럼 부모님 이야기를 하지 않는 편이었다. 서로 내색은 하지 않았어도 그 이유를 두 사람은 너무도 잘 알고 있었다. 입 밖으로 내뱉게 되면 그리움의 무게를 감당하지 못할 거라는 걸 너무도 잘 알기에 꼭꼭 안에 숨겨둔 채 외면하는 것이다. 그런 데 은서가 홀로 부모님 산소에 다녀왔나 보다. 그녀가 느꼈을 외로움이 뼛속까지 전해지는 것 같았다. 신후는 잠든 은서의 얼굴을 어루만졌다.

'은서야, 외로워하지 마. 네 곁엔 언제까지나 내가 있을 거야.'

은서가 잠들고서도 근 두 시간여가 지나서야 미연이 준비한 저녁을 먹을 수 있었다. 은서의 음식에 익숙해 있던 신후는 차마 말은 못하고 묵묵히 식사를 했다. 그러나 민석이 그냥 지나칠 리가 없었다.

"은서랑 친구 맞냐?"

"입 다물고 먹어라."

"너, 은서만 부려먹지? 하긴 이게 사람이 한 밥이니?"

"너 가!"

미연의 쩌렁쩌렁한 목소리에 놀란 민석은 입을 다물었고, 신후는 은서가 깨지 않았을까 염려스러운 눈길을 했다.

"뭐, 그래도 국은 먹을 만하다."

진심인지 아부인지 알 수 없지만 민석의 말에 미연의 굳어 있던 얼굴이 조금 풀렸다.

그들이 저녁을 마치고, 긴 수다를 떨고 집으로 돌아갈 때까지 은서는 깨어나지 않았다. 신후는 발걸음이 떨어지지 않았지만 민석과 함께 오피스텔을 나왔다. 언제쯤이면 은서와 함께 잠을 자고, 눈을 뜰 수 있을까?

아침이 되었지만 은서는 끝내 일어나지 못했다. 몸살 감기가 찾아온 것이다. 새벽부터 으슬으슬 춥기 시작하더니 온몸이 천근만근이라도 된 듯 꼼짝도 할 수 없었다. 목은 부었는지 침 한 모금 삼키는 것조차 어려웠고, 손가락 하나 움직일 힘조차 남아 있지 않았다. 미연의 전화에 신후는 아침부터 약을 사들고 달려왔다. 논문 마감 기한이 얼마 남지 않은 신후를 겨우 보내놓고 은서는 하루 종일 잠을 잤다.

이틀을 앓고 나니 몸을 조금이나마 움직일 수 있었다. 미연과 민석, 또 신후가 번갈아 사 오는 죽을 먹고 조금씩 기운을 차렸다. 오늘도 변함없이 퇴근하는 미연의 손에는 저녁 식사거리가 들려 있었다. 은서가 앓아 눕자 미연은 아예 포장된 도시락을 사가지고 돌아오곤 했다.

"오늘은 일찍 왔네."

"응, 거래처에서 바로 왔거든. 오늘부터는 밥 먹을 수 있겠지?"

"뭐 사 왔는데?"

"하, 초밥!"

벌써부터 군침이 도는지 미연이 입맛을 다셨다. 그 모습에 은서는 피식 웃고 말았다.

"잠깐 기다려. 나 씻고 나서 같이 먹자."

미연이 욕실로 사라지고 은서는 다시 누우려고 침대 속으로 파고들었다. 그러나 울려대는 핸드폰 소리에 일어나야 했다. 낯선 번호였다.

"여보세요."

—최은서인가?

"네."

중년 남자의 굵은 목소리가 귓전을 때렸다.

—나, 신후 아버질세.

"아, 네……. 안녕하세요."

—지금 바쁜가?

"네? 아뇨."

—그럼 잠깐 나오지. 친구와 같이 살고 있다던데 내가 들어가기는 좀 그렇고, 여기 자네 오피스텔 앞 커피숍이네.

"네."

몸이 완쾌된 건 아니었지만 정섭의 전화를 거절할 수 없었다. 부모님의 사진첩 속에서, 그리고 병원에서 잠깐 스치듯 봤을 뿐 한 번도 정식으로 대화를 나눠본 적이 없는 분이었다. 최근에 신후와 이야기를 나눈 게 그녀가 가진 정섭에 대한 정보의 전부였다. 정섭을 만나고 들어와 우울해하던 신후의 모습이 스쳤다. 전화 음성만으로는 그녀에 대한 정섭의 감정이 어떤지 알 수 없었지만 좋지 않은 예감이 엄습했다. 나쁜 예감은 틀린 적이 없었다. 은서는 주섬주섬 옷을 챙겨 입었다. 바지와 스웨터를 입고 좀 이른 감이 있는 파카까지 껴입었다. 씻고 나오던 미연이 은서의 모습을 보고 눈이 휘둥그레졌다.

"너, 어디 가려고?"

"응. 잠깐 나갔다 올게."

"애 좀 봐. 아직 몸도 안 좋은 애가 어딜 가려고? 어딘지 모르겠지만 잠깐 기다려. 나, 옷 챙겨 입고 같이 갔다 오자."

아무래도 혼자 내보낼 수 없다고 생각했는지 같이 가겠다는 미연에게 은서는 어쩔 수 없이 사실을 말해야 했다.

"요 앞 커피숍에 가는 거야."

"거긴 왜?"

"신후 아버지께서 날 잠깐 보재."

망설이다 털어놓은 은서를 바라보는 미연의 얼굴은 걱정으로 가득했다.

"신후, 아버지도 계셨니?"

"응. 금방 갔다 올게. 배고프면 먼저 먹어."

된통 앓은 몸살 감기로 초췌해진 모습을 한 채 밖으로 나가는 은서를 지켜보며 미연은 한숨을 내쉬었다. 도저히 혼자 먹을 맘이 안 생기는지 초밥은 천덕꾸러기가 되어 식탁 위에 내팽개쳐졌다. 미연은 집 안을 서성이며 핸드폰을 만지작거렸다. 신후에게 연락을 해야 할지 망설이는 듯했다. 그러나 미연의 고민은 오래가지 않아도 됐다. 깜빡하고 두고 나갔는지 침대 위에서 은서의 핸드폰이 울리고 있었기 때문이다. 다행히도 신후였다. 미연은 은서와 정섭의 만남을 신후에게 알렸다. 정색을 하며 끊는 신후의 음성을 들으며 미연의 얼굴 역시 흐려졌다.

두꺼운 파카를 껴입었는데도 몹시 추웠다. 몸을 한껏 움츠린 채 커피숍으로 향했다. 커피숍 문을 열고 은서는 실내를 두리번거렸다. 한눈에 신후의 아버지임을 알 수 있는 중년의 남자가 코너에 앉아 있었다. 신후가 정섭을 많이 닮은 듯했다. 중후한 멋이 느껴지는 정섭은 먼 훗날 신후의 모습을 그대로 보여주는 것 같았다. 은서는 조심스럽게 다가가 인사를 했다.

"안녕하세요."

은서를 올려다보는 정섭은 놀란 표정이 역력했다.

"앉게."

정섭은 맞은편에 다소곳이 앉는 은서를 유심히 살피고 있었다.

"커피 어떤가?"

"네, 좋습니다."

종업원이 커피를 가져오자 기다렸다는 듯이 정섭은 불편했던 긴 침묵을 깼다.

"예쁘게 자랐구나. 어머니랑 참 많이 닮았다."

"……."

"그 친구, 살아 있었으면 네 자랑을 많이 했을 텐데……."

은서도 알고 있었다, 정섭이 부모님과 오랜 친구라는 걸. 경진과의 만남도 그들을 통해 이루어졌다는 걸 들었던 기억이 있다.

"난 신후 엄마를 정말 사랑했다. 그러나 사랑 하나면 모든 걸 다 극복할 수 있다고 생각했지만 현실은 호락호락하지 않았지. 너도 알겠지만 결국 헤어지고 말았다. 신후가 가끔 내 이야기를 했는지 모르겠다만, 이혼하고도 몇 년은 그 녀석 주위를 맴돌았지. 그렇지만 어머님의 뜻에 따라 재혼을 하고, 또 다른 아이가 생기면서부터는 더 이상 찾을 수가 없더구나. 은서야."

"네."

"처음 보는 네게 이런 말을 하는 내 맘도 편치 않다. 그러나 내가 신후를 찾지 못했다고 해서 그 녀석을 내 자식이 아니라고 생각한 적은 한 번도 없다. 엄연히 신후는 우리 집안 장손이다. 아직은 모를 거야. 신후 엄마와 내가 너희만 할 때도 몰랐으니까. 하지만 결혼은 사랑만으로는 힘들다. 난 신후 엄마가 왜 반대하는지 충분히 이해할 수 있다. 너희들이 따라줬으면 좋겠구나. 그 사람 앞에서 죄인일 수밖에 없는 사람으로서 그 악역을 내가 맡을 수밖에 없다."

"아저씨."

"그 녀석만 바라보고 홀로 평생을 산 사람이 불쌍하지 않은가?"

은서는 아무 말도 하지 못하고 고개를 떨군 채 핏기를 잃어버린 손바닥만 바라봤다. 그 손바닥에 커다란 눈물방울이 툭 떨어졌다. 정말 안 되는 걸까? 조용히 타이르듯 말하는 정섭에게서 은서는 자식을 아끼고 사랑하는 아버지의 모습을 봤다. 그리고 한 여자에게 미안해하는 한 남자의 모습을 봤다. 그녀만 아니라면 회복될 수도 있는 그들의 관계가 아닐까, 은서는 다시 사막 한가운데에 버려진 느낌이었다. 어디를 돌아봐도 모래바람과 황량한 사막만이 존재하는 곳에 홀로 서 있는 기분, 절망감이 그녀를 휘감았다. 정섭의 앞에서 무슨 말을 할 수 있을까, 그녀는 어떤 말도 할 수 없었다. 그저 뚝뚝 떨어지는 눈물방울을 손으로 받아내고 있었다.

"최은서, 일어나!"

그녀의 귓전을 때리는 신후의 목소리, 환영일 거라 생각했다. 그러나 울고 있는 그녀의 손을 매섭게 잡아끄는 사람은 다름 아닌 신후였다. 고개를 들자 그녀만큼 놀란 정섭의 얼굴이 그녀와 신후를 바라보고 있었다. 결국 신후의 손에 붙들려 커피숍 밖으로 나왔다.

"너 먼저 올라가."

"응?"

"난 저 사람이랑 얘기 좀 하고 갈게."

"신후야."

"아직 감기도 다 안 낫잖아. 빨리 올라가. 그리고 오늘 여기서 들은 얘기는 모두 잊어버려. 나와는 상관없는 사람이니까."

신후는 말리는 은서의 말을 저지하며 커피숍으로 들어가 버렸다. 아버지를 저 사람이라고 말하는 신후, 모든 게 그녀의 잘못처럼 느껴졌다.

눈에 쌍심지를 켜고 커피숍으로 들어오는 신후를 정섭은 말없이 지켜봤다. 너무 커버린 아들을 바라보는 정섭의 눈엔 서글픈 빛이 어렸다. 신후는 은서가 앉았던 자리에 거칠게 앉았다.

"무슨 권리로 은서를 만나신 건가요?"

"신후야, 넌 내 아들이고 난 네 아버지다. 네 행복을 바라는 건 당연하잖아."

"후…… 아버지라. 그래요, 원한다면 아버지라 불러 드리죠."

신후는 매서운 눈초리로 비아냥거리며 정섭을 노려봤다.

"모르시는가 본데, 제 행복은 은서와 함께 있을 때만 가능합니다. 지금 하시는 행동은 저의 행복을 방해하는 거예요. 분명히 말씀드렸죠, 제 인생에 끼어들기에는 너무 늦었다고요."

신후는 멈추지 않고 날카롭게 응수하며 다그쳤다. 그러자 안타까운 눈으로 그를 지그시 바라보며 정섭이 말했다.

"넌 네 어머니가 불쌍하지도 않니?"

"하, 언제부터 어머니를 그렇게 생각하셨습니까? 어머니를 정작 힘들게 사시게 한 건 제가 아닌 것 같군요. 어머니가 긴 시간, 혼자 저를 키워야 했던 건 아버지의 책임이 더 크죠. 안 그렇습니까?"

정곡을 찌르는 신후의 말에 정섭의 눈빛은 흐려졌다.

"신후야."

"어머니가 절 키우는 동안 아버지는 뭘 하셨습니까? 새로운 가정을 꾸미고 잘사셨잖아요. 왜 이제 나타나서 제게 감히 어머니를 생각하라, 마라 하실 수 있죠? 전 아버지 아들이라는 게 별로 자랑스럽지 않습니다. 결코 아버지를 닮은 사람은 되지 않을 겁니다. 아버지는 어머니를 버리고 할머니를 선택하실 만큼 효

심이 깊었는지 모르지만 전 은서를 포기할 수 없습니다."

원망 섞인 말들이 막힘없이 신후의 입을 통해 흘러나왔다. 단 한 번도 내뱉지 않았던 말들이 봇물 터지듯 쏟아졌다. 어려서는 자주 싸우는 부모님을 이해할 수 없었다. 그리고 새로운 가정을 꾸린 정섭의 모습과 우연히 보게 된 경진의 일기장. 그 후, 신후는 아버지를 향한 그리움의 문을 닫아버렸다.

"모든 것이 다 나 때문이었다고 생각하니?"

"누구의 잘못이었든 그건 제 관심 밖입니다. 아버지란 사람이 20년 만에 나타나 제 인생에 끼어들지 않았다면 눈에 핏발을 세워가며 싸울 일도 없겠죠. 이미 제 기억 속에 없는 사람을 미워할 이유가 없지 않습니까?"

"난 한 번도 널 잊어본 적이 없다."

"허, 지금 삼류소설 쓰십니까? 지금까지 남남처럼 잘살아왔잖아요. 저한테는 지금 어머니만으로도 벅차요. 다시는 은서뿐만 아니라 어떤 일로도 대면하고 싶지 않습니다. 저 말고도 자식이라면 또 있잖아요. 저한테 가족은 어머니, 그리고 은서뿐입니다."

"신후야, 네가 날……."

그러나 정섭의 이야기는 더 이상 이어지지 못했다. 신후가 벌떡 일어선 탓이다.

"신후야."

"다시는 뵙는 일이 없었으면 좋겠습니다."

신후는 정섭을 남겨둔 채 커피숍을 나왔다. 호소하듯 바라보는 정섭의 얼굴과 더 이상 마주하고 싶지 않았기 때문이다. 기억 속에 없는 사람이라고 우겼지만 아버지의 그늘이 그립지 않은 아들이 있을까. 남자 아이가 성장하면서 소년이 되고 청년이 될 때까지 아버지라는 존재는 삶의 목표이자, 기준점이라 할 수 있다. 그는 아버지와 같은 길을 선택한 반면, 어머니와 헤어짐을 선택한 아버지를 용서할 수 없었다.

"괜찮아?"

미연이 창백해진 얼굴로 들어오는 은서를 걱정스런 눈길로 바라보며 물었다.

"응."

"신후는?"

"네가 연락한 거야?"

"아니, 너 핸드폰 두고 갔지? 전화가 와서 받았더니 신후잖아. 그래서……."

우연을 강조하는 미연의 말에 수긍하듯 옅은 미소를 지었지만 눈가엔 어두운 그림자가 짙게 깔리고 있었다. 정섭과의 만남이 은서에게는 큰 충격으로 다가왔다. 신후의 말처럼 다 잊을 수 있다면 얼마나 좋겠는가, 그러나 너무나 선명하게 가슴에 박혀 버린 말들은 원으로 그리며 그녀의 머리 속을 맴돌았다.

신후가 그녀의 일이라면 얼마나 민감하게 구는지 잘 아는 은서였다. 그를 커피숍에 두고 혼자 돌아온 게 마음에 걸렸다. 거친 고성이 오가는 것은 아닌지 걱정이 되었다. 자신의 사랑을 지키겠노라고 수없이 다짐하면서도 우리가 과연 행복할 수 있을까, 신후가 행복할 수 있을까 하는 의문이 그녀를 짓눌렀다. 경진의 축복 없이는 그 누구도 행복할 수 없을 것만 같았다.

생각보다 신후가 빨리 들어왔다. 은서는 신후의 얼굴을 유심히 살폈다. 아닌 척 행동했지만 음울해 보이는 눈동자를 은서는 놓치지 않았다.

"싸웠어?"

"아니. 내가 애니, 싸우게?"

"너 애잖아."

"허구한 날 우는 울보는 어디 갔나?"

겉으로는 서로를 놀리면서 티격태격했지만, 마음으로는 서로에 대한 위로였다.

"아버지가 한 말 다 잊어버렸지?"

은서는 말없이 고개를 끄덕이며 그의 손을 잡았다. 그제야 안심이 되는지 환하게 웃는 신후의 얼굴을 볼 수 있었다. 이렇게 그의 환한 웃음을 매일 볼 수 있다면, 너무 큰 욕심일까?

"너희들 배 안 고파? 난 쓰러지기 일보 직전이야."

미연의 투덜거림에 신후와 은서는 꼭 잡고 있던 손을 놓았다. 그러나 서로의 온기는 여전히 남아 있었다.

아침부터 수능시험 날이라고 급하게 시험장을 향하는 학생들의 모습이 텔레비전을 차지하고 있었다. 약속이나 한 것처럼 다른 날보다 기온이 떨어졌다. 은서는 느지막하게 일어나 옷을 챙겨 입었다. 그녀는 정섭과의 만남으로 인해 경진의 외면이 더 크게 느껴졌다. 보상받지 못한 경진의 세월을 생각하면 마음이 아팠다. 상처받아 아프고, 깨지더라도 경진 앞에 무릎 꿇고 용서를 구하고 싶었다. 그리고 허락해 달라고 애원하리라 마음먹었다.

경진을 만나러 가기 위해 막상 나왔지만 은서는 갈 곳을 찾지 못하고 배회했다. 문전박대당한 집 앞에 가서도 지금의 용기가 남아 있을지 장담할 수 없었다. 그만큼 그녀에게 큰 상처였고, 아직 아물지 않은 상태였다. 우선 한복점으로 가보기로 했다. 여전히 발걸음은 무거웠고, 한복점이 가까워질수록 긴장한 근육들로 인해 움직일 때마다 덜커덩거리는 소리가 들리는 것 같았다. 멀리 쇼윈도에 곱게 한복을 차려 입은 신랑, 신부의 마네킹이 보이자 그야말로 심장은 주체하지 못할 정도로 울렁대기 시작했다. 이제 은서에게 있어서 경진은 친정 엄마 같은 존재가 아니라 두렵고, 어려운 존재가 되어 있었다.

경진은 꽤 나이가 지긋해 보이는 손님과 함께였다. 밖에 서서 잠시 망설이던 은서는 문을 열고 들어갔다. 은서의 눈과 경진의 눈이 허공에서 부딪쳤다. 손님을 향해 편안한 미소를 짓던 경진의 표정이 순식간에 차갑게 변했다. 고개를 숙여 인사하는 은서를 보는 체 마는 체하며 시선을 다시 손님에게로 돌렸다. 은서는 경진이 손님과 어떤 옷감과 색상을 선택할지에 대해 이야기 나누는 걸 들으며 한쪽 구석에 가 앉았다. 경진의 눈빛만으로 그녀는 주눅이 들었지만 용기를 잃지 않으려 애썼다. 손님은 30분 남짓을 더 있다가 일어섰다.

손님이 가고 난 가게에는 찬바람이 불고 있었다. 경진은 은서를 무시한 채 일들을 계속했다. 경진이 늘어놓았던 옷감들과 팜플릿을 치우려 하자 그녀는 거들기 위해 다가갔다. 그러나 경진의 손에 의해 매섭게 밀쳐졌다.

"이모."

은서는 경진의 앞에 무릎을 꿇었다. 그러나 경진은 은서에게 시선 한 번 주지 않은 채 하던 일을 마저 계속할 뿐이었다.

"아저씨를 만났어요."

표정없이 냉기를 가득 싣고 있던 경진의 눈동자가 미세하게 흔들렸다. 그러나 돌아오는 건 여전히 침묵이었다.

"이모의 상실감이 크리라는 것 잘 알아요. 제가 이모께 얼마나 큰 실망을 안겨 드렸는지도 잘 알고요. 그렇지만 이모, 제게……."

기회를 달라고 말하려던 은서의 말은 경진의 말에 가로막혀 채 끝을 맺지 못했다.

"내 상실감을 네가 안다고? 지금 나를 찾아와 한다는 소리가 고작 그런 소리냐. 네가 알긴 뭘 알아? 넌 나한테 실망이 아니라 배신감을 안겨줬어. 믿는 도끼에 발등을 찍힌 격이라고. 난 한 번도 널 남이라고 생각지 않았다. 가족이라 생각했어. 그렇지만 넌 내 믿음을 배신했다."

"이모, 저도 이모를 한 번도 남이라고 생각해 본 적 없어요. 이모는 저한테 큰 그늘이었어요. 친정 엄마 같은 분이셨어요."

배신감을 말하며 너무나 분명하게 그녀와의 선을 그어버리는 경진을 보며 은서는 안타깝게 외쳤다. 그러나 경진은 여전히 냉담했다.

"말은 바로 하자. 내가 친정 엄마 같은 사람이었으면 신후는 너한테 남자가 아니라 오빠여야겠지? 내가 널 이해할 수 없는 이유 중의 하나야."

"저…… 신후 사랑하지 않으려고 무던히 노력했어요. 그저 가족이고, 친구로 남고 싶었어요. 근데요 이모, 그게 너무 힘들었어요. 머리로는 가능한데 마음으로는 불가능했어요. 이모가 저를 얼마나 아끼는지, 신후를 어떻게 키우셨는지 제가 왜 모르겠어요? 하지만 이모, 저 용서해 주시면 안 돼요? 이모가 상처받는 것도, 신후가 아파하는 것도 볼 수가 없어요. 저 많이 부족하다는 것 알아요. 수연이에 비하면 너무나 보잘것없다는 것도 알아요. 그렇지만 신후가 저로 인해 아파하는 모습은 더 이상 보고 싶지 않아요. 충분히 힘들게 했거든요. 이모……."

그녀의 마음을 전하고 싶었다. 그녀의 선택이 전혀 경진을 고려하지 않은 자신만의 이기심 때문이 아니라는 걸 말하고자 시작한 그녀의 고백은 길어졌다. 담담하게 말하고자 한 그녀의 의도와는 달리 지나온 시간들이 떠오르면서 눈물이 차 오르기 시작했다. 그녀의 훌쩍이는 소리가 못마땅한지 경진은 딱딱한 표정을 지으며 그녀의 고백을 중단시켰다. 살짝 닿으면 손이 벨것처럼 날카로운 목소리였다.

"그만 해라. 자식 이기는 부모 없다며? 근데 왜 찾아와? 언젠가는 져줄 텐데."

"네?"

경진의 이해할 수 없는 비아냥거림에 손등으로 눈물을 훔치며 경진을 올려다봤다. 그러나 그녀를 기다리는 건 경진의 차가운 얼굴이었다.

"신후 핑계 대지 마라. 난 네 욕심도 환히 보이니까."

"이모!"

"그만 가라. 어디 영업장에 와서 눈물 바람을 해대는 거야? 네 얼굴 안 보고 싶다고 얘기했지?"

경진은 등을 돌려 버렸다. 무릎을 꿇은 채 30여 분을 더 앉아있었지만 경진은 돌아보지 않았다. 문이 열리고 새로운 손님이 찾아오자 은서는 일어나야 했다. 다리가 저려서 설 수가 없었다. 그러나 경진에게 방해가 되고 싶지 않아 다리를 절뚝이며 급히 밖으로 나왔다. 도저히 서 있을 수가 없었다. 문 옆 담벼락에 등을 기대며 쪼그려 앉았다. 눈물에 젖어 얼굴은 엉망이었고, 다리는 힘을 쓸 수가 없었다. 그러나 거기에 언제까지 쪼그려 앉아 있을 수는 없는 일이었다. 담벼락에 손을 짚고 겨우 일어났다.

"괜찮니?"

갑자기 옆에서 들려온 굵은 남자 목소리에 놀라 다시 주저앉을 뻔했다. 잽싸게 그녀의 팔을 붙잡는 남자의 손이 느껴졌다. 혁이 그녀를 내려다보고 있었다.

"오빠?"

은서는 놀란 눈으로 혁을 바라보며 몸을 추슬렀다.

"여긴 어떻게……?"

"응. 지나가는 길에 잠깐 들렀다. 입원하셨을 때 얼굴도 못 뵈었고 해서 말야."

"네."

"가자, 태워다 줄게."

"네? 이모 뵈려고 왔다면서요."

"다음에 한 번 더 오지."

은서는 여전히 한쪽 팔을 잡고 있는 혁의 손이 불편했지만 내색하지 못한 채 그에게 끌려 차에 올랐다.

"울면서 매달리더구나."

"네?"

"그렇게까지 하면서 신후를 잡아야겠니?"

"보셨어요?"

혁은 시동도 걸지 않은 채 핸들만 손가락으로 톡톡 두드리고 있었다. 혁이 경진과 그녀의 모습을 다 보았음을 알 수 있었다. 신후는 물론 누구에게도 보이고 싶지 않은 모습이었다.

"창피하네요. 모른 척해주지 그랬어요? 전 더한 거라도 할 수 있어요. 다른 사람의 소중한 보물을 제가 훔쳐 와버렸는데 그만큼의 대가는 치러야겠죠. 제 행복이 다른 사람도 아닌 이모의 아픔 위에 선 거라면 더 모진 소리를 듣는다고 해도 참고 용서를 구할 거예요."

"너, 나랑 살 때도 이런 마음이었니?"

"똑같지는 않지만 비슷하긴 했죠. 그때는 지금보다 훨씬 더 힘들었어요. 나를 이해해 주는 사람이 아무도 없었으니까. 죄책감은 죄책감대로 힘들게 했고, 오빠의 원망 어린 눈동자를 보는 것도 버거웠고……. 제가 한고집 하잖아요. 오빠 나한테 정말 질렸을 거예요. 오빠 눈엔 눈물이나 짜고 있는 제가 구질구질해 보일지는 모르지만 전 지금 행복해요. 나 아니면 안 된다고 말하는 든든한 후원자가 떡하니 버티고 있거든요. 나 때문에 속상해하고, 아파하고, 항상 따뜻한 가슴과 어깨를 준비하고 있는 사람 때문에 울어도 슬프지 않아요."

오랜 친구를 만난 것처럼 편하게 자신의 감정을 털어놓는 은서를 혁은 지그시 바라봤다.

"너, 여기 온 것 신후도 아냐?"

"아뇨, 알면 가만있을 애가 아니죠. 그렇지만 나로 인해 틀어진 관계잖아요."

혁은 더 이상 묻지 않고 차에 시동을 걸었다. 오피스텔까지 오는 동안 각자의 생각에 파묻혀 차 안에는 침묵이 감돌았다.

"오빠, 고마워요."

"들어가라."

혁은 은서의 모습이 보이지 않게 되자 차를 움직였다. 경진을 찾아갔던 이유, 그건 여전히 남은 은서에 대한 미련 때문이었다. 지나가는 길이라든지 안부차 들렀다는 건 다 핑계에 지나지 않았다. 궁금했다. 병원에서 뒤통수를 맞은 것처럼 정신을 차리지 못하고 체념하듯 돌아왔지만, 여전히 머리 속에서 잊혀지지 않는 은서였다. 그래서 확인하고 싶었다. 신후와 은서의 진행 상황이 궁금한 나머지 비겁하게도 경진을 찾아간 것이다.

그러나 눈에 들어온 건 무릎 꿇고 눈물을 흘린 채 경진에게 용서를 구하며 호소하고 있는 은서의 모습이었다. 가슴이 바늘에 콕 찔린 듯 따끔거렸다. 처음 느껴보는 감정이었다. 그녀를 가져야겠다는 소유욕도, 차지하고 말리라는 오기도 아니었다. 눈물이 그렁그렁한 얼굴로 자신의 사랑을 이해해 달라고 말하는 은서를 보자 그의 가슴에도 똑같이 눈물이 흐르는 것 같았다. 그녀의 아픔이 그의 가슴에까지 전이되는 느낌이었다.

냉정하게 구는 경진의 모습에 만족스러워야 하는데 전혀 그렇지 못했다. 여린 은서를 무시하는 경진이 순간 원망스러웠다. 순간 혁의 입에서는 거친 신음 소리가 흘러나왔다. 너무 늦게 깨달은 자신의 감정, 단지 소유욕이라고, 육체적 욕망이라고,

지고 싶지 않은 자존심 때문이라고 생각했지만 그건 사랑이었다. 언제부터일까? 혁은 은서가 밖으로 나올 때까지 아무것도 할 수 없었다.

그녀의 눈에 눈물 흘리지 않게 할 수 있어. 누구보다도 그녀를 위하리라. 헛된 욕심은 자신에게 속삭였다. 은서를 차에 태우고 조금이라도 힘든 모습을 보인다면 다시 돌아오라는 말을 할 생각이었다. 그러나 그녀는 너무 당당했다. 경진에게 욕을 먹고, 무시당하면서도 행복하다고 말하는 그녀. 신후를 사랑한다고 말하는 그녀를 보며 혁은 입을 다물 수밖에 없었다. 은서는 그 어느 때보다도 눈부시게 아름다웠다.

자신과 살 때도 노력했다는 은서의 말에 혁은 절망했다. 이미 자신은 기회를 놓쳤다는 걸 비로소 깨달았다. 머리가 아닌 가슴으로 느낀 사랑은 그의 몫이 아니었다. 이젠 정말 물러날 때가 된 것이다.

18

사랑에 방법는 없다!!

이 자율가

다만 혁의 강한 집착이 염려스러웠다. 랍은 것을까

좋은 이사장치만, 나름대로 합리적이고 생각도

은서의 결정에 대한 **불확실함**으로 인해 불안하거나 두려운 것은 없었다.

신후에게 당혹스러웠다. **약속 장소**

에 들어서서 신후는 한참을 망설였다. 혁에게 아침에 전화가 **걸려왔을 때** 그는 당황했었다. 은서기 그에게 했다. 잘 먹고, 잘 쉬고 잘래라며 혁이 돌아갔다

─어디야?

"잠깐 약속이 있어서, 시내야."

─나, 미연이랑 마트 갈 건데 뭐 먹고 싶은 거 있어?

"네가 만들어주는 거라면 다 맛있어."

─어휴, 내가 말을 말아야지. 끊어!

전화를 끊자 신후의 표정은 사뭇 달라졌다. 은서와 통화할 때의 한없이 부드러운 미소를 짓던 그와는 달리 날카로운 눈매와 경직된 표정이 그가 만나고자 하는 사람이 결코 반가운 사람이 아님을 알 수 있었다. 그들이 어린 날 함께 어울렸던 카페 골목에 들어서서 신후는 한참을 망설였다.

혁에게 아침에 전화가 걸려왔을 때 그는 당황했었다. 은서가 그에게 했던 말, 잘 먹고 잘살라며 혁이 돌아갔다는 말을 온전히 믿은 것은 아니었지만, 나름대로 안심하고 있었던 탓에 갑작스런 혁의 전화는 신후에게 당혹스러웠다. 약속 장소를 정하고, 여기까지 찾아오는 동안 별의별 생각들이 머리 속을 스쳤다. 은서의 감정에 대한 불확실함으로 인해 불안하거나 두려운 것은 없었다. 다만 혁의 강한 집착이 염려스러웠다. 많은 것을 가지고 휘두를 수 있는 사람이었다. 혁은 가지고자 한다면 수단과 방법을 가리지 않을 사람이기에 지금도 많이 힘들어하고 있는 은서를 더 힘들게 하지 않을까 걱정이 되었다. 지금도 버거운 그녀의 어깨에 짐을 더 올려놓고 싶지는 않았다. 오늘로서 결판을 내야 하리라. 그는 주먹을 굳게 쥐고 더 이상 혁이 은서를 찾는 일이 없도록 하리라 다짐하며 카페 문을 열었다. 먼저 와 있던 혁은 이미 차를 마시고 있었다. 종업원에 같은 걸로 주문하고 마주 앉은 두 사람은 한동안 말이 없었다.

"내 얼굴 별로 안 보고 싶지?"

"그건 형도 마찬가지일 것 같은데요."

한 치의 양보도 없이 날카로운 발톱을 세운 듯한 신후의 말투에 혁은 음울한 미소를 지었다. 왠지 전투에서 사기를 잃은 병사의 모습 같다고 해야 할까? 신후는 낯선 혁의 모습에 멈칫할 수밖에 없었다. 잔뜩 긴장한 채 결판을 준비하던 신후에게 있어 이미 목표를 상실한 것처럼 빛을 잃은 눈동자 앞에 입을 다물고 말았다. 그저 혁이 오늘 왜 그를 만나고자 했는지 묵묵히 기다렸다.

한참을 말이 없던 혁이 양복 상의의 속 주머니에서 봉투 하나를 꺼냈다. 신후가 되돌려 주었던 그 봉투가 선연하게 모습을 드러냈다. 다소 누그러져 있던 신후의 얼굴이 다시 험악해졌다. 그것을 본 혁의 입가 한쪽 끝이 올라갔다.

"지금 무슨 장난 하는 거예요?"

신후의 말에도 아랑곳하지 않고 혁은 봉투를 탁자 위에 올려놓고 신후 쪽으로 밀었다.

"난 돈 가지고 장난 안 한다."

"그래요? 그럼 이건 무슨 의미죠? 새로운 선전 포고인가요?"

"선전 포고라, 당당하게 선전 포고라도 할 수 있었으면 좋겠구나. 내가 은서를 만나 돌려주는 걸 원하지는 않겠지?"

신후의 눈에는 핏발이 서고 있었다. 정확히 뭘 말하려는지 알수 없는 아리송한 혁의 말은 그의 신경을 더 날카롭게 자극했다.

"분명히 말했죠, 우린 돈 같은 것 필요없다고."

"그래? 그럼 언제까지 은서를 기다리게 할 생각인데? 네 부모님이 허락하실 때까지? 아니면 너 졸업하고 자리 잡을 때까지 기다리게 할 생각이니?"

신후는 혁의 말에 할 말을 잃은 채 노려만 봤다. 정곡을 찌르는 혁의 의도가 무엇인지 그로서는 짐작조차 되지 않았다. 도대체 혁이 그에게 무슨 의미로 그런 말을 하는지 의구심만 커져 갈 뿐이었다. 신후의 불편한 표정을 익히 예상이라도 했다는 듯이 혁은 표정을 감춘 채 태연스럽기만 했다.

"은서가 너와 함께 있어서 행복하다더구나."

혁이 툭 하니 감정없이 던지는 듯한 말은 신후에게 엄청난 파장을 일으켰다. 가면을 쓰기라도 한 것처럼 어떤 감정조차 보이지 않는 혁의 눈을 유심히 바라볼 수밖에 없는 신후였다. 은서를 한낱 소유물처럼 말하던 혁이 은서의 행복을 말하고 있었다. 휘장을 두른 듯 전혀 감정을 내보이지 않은 태연스러운 모습이 어색하게 보이기 시작한 것은 그때부터였다. 신후는 의도된 모습이지 않을까 하는 의문이 일기 시작했다. 결코 은서를 포기하지 않을 것 같던 그가 보이는 태도와는 거리가 너무 멀었다.

"은서와 난 함께하는 동안 한 번도 행복하지 못했다. 네 말대로 나한테 주어진 시간은 충분했어. 내가 그 기회를 놓친 거지. 다시 한 번 기회가 주어진다면 누구보다 잘할 자신이 있지만, 원한다고 주어지는 것은 아닌가 보다. 이걸 돈이라고 생각지 않았으면 좋겠다. 내가 너와 은서에게서 뺏은 시간의 보상이라고 생각해라."

"형, 형이 굳이 보상할 이유는 없어. 형도 억울했을 테니까. 난 형을 나쁜 사람이라고 생각지는 않아요. 내가 형을 밀어낼 수밖에 없는 이유는 내가 양보할 수 없는 걸 형이 원했기 때문이에요. 형 도움 없이도 우린 잘해낼 수 있을 거예요."

"내 도움 없이도 잘해내리라는 것은 잘 알아. 하지만 내가 해줄 수 있는 게 이것밖에 없다. 네 말처럼 내가 가진 것은 이것밖에 없잖아. 3년이라는 시간을 나와 함께 보내준 은서에게 무언가는 해주고 싶다. 네 자존심 하나 때문에 내 성의를 무시하지 않았으면 해. 은서가 너와 함께 행복하길 바란다."

담담하게 은서가 행복하길 바란다는 혁을 바라보며 신후는 그가 내민 봉투를 거절할 수 없었다. 그의 자존심보다 마음을 접으며 은서의 행복을 위해 준비한 혁의 마지막 선물은 은서를 향한 혁의 진심이 무엇인지 알 수 있기에 무시할 수가 없었다. 은서에 대한 집착이나 소유욕쯤으로 생각했던 혁의 진심은 사랑이었다. 신후는 봉투를 받아 들었다.

"형 마음 잘 받을게. 그렇지만 내 자존심이 그냥은 허락지 않네. 그것도 연적한테 도움을 받다니. 3년 내로 이자까지 해서 다 갚을게."

혁의 표정없던 얼굴에 가는 미소가 걸렸다. 그리고는 해야 할 일을 다 했다는 듯이 홀가분한 표정을 지으며 일어섰다. 따라 일어서는 신후에게 혁이 손을 내밀었다. 내민 손을 신후가 잡자 혁이 가볍게 흔들었다.

"축하한다. 패자는 물러가마."

신후는 돌아서 가는 혁의 뒷모습을 한동안 멍하니 서서 바라봤다. 남자가 봐도 멋있는 남자가 혁이었다. 은서가 혁을 좋아한다고 떠들고 다니던 십대, 그도 성인 남자가 된다면 혁과 같은 사람이 되고 싶었다. 그래서 혁과 한침대에 있던 은서를 봤을 때 모든 게 끝났다고 미리 짐작해 버렸는지도 모른다. 그리고 은서와 재결합하고 싶어하는 혁을 보며 내내 불안했던 게 그 이유일 것이다. 너무 괜찮은 남자라는 걸 누구보다 잘 알고 있는 그였기 때문이다. 축하한다는 말을 남기고 가는 그의 뒷모습이 너무도 쓸쓸해 보여 안타까웠다. 그러나 아무리 안타깝고, 미안해도 양보할 수 없는 단 하나가 은서였다.

은서를 위해 마지막으로 할 수 있는 일을 했다, 자신의 사랑을 접으며. 오래 묵은 빚을 청산한 기분이었다. 아프지만 은서의 행복한 모습을 보는 것만으로 만족해야 했다. 다시 누군가를 사랑할 수 있을까? 신후와 헤어져 돌아온 혁에게 비서가 손님이 기다리고 있음을 알렸다. 문을 열고 들어가자 수연이 일어섰다. 결코 반갑지 않은 손님이었다.

"웬일이냐, 다시는 얼굴 안 보기로 했을 텐데?"

반갑지 않은 걸 전혀 감추지 않는 혁을 보며 수연은 입술을 깨물었다. 아버지만 아니었다면 혁의 회사를 찾아오는 일 따위는 없을 것이다. 한때는 정말 친오빠처럼 편한 사람이 혁이었지만 그 일 이후로 혁은 두려움의 대상이었다.

"아빠 심부름 때문에 왔어요."

"아저씨가?"

"네."

"무슨 일로 널 다 보냈는지 모르겠군. 말해 봐."

혁은 혹시 또 다른 음모가 있는 건 아닌지 의심스러운 눈초리로 수연을 봤다.

"아빠는 오빠랑 제 일, 아무것도 모르세요."

"그래서?"

"주말에 식사하러 오래요. 할 얘기가 있으시다면서⋯⋯."

수연은 혁의 따가운 눈길에 말을 채 잇지 못했다.

"싫다면?"

"오빠, 부탁이에요. 아빠한테는 제발 아무 말도 하지 마세요."

"뭘 그렇게 겁내니? 너희 아버지, 어머니는 너라면 하늘에 별도 따다 줄 사람들인데. 여전히 금지옥엽 착한 외동딸인 줄 아시겠지? 내가 수년을 속고 살아온 것처럼 말야."

"오빠!"

수연은 속이 타는지 거의 바닥에 무릎을 꿇을 태세였다.

"알았다. 이번은 가마. 가서 확실하게 너와 내가 서로 갈 길이 다르다는 걸 말씀드리지. 그만 가주라. 나, 바쁜 사람이다."

수연은 황급히 일어났다. 너무 치욕스러웠다. 항상 그녀를 공주님처럼 대해주던 혁의 입에서 쏟아져 나오는 잔인한 말들과 무시들이 뼛속까지 파고드는 것 같았다. 살아가면서 영원히 자기 편일 거라고 믿었던 사람에게 듣는 가시 돋친 말이라 더 힘들었다. 이 모든 원인이 은서인 것만 같았다. 나가려는데 잊어

버린 게 있다는 듯 혁의 음성이 그녀를 붙잡았다.

"참, 신후랑 은서 곧 결혼할 건가 보더라."

지금까지 혁에게 받았던 모욕보다 더 큰 충격이었다.

"네?"

"그만 정신 차려라."

수연은 더 이상 제정신이 아니었다. 혁에 대한 미안한 마음 같은 건 다 잊은 채 문이 부서져라 세게 닫고 밖으로 뛰쳐나왔다. 믿을 수 없었다. 그럴 리가 없었다. 경진의 완강한 반대를 두 눈으로 확인한 그녀였다. 설마 경진의 반대를 무릅쓰고 결혼을 강행하는 걸까, 수연은 뭘 어떻게 해야 한다는 생각을 할 겨를도 없이 미연의 오피스텔로 차를 몰았다. 우선 확인해야 했다. 아무리 자신의 사랑을 지키겠노라 선언한 은서였지만 경진의 허락없이 결혼할 은서가 아니었다. 그녀가 아는 은서는 적어도 그런 배짱이 없었다. 신호등과 차선을 무시한 채 달렸다.

차를 대충 세우고 오피스텔 건물로 급하게 발을 옮기던 그녀는 나오고 있던 신후와 정면으로 마주쳤다. 백지장처럼 하얗게 변하는 수연의 얼굴을 신후는 놓치지 않고 지켜보고 있었다. 그의 주변을 얼쩡거리는 수연. 그의 충고조차 받아들이지 않으며 은서가 아프고 힘든 길을 걸어야 했던 원흉인 수연이 눈앞에 있었다.

"여긴 왜 왔어?"

"응? 저, 미연이 만나러."

"미연이 없다."

"그래?"

수연이 난감한 표정을 지으며 돌아서려 하자 신후는 그녀를 가로막았다.

"너, 언제까지 그 가면 놀이 계속할 거니?"

"뭐?"

"순진한 내 어머니 언제까지 가지고 놀 거냐고."

전혀 그답지 않은 비아냥거림에 수연은 당황하며 말했다.

"신후야, 난 정말 네 어머니 좋아해."

"단순히 좋아서? 아니, 넌 목적없는 사람에겐 절대 호의를 보이지 않지. 그 목적이 나니?"

진실이 드러난 마당에 그녀가 설 자리는 어디에도 없었다. 믿기지 않을 변명만이 존재할 뿐이었다.

"어머니가 너와 은서한테 배신감이 커서 상심해하시기에 그냥 위로해 드린 것뿐이야."

"배신감을 부추기는 건 너잖아. 아니라고 말 못할걸. 널 아주 오래전에 의심했어야 했는데, 아니, 그때 의심이 갔을 때 확실하게 했어야 했는데 그러지 못한 게 후회스럽다. 한수연 너, 사이코라는 소리 듣기 싫으면 이쯤에서 관둬라."

"뭐?"

신후의 사이코라는 말에 수연의 얼굴이 붉게 물들었다.

"왜 놀라니? 그럼 넌 네 행동이 정상이라고 느껴지니? 네 취미이자 특기가 뭔지 모르지? 넌 네가 사랑하는 사람들, 그리고 널 사랑하는 사람들을 괴롭히는 거야. 주위를 한번 돌아봐. 너 때문에 행복한 사람이 과연 있는지. 다 너한테 상처받은 사람들 투성일 테니까. 지금 나 역시 그래. 언젠가 분명히 경고했지? 넌 그 경고를 아주 가볍게 여겼지만, 나한테 네가 친구일 수 있었던 건 은서의 친구라는 것 때문이었어. 하지만 이젠 더 이상 인간관계 속에 너라는 사람은 존재하지 않아. 네가 언제까지 우리 어머닐 찾아다닐지는 모르겠지만 나와 연관 짓지 마. 내가 네게 하는 마지막 충고야."

할 말을 다 했다는 듯 신후는 창백하게 질려 서 있는 수연을 지나쳐 오피스텔 건물을 빠져나가 버렸다. 신후가 사라지고도 수연은 넋이 나간 얼굴로 서 있었다. 신후만이라도 잡겠다는 그녀의 몸부림이 다른 이들에게는 정신병자로밖에 보이지 않는다는 사실 앞에 온몸이 마비된 듯했다. 엘리베이터를 타기 위해 그녀를 지나치는 사람들이 멍하니 넋을 놓고 서 있는 그녀를 이상한 사람 보듯 흘깃거렸지만 그녀는 움직일 수 없었다. 눈물이 쉴 새 없이 흘러내리고 있었다. 사람들의 구경거리가 되면서도 쏟아지는 눈물을 멈출 수가 없었다. 정말 정신 나간 사람처럼 대성통곡을 하고 말았다. 경비 아저씨가 달려와 말릴 때까지 수연은 처참하게 무너지는 자신의 모습을 타인에게 보여줬다. 경비원의 연락으로 아버지가 보낸 사람이 달려올 때까지 수연은 오피스텔 현관 로비 바닥에 털썩 주저앉아 울음을 토해냈다.

갑자기 내린 첫눈으로 인해 거리는 인산인해를 이루었다. 일기 예보에서는 늦어질 거라고만 하던 첫눈이 예상을 깨고 까만 하늘을 동반한 채 눈을 뿌려대자 사람들은 거리로 쏟아져 나왔다. 은서는 미연을 만나기 위해 종종걸음을 쳤다. 첫눈 오는 날 혼자라는 게 외롭다는 핑계를 대며 불러내는 미연을 거절할 수 없었다. 하루하루가 심란한 날의 연속이었다. 경진의 반대는 여전했고, 신후도 논문을 마치고 선배 사무실로 정식 출근을 시작한 탓에 바빴다. 그런 탓인지 연말연시의 들뜬 분위기는 은서를 더 우울하게 했다.

"은서야."

"어, 미연아."

약속 장소인 백화점 앞에 도착했을 때 미연이 인파 속에서 은서를 먼저 발견하고 손을 흔들었다.

"추운데 왜 하필 백화점 앞이야?"

"그러게, 안에서 보면 될 텐데. 습관성이지. 춥다, 들어가자."

백화점 앞은 얼마 남지 않은 크리스마스를 실감하게 했다. 캐럴과 대형 크리스마스트리, 그리고 반짝이는 별들과 종을 비롯한 장신구들. 그녀 역시 그 분위기에 빠져드는 것 같았다. 선물을 준비하려고 백화점을 찾은 손님들로 인해 어느 때보다 활기가 넘쳐 보였다.

"왜, 첫눈 오는 날 혼자라서 외롭다더니 크리스마스 선물 사려구?"

"남자도 없는데 선물은? 눈요기라도 하려고 그런다."

"왜, 민석이랑 다시 잘해볼 생각은 없는 거야? 민석이는 아직도 너 못 잊은 것 같던데."

"싫어. 올라가자."

미연이 은서를 끌고 간 곳은 가전제품, 인테리어 소품들과 잡다한 욕실용품에서부터 생활용품, 하물며 주방 기구들까지 그녀가 전혀 예상치 못했던 코너들을 돌아보기 시작했다.

"너, 결혼하고 싶니?"

"어? 아니."

"그럼 왜 신혼 살림 준비하는 여자처럼 이런 코너만 돌아다녀? 난 너 겨울옷이나 볼 줄 알았는데."

"너 시집보내려고 그런다."

"뭐어? 나 결혼했어."

은서의 말에 미연은 기가 막히다는 듯 쳐다봤다.

"너, 정말 뻔뻔해졌다. 하여튼 한번 둘러보자. 재밌잖아. 세탁기는 이 회사 게 좋지 않니?"

진열되어 있는 D회사 제품을 가리키며 미연이 말했다.

"아무래도 그렇겠지. 그래도 난 이 스타일보다 저게 낫다."

옥신각신하며 아이쇼핑만 반나절을 했다. 처음에는 얼토당토 않은 미연의 행동에 어이가 없었지만 하다 보니 나름대로 재미있었다. 정말 결혼을 앞둔 여자처럼 집 안을 채울 가구들과 가

전제품, 그리고 방 하나하나를 예쁘게 꾸밀 소품들, 자질구레한 살림살이까지 모두 아이쇼핑으로 끝나는 것들이었지만 그 순간 은서는 행복했다. 신후와 함께 살 공간을 상상하면서 처음에는 미적미적 머뭇거렸지만 나중에는 적극적으로 그 시간을 즐겼다. 정말 신혼 살림을 다 준비한 듯 뿌듯한 생각마저 들었다. 그런 은서의 마음을 이해하는지 미연의 눈도 웃고 있었다.

"와, 우리 신혼 살림 다 장만했잖아."

"그치? 기분 좋냐?"

"후, 그래. 손에 쥔 것은 없는데 기분은 좋다. 결혼을 앞두고 설레는 여자의 마음을 미리 엿본 것 같아."

"어라, 너 결혼했다며?"

"하하. 참, 그랬지."

머쓱하게 웃는 은서를 보고 미연도 함께 웃었다. 백화점 식당가로 올라가며 이야기를 나누는 은서와 미연의 앞에 신후가 어디서 나타났는지 가로막았다.

"신후야."

놀란 은서의 눈이 커지자 환하게 웃는 그였다.

"요즘 바쁘다며?"

"바빠도 첫눈 오는 날인데 연인과 함께 보내야지."

"악, 미쳐! 너희들 꼭 이렇게 외로운 솔로 앞에서 티를 내야 돼? 친구도 아냐."

눈을 흘기며 쳐다보는 미연을 향해 신후는 능청스럽게 웃으며 미연이 결코 반가워하지 않을 이야기를 꺼냈다.

"민석이가 낮부터 술 먹자고 전화 오는 것 거절하느라 진땀 좀 흘렸다. 외로운 솔로들끼리 뭉치지 그래?"

"야, 그 애 얘기는 내 앞에서 하지 마. 그렇지 않아도 더 열받으니까."

은서는 투덜대고 있는 미연이 옆에 있는데도 불구하고 입가에 고이는 웃음을 감출 수가 없었다. 뜨거운 신후의 눈빛이 그녀를 향해 있었기 때문이다. 그가 계속해서 경진과 정섭으로부터 무언의 압력을 받고 있다는 것을 은서는 알고 있었다. 그러나 전혀 내색하지 않는 신후였다.

"야, 얼굴들 닳아져. 며칠이나 못 봤다고 난리들이야? 이신후, 너 오늘의 내 수고를 잊으면 안 된다."

"알아, 가자. 여기 말고 좀 한산한 곳으로 가자."

은서와 미연은 신후를 가운데 두고 양쪽에 팔짱을 끼었다. 황당하다는 얼굴을 한 신후의 옆구리를 미연이 손가락으로 쿡쿡 찌르며 한마디 했다.

"기분 나빠도 참아. 첫눈 오는 날 내 옆구리도 시려. 친구 좋다는 게 뭐냐?"

"안 돼. 난 은서 전용이란 말야. 은서야, 얘 좀 떼어내 봐."

은서는 난처한 표정을 짓는 신후를 보며 그저 웃고 있을 뿐이었다.

거실에 불을 끈 채 텔레비전만 켜놓았는지 집 안에서는 가는 불빛만이 새어 나왔다. 신후는 대문 앞에 서서 한동안 집을 바라봤다. 집을 나온 지 40여 일, 그는 사나흘에 한 번은 지금처럼 이 자리에 서서 집을 바라보다 가곤 했다. 은서와의 사랑을 반대하는 경진 때문에 집을 나와야 했지만, 홀로 남아 있을 경진이 왜 마음에 걸리지 않겠는가. 그 역시 경진이 자신만을 바라보고 산 세월을 잘 알았다. 그러나 포기할 수도, 물러날 수도 없는 일이었다. 적어도 자신의 사랑쯤은 지킬 수 있는 사람이 되리라, 어린 시절부터 그가 마음에 품었던 신념이었다.

길게 심호흡을 하고 자신의 키로 대문을 열었다. 집을 나간 후 처음 경진과 대면하는 것이었다. 자신의 바람대로 되리라고는 전혀 생각지 않았다. 다만 알려야 한다고 생각했고, 축복해 준다면 더할 나위 없이 기쁠 것이다. 그러나 그것은 단지 바람일 뿐이었다. 현관문을 열자, 키 돌아가는 소리에 놀랐는지 경진이 빗자루를 들고 현관 앞에 서 있었다. 두 눈이 마주쳤다. 잔뜩 긴장해 있던 어깨를 풀며 힘이 빠지는 듯 한숨을 내쉬었다. 그리고 집을 나간 후 처음 나타나는 아들을 눈을 흘기며 쳐다봤다.

"웬일이냐, 이 밤중에 도둑고양이처럼 슬금슬금 나타나고? 왜, 두고 간 거라도 있냐?"

신후를 대하는 경진은 여전히 차가웠다. 아들밖에 모르던 경진은 어디 갔는지, 그래서 그만큼 서운함이 큰 건지도 모르겠다. 신후가 맞은편 소파에 앉는데도 불구하고 경진은 신후를 쳐다보지 않은 채 보던 텔레비전에 시선을 집중했다.

"어머니, 저 어머니한테 드릴 말씀이 있어서 왔어요."

"어머니? 내가 아직도 너한테 어머니이기는 하니?"

시간이 지나면 조금은 너그러워지겠지 하던 그의 생각은 더 강경해지고, 날카로워져 보이는 경진 앞에서 보기 좋게 빗나갔다.

"저희 크리스마스이브에 결혼해요."

"뭐?"

"무엇보다도 어머니 축복을 받으면서 결혼하고 싶어요."

"나를 허수아비쯤으로 생각하는 것 같은데 그래, 너희들끼리 잘 살아봐라. 나중에 피눈물 흘리며 후회할 때, 그때는 나를 생각하겠지."

"안 오실 건가요?"

"난 너 같은 아들 둔 적 없다."

차갑게 돌아서서 방으로 들어가 버리는 경진의 뒷모습을 바라보며 신후는 씁쓸한 표정을 지었다. 집 안 공기가 몹시 무겁고, 차게 느껴졌다. 신후는 말없이 집을 나왔다. 은서를 감격시키고 싶었는데, 무리한 욕심이었나 보다. 밤하늘에 별이 유난히 반짝였다.

크리스마스 하루 전날, 기다리던 신후에게서는 연락이 없고,

갑자기 연락이 없던 친구들로부터 전화가 쏟아졌다. 특별한 용건도 없이 안부 전화를 했다는 친구들의 전화를 받으며 은서는 당혹스러웠다. 수연과의 일 이후로 모두 연락이 단절되었던 친구들이었다. 문득 산타가 크리스마스 선물로 친구들을 보냈나 하는 엉뚱한 상상마저 들려고 했다. 분명히 어젯밤, 내일 보자라고 말하며 전화를 끊은 신후였는데 핸드폰도 꺼져 있고 연락이 없어 답답하기만 했다. 연인들의 하루가 아닌가. 저녁 시간이 다 되어가는데도 연락이 없는 신후가 다분히 걱정이 되었다.

요란한 초인종 벨소리와 함께 미연이 찬바람을 일으키며 집 안으로 들어와 커다란 상자 하나를 불쑥 내밀었다.

"뭐야?"

"신후가 너 갖다 주래. 크리스마스 선물인가 봐."

"신후는 왜 안 오고?"

"지금 파티 준비 중이야. 너 데리러 왔어. 빨리 갈아입어."

"응? 옷이야?"

갑자기 신후도 아닌 미연에게서 신후의 선물을 받은 은서는 당황스러웠다. 쉽게 포장을 풀어보지 못하고 머뭇거리는 그녀를 미연은 다급하게 재촉했다.

"빨리 열어봐. 늦으면 차 많이 막힌단 말야."

예쁘게 포장된 상자를 조심스럽게 열자 상상조차 못했던 하얀 웨딩드레스가 모습을 드러냈다. 눈이 커다래진 채 말을 못하고 있는 은서를 기다리기라도 한 듯 미연은 큰 소리로 웃기 시작했다.

"놀랐지? 이건 약과야. 신후와 내가 심혈을 기울여 준비한 결혼식이야. 늦기 전에 빨리 가자."

미연의 재촉에 은서는 상황이 어떻게 돌아가는지조차 모른 채 웨딩드레스로 갈아입고 미연의 차에 올랐다.

"야, 결혼식이라니?"

"가보면 알아. 화장은 안 해도 되겠다. 가서 머리만 좀 만지자."

도로는 그녀들의 바람만큼 시원스럽게 뚫리지 않았지만 차들은 움직이고 있어 그나마 다행이었다. 미연이 그녀를 데리고 간 곳은 그들이 자주 찾던 카페였다. 그녀가 들어서자 펑 하는 소리와 함께 종이 가루들이 날리고, 박수 소리가 터져 나왔다. 친구들이 모두 일어서서 그녀를 환영했다. 저만치 친구들 뒤로 근사한 턱시도 차림의 신후가 그녀를 기다리고 있었다. 믿기지 않는 장면들이 연출되고 있었고, 은서는 당황스러우면서도 친구들에게 떠밀려 움직일 수밖에 없었다. 결혼은 아득히 먼 일이라 생각했다. 그러나 하얀 웨딩드레스를 입은 그녀와 턱시도를 차려입은 신후는 민석의 사회 아래 결혼식을 올리고 있었다. 부모님도, 주례도 없는 결혼식이었지만 많은 친구들이 축하해 주었다.

"언니, 멋진 오빠랑 결혼 축하해요."

어떻게 알고 왔는지 다희와 경미의 모습까지 보였다. 신후가 바빴던 이유가 바로 그들의 결혼식 때문이었다는 걸 은서는 비로소 알게 되었다. 어린 시절 함께 어울렸던 친구들이 다 모였다. 거기에 신후의 선후배들까지 포함해 카페는 사람들로 넘쳤다.

"우리의 친구이자 아름다운 신부를 위하여 윤미연이 축가를 해주신다네요."

민석의 갑작스런 발언에 사색이 된 건 미연이었다. 미연이 음치라는 건 친구들 사이에서 다 아는 사실이었다. 얼굴이 붉으락푸르락해져 민석을 노려보는 미연을 보며 카페는 웃음바다가 되었다. 친구들의 야유와 휘파람 소리에 밀려 중앙 홀에 선 미연은 과거라면 상상도 할 수 없겠지만 음정, 박자가 전혀 안 맞는 노래를 끝까지 불러 친구들로부터 기립 박수를 받았다. 민석에게 주먹을 들어 보이는 미연을 보며 신후와 은서는 웃음을 주고받았다. 그들의 기억 속에 함께했던 사람들 중에 함께하지 못한 사람은 수연뿐이었다. 누구도 수연의 이야기를 하는 사람은 없었다. 카페 밖에 검은 긴 그림자가 한동안 서 있다가 사라지는 것을 눈치 채는 사람도 없었다. 다만 신후만이 멀어져 가는 그림자를 말없이 지켜볼 뿐이었다. 적군에서 그의 아군이 되어준 사람, 신후가 연락했을 때 약속이 있어서 참석 못할 것 같다고 말하면서도 장소를 묻던 사람이었다. 형도 부디 행복하길…….

친구들과 즐거운 저녁 시간을 보내고 신후와 은서는 먼저 카페를 나왔다. 상기되어 붉어진 은서의 볼을 부드럽게 어루만지는 신후였다.

"더 멋진 결혼식을 하고 싶었는데."

"아냐, 나 지금 너무 행복해."

미안하다는 신후의 말투에 은서는 도리질을 하며 함박웃음을 지었다.

"자, 그럼 신혼부부의 집으로 떠나볼까요?"

"집?"

"그래, 집."

그녀가 고른 물건들로 꾸며진 집을 보고 놀랄 걸 기대하며 신후의 얼굴에는 슬며시 웃음이 고였다.

"뭐야? 또 나한테 알려주지 않은 게 있어?"

수상쩍다는 듯이 눈꼬리를 올리며 은서가 물었다.

"아냐. 그냥 너와 내가 겨우 몸 하나 달랑 누울 정도밖에 안 되는 방 한 칸 준비한 것밖에 없어."

"정말? 난 너랑 함께 지낼 수만 있으면 족해."

환하게 웃는 은서의 얼굴을 바라보며 그녀의 손을 꼭 잡아 가슴에 올렸다. 그녀의 마음이 그의 가슴을 따뜻하게 적시고 있었다.

19

가 속에

비밀의 주부인 은서의 다정한 바

결혼 1년차 주부인 은서의 모습은 어느 주부와 다름 바…… 비면 월요일 아침이었다.

예고도 없이 그녀의 뱃속에 자리 잡은 아이로 인해 수포로 돌아갔다. 점심 때 회사 근처로 와. 저녁은 힘들고 점심이라도 같이 하지.

"**나**오늘 야근이야."

"또?"

"미안해. 일이 밀린 걸 어떡해?"

삐친 듯 뾰로통해 내민 입술에 그녀의 의사와는 상관없이 쪽 소리가 나게 뽀뽀를 하는 신후를 은서는 노려봤다. 신후는 일주 일째 경기도 근방의 전원 주택 단지의 설계를 맡은 탓에 별을 보고 들어오는 중이었다. 결혼과 함께 다시 시작하려 했던 공부 는 예고도 없이 그녀의 뱃속에 자리 잡은 아이로 인해 수포로 돌아갔다.

"점심 때 회사 근처로 와. 저녁은 힘들고 점심이라도 같이 먹

자. 먹고 싶은 것 있어?"

"나 오늘 점심 약속 있어."

"누구랑?"

"몰라도 돼. 일하느라 배부른 마누라는 뒷전이잖아."

"어라, 섭하다. 마음만은 너랑 함께 있는데 그럼 억울하지?"

"알았으니까 점심은 내일 사줘."

"갔다 와서 얘기해 줘야 돼."

바쁜 월요일 아침이었다. 결혼 1년차 주부인 은서의 모습은 여느 주부와 다를 바 없었다. 신후를 배웅하고 들어온 그녀는 집 안을 대충 정리하고 우유 한 잔을 따뜻하게 데워 창가에 섰다. 길게만 느껴졌던 여름이 가고 짧은 가을, 그리고 겨울이 다가오고 있었다. 배부른 마누라는 뒷전이라는 그녀의 말은 억지였다. 요즘 바빠서 늦은 귀가를 하고 있지만, 하루에도 몇 번씩 전화를 해 그녀의 상태를 체크하는 신후였다. 임신 초기 입덧이 심해 입원한 그녀로 인해 그는 마음 고생이 심했다.

✳

두 달쯤 되었을까? 입덧이 심한 그녀는 물 한 모금 제대로 삼키지 못했다. 먹는 거라곤 물밖에 없었는데 물마저 게워냈으니 오죽 했겠는가. 결국 입원하는 사태까지 발생했다.

"뭐 먹고 싶은 거 없어?"

"응."

환자복을 입고 누워 있는 은서를 내려다보며 신후는 걱정스런 한숨을 내쉬었다. 미연과 민석도 수시로 음식을 사들고 왔지만 냄새만 맡아도 화장실로 뛰어가는 그녀였다. 먹고 싶은 것? 물론 있었다. 어렸을 때 시골에서 엄마가 직접 만들어 쪄주시던 찐빵과 경진이 가끔 만들어 주시던 팥칼국수라면 먹을 수 있을 것 같았다. 그러나 신후 앞에서는 차마 말할 수 없었다. 링거로 영양분을 보충하면서 그동안 떨어진 체력이 조금이나마 회복되기를 바랄 뿐이었다. 그러나 먹지 않으니 쉽게 털고 일어나지 못했다.

그날도 변함없이 퇴근 길에 미연은 서울 시내를 순회하며 산모가 잘 먹는다는 음식을 사 왔지만 결국은 신후의 저녁 식사가 되고 말았다. 며칠 지방 출장이라고 보이지 않던 민석이 호두과자를 사들고 왔다. 바로 미연의 날카로운 비아냥이 시작되었다.

"야, 부잣집 아들내미가 사들고 오는 게 고작 그거냐? 정말 깬다."

사실 은서와 신후도 민석의 사 온 후두과자는 의외였다.

"우리 어머니가 나 가졌을 때, 세 끼를 이 호두과자로 해결했다고 해서 천안까지 가서 사 온 거란 말야."

민석의 볼멘소리에 병실은 웃음바다가 되고 말았다. 숨도 제대로 못 쉰 채 헐떡이는 미연과 친구들을 보고 괜히 머쓱해졌는지 민석의 볼이 약간 붉어졌다. 민석이 귀엽게 느껴지기는 처음이었다.

"민석아, 고마워. 잘 먹을게."

하지만 말과 달리 은서는 한 개가 목구멍으로 넘어가기도 전, 화장실로 달려야 했다. 신후와 친구들의 걱정 어린 시선을 받으며 그녀는 많이 고맙고, 미안했다.

다음날, 여전히 병실을 지키고 있는 신후와 그녀 앞에 퀵서비스 맨이 찾아왔다.

"최은서 씨!"

"네, 전데요."

사인을 하고 건네받은 건 보온병이었다. 누가 보냈지? 보온병을 열자 진한 팥국물에 손수 밀어 칼로 썬 면발이 보였다. 메모 한 장 없었지만 누가 보낸 건지 알 수 있었다. 경진만이 낼 수 있는 그 맛을 어떻게 잊을 수 있겠는가. 은서는 입덧 때문에 입원한 사람이 맞나 의심스러울 정도로 게걸스럽게 팥칼국수를 먹었다. 옆에서 놀란 신후가 걱정스러운 투로 말했다.

"천천히 먹어. 너 빈속에 갑자기 그렇게 먹으면 탈나."

그러나 은서의 귀에는 아무것도 들리지 않았다. 며칠 굶은 사람의 눈에는 모든 게 먹을 것으로 보이는 것처럼, 그녀의 눈에는 오로지 경진이 보내온 팥칼국수뿐이었다. 포만감이 그녀를 엄습하자 먹는 속도가 느려졌다. 그걸 보았는지 신후가 조심스럽게 말했다.

"이게 먹고 싶었구나?"

그 말과 함께 은서의 울음소리가 병실 안에 울려 퍼졌다.

"엉, 엉……."

"왜 그래?"

어린아이처럼 울어대는 은서에게 신후는 옆에 놓여 있던 휴지를 내밀었다. 휴지로 코를 휑 푼 은서는 눈물이 그렁그렁한 채 웅얼거렸다.

"이번 주엔 입원하느라 못 갔단 말야."

은서는 결혼 후 매주 경진의 한복점을 찾았다. 물론 신후는 반대했지만 그녀의 고집을 누가 말린단 말인가. 처음에는 멀뚱멀뚱 서 있다가 그냥 오곤 했지만, 횟수가 반복되면서 쇼윈도 청소부터 바닥까지 말끔히 청소를 하기 시작했다. 경진의 냉대와 무시는 여전했지만 익숙해지다 보니 면역이 생겼는지 대꾸 한 번 없어도 혼자 떠들다 오곤 했다. 그런데 이번 주에는 가지 못했다. 병실에 누워 있으면서도 그게 내내 마음에 걸렸던 은서였다. 그런데 경진이 팥칼국수를 보내오다니! 입원하는 내내 병실을 찾아온다거나 전화 한 통화 없었지만 은서는 기뻤다. 경진이 그녀에게 조금이나마 마음이 풀려가고 있다는 걸 알았기 때문이다. 그녀의 입덧은 그걸로 끝이었다. 식욕이 댕기면서 마구 먹어대기 시작해 신후와 친구들을 놀라게 했다.

*

따뜻한 우유 한 잔을 즐기던 은서는 창가에 등을 기댄 채 집 안을 둘러보았다. 은서는 결혼식을 마치고 처음 이 집에 발을 내디뎠을 때를 생각하면 얼굴에 웃음이 고이곤 했다. 단칸방은 작은 평수의 아파트로 변해 있었고, 미연과 그녀가 아이쇼핑했던 물건들로 꾸며진 집 안을 보고 그녀는 끝내 눈물을 터뜨리고 말았다. 말없이 그녀를 꼭 끌어안아 주던 신후의 따뜻한 가슴, 그날이 생각날 때면 어김없이 코끝이 찡해져 온다.

외출 준비를 해야 했다. 경진과의 화해를 위한 그녀의 노력은 계속되고 있었다. 퇴원 후 경진을 찾아가는 일은 몸에 무리가 될 듯하여 그만둬야 했지만, 어버이날이며, 생일날에 선물은 물론 대꾸 한 번 않지만 자주 전화를 드리곤 했다. 경진이 보내온 팥칼국수를 먹을 때만 해도 금방 풀릴 줄 알았던 그녀의 생각은 보기 좋게 빗나갔다. 경진은 여전히 그녀에게 자리를 내어주지 않았다. 그런데 어제 오후에 경진에게서 만나자는 전화가 온 것이다. 기쁘면서도 불안한 게 그녀의 솔직한 마음이었다.

결혼 후 제 집처럼 드나드는 민석이 점심을 산다고 해서 가보았던 한정식집이 눈에 들어왔다. 마음을 편하게 먹으려 했지만, 긴장은 좀처럼 풀릴 기미를 보이지 않았다. 신후와 한집에 살게 되면서 그들의 행복 속에 가시처럼 마음에 걸리는 게 있다면 경진과의 관계다.

임신 6개월째인 은서의 배는 제법 모습을 드러내고 있었다. 은서는 손으로 배를 감싸듯 쓸더니 결심이라도 한 것처럼 코트 깃을 여미고 고풍스러운 한정식집 문을 열었다. 가야금 연주곡이 조용하게 흐르고 있었고 개량 한복을 차려입은 여자 종업원이 그녀에게 다가왔다.

"어서 오세요. 혹시 최은서 씨 되세요?"

"네."

"이쪽으로 오세요. 손님 분께서 기다리고 계십니다."

종업원이 중앙 마루를 지나 창호지로 발라진 미닫이문을 열자 경진이 보였다. 은서는 종업원에게 가볍게 고맙다는 눈짓을 한 후 경진에게 다가갔다. 가까워질수록 그녀의 긴장감은 더해 갔다. 방으로 들어서자 몇 달 전에 보았을 때보다 더 나이가 들어 보이는 경진의 얼굴을 볼 수 있었다.

"앉아라."

우두커니 서 있는 은서를 경진이 올려다보며 먼저 말을 건넸다. 은서가 자리에 앉자 경진이 미리 주문을 했는지 음식을 담은 상이 들어오기 시작했다. 음식이 다 차려지고, 종업원이 자리를 떠나고 나서도 한동안 말이 없었다. 은서도, 경진도 쉽게 입을 열지 못하고 있었다. 은서는 뜻밖의 경진의 전화에 몹시 긴장한 상태여서 맛깔스럽게 차려진 음식마저도 눈에 제대로 들어오지 않았다.

"몇 개월이냐?"

"6개월이에요."

"입덧은 괜찮고?"

"초기에는 심했는데 이모가 보내준 팥칼국수 먹고 나서 멈췄어요. 지금은 잘 먹어요."

은서는 머뭇거리며 조심스럽게 대답했다. 전에 대면했을 때처럼 차가운 얼굴은 아니었지만 오래전 과거처럼 편한 사이도 아니었다. 뻔뻔스러울 만큼 경진을 찾아다니던 그녀였지만 경진 앞에 앉은 오늘은 쉽게 입을 열 수가 없었다. 중요한 이야기가 있을 것 같은 분위기와 망설이는 듯한 경진의 표정 때문이었다. 경진이 무슨 말을 하려고 그녀를 찾았는지 은서는 숨죽이며 기다렸다.

"미안하다, 은서야."

경진의 말에 놀란 은서는 눈이 커다래진 채 자신이 잘못 들었을 것이라 생각했다. 그런 은서의 마음을 다 안다는 듯 경진은 씁쓸한 미소를 지었다.

"사람이란 게 그렇다, 난 그러지 말아야지 하면서도 똑같은 전철을 밟는 걸 보면……. 이혼하면서 우리 시어머니 같은 사람은 안 되리라 생각했는데 결국 나도 똑같은 모습을 하고 있더구나. 다른 게 있다면 신후 아버지와 신후는 달랐다는 거지. 내가 아들 하나는 제대로 키웠더라. 그렇지?"

"이모."

"나도 반대하는 결혼을 했다. 잘난 집 아들이라 겨우 여고 졸업한 나를 시어머니는 결코 받아주지 않았지. 사랑이면 다 해결

될 줄 알았어. 하지만 참 힘들더라. 신후 아버지가 출근하고 나면 난 매일같이 전쟁을 치러야 했지. 참아도 보고, 화도 내보고. 그러면서 난 지쳐 갔다. 항상 내 편이 되어줄 것 같았던 신후 아버지가 시어머니의 이간질에 나를 나무랄 때의 절망감이란 겪어보지 않은 사람이면 알지 못할 거야. 우린 싸우기 시작했고, 결국은 이혼에 이르렀지. 내가 신후 아버지에게 원한 것은 단 하나, 신후였다. 시어머니가 알면 당연히 반대할 것을 알기에 울면서 간곡히 부탁했지. 나를 잠시라도 사랑했다면 신후만은 내게 달라고……. 그는 나와의 약속을 지켰다."

두 사람 모두 상 위에 차려진 음식들은 관심 밖이었다. 경진이 자신의 결혼에 대하여 담담하게 이야기하는 것을 은서는 묵묵히 듣고 있었다. 경진이 오로지 신후 하나만을 바라보며 누구보다도 열심히 살아온 삶을 이해하기에 숙연해질 수밖에 없었다. 또한 죄스러운 마음 역시 커져만 갔다.

"신후는 모르지만 한동안 신후를 만나기 위해 신후 아버지는 여러 번 찾아왔었다. 그런데 내가 완곡하게 거절했지. 그를 사랑하기는 했지만 그의 어머니와 다시 한 번 얽히고 싶지 않았거든. 내 사랑은 참 이기적이었나 봐. 물론 신후 아버지의 사랑도 그랬고. 그런데 우리 아들은 아버지를 전혀 안 닮았더구나. 내가 너무 잘 키웠지. 과감히 내가 아닌 너를 선택하더라. 나쁜 자식. 여태 전화 한 통화 없구나."

"죄송해요, 이모."

경진의 신세 한탄과 자포자기의 심정이 섞인 말을 들으며 그
녀는 죄송하다는 말밖에 할 수 없었다. 다정하던 모자를 자신이
서로 연락도 하지 않고 지내는 사이로 만들었다는 게 한없이 고
개를 숙이게 만들었다.

"은서야."

"네."

"그동안 미안했다. 내 어리석음을 이해해라."

"아니에요, 이모. 내가 이모 마음을 왜 모르겠어요? 신후가
이모에게 어떤 존재인데. 그래서 더 죄송해요. 이모가 내게 베
풀어준 사랑을 너무나 잘 알기에 노력하고 싶었어요."

"나, 참 모질었지? 우리 시어머니를 이 나이 먹어서 이해하다
니. 세상 사는 게 참 우습다. 그렇다고 같은 사람이 될 수는 없
지. 이제 우리 신후, 너한테 맡기마. 잘 부탁한다."

"이모……."

은서는 눈물을 흘리고 말았다. 따뜻한 눈으로 그녀를 바라보
는 경진을 보며 그동안의 설움이 목에 걸린 듯 흐느낌이 쏟아져
나왔다. 그러나 그건 기쁨의 눈물이었다. 지금까지의 노력을 보
상하고도 남을 기쁨이 그녀를 휘감았다.

"이모, 나 용서해 주시는 거죠? 그렇죠?"

"용서는 뭐, 나이 먹어서 나이값 못한 내가 미안하지. 그리고
언제까지 이모라고 부를 거냐?"

"네?"

은서는 기쁨에 벅차 울다 웃고를 반복했다. 그 모습이 얼마나 어린애 같았는지 경진의 얼굴에 웃음이 고였다. 마음 고생을 많이 한 티가 엿보여 안쓰러운지 측은한 눈길마저 보냈다. 그러나 너무 기쁜 나머지 은서는 경진의 표정을 알지 못했다. 이 기쁜 소식을 당장 신후에게 전하고 싶은 마음뿐이었다.

"배 안 고파? 다 식었겠다. 어서 먹자."

"네, 어… 머… 니."

수줍게 경진을 어머니라 불렀다. 경진이 환하게 웃자 안면에 미소를 가득 머금은 은서는 숟가락을 들고 임산부 특유의 식욕을 여실히 보여주었다. 흐뭇하게 바라보는 경진의 얼굴은 애피타이저마냥 그녀의 식욕을 더 돋우었다. 점심 식사를 마치고 후식인 수정과가 나오자 은서는 시원한 수정과를 냉큼 들이마셨다. 이루 말할 수 없는 포만감과 행복감에 공중에 붕 떠 있는 것만 같았다.

"지금은 다 지난 이야기지만 내게도 꿈이 있었다. 신후가 내 아들이듯 넌 내 딸이었어. 난 너희 둘 다 양친 부모가 있는 짝들에게 시집, 장가를 보내고 싶었단다. 신후도 아버지 사랑이 뭔지 모르고 자랐고, 너도 어려서 부모님 잃고 혼자 자라다시피 했잖아. 오순도순 가족이라는 울타리 안에서 장인, 장모, 시어머니, 시아버지 사랑 받기를 바랐거든."

"이…… 어머니."

은서는 가슴이 뭉클한 나머지 아무 말도 할 수 없었다. 경진의 깊은 마음이 가슴까지 전해졌기 때문이다. 때로는 섭섭하기도, 원망스럽기도 했다. 그러나 그녀는 자식을 생각하는 경진의 깊은 속내 앞에서 부끄러웠다.

"은서야, 뭐 먹고 싶은 것 있으면 얘기해. 만들어줄 테니까."

경진은 분위기를 바꾸려는 듯 은서에게 물었다.

"정말요? 저 이제 집에 놀러가도 돼요?"

"그럼, 당연한 소리를. 그때 많이 섭섭했지? 꽃가게 동생한테 얘기 듣고 나도 마음이 영 편치 않았다."

너무 기쁜데, 환호성을 질러야 하는데 자꾸 눈물이 나왔다. 그날, 추위에 떨며 바라보던 경진의 집이 떠올랐다. 그녀를 거부하던 거대한 성처럼 느껴졌던 집, 그 집이 그녀를 향해 활짝 열린 것이다. 은서는 애써 눈물을 참으며 말했다.

"제가 얼마나 기쁜지 모르죠? 제가 어머니를 얼마나 사랑하는지 모르죠? 어머니랑 얘기하고, 하고 싶은 게 얼마나 많은지 모르죠?"

끝이 없을 것 같은 은서의 행복한 고백에 경진의 눈가도 젖어갔다. 마음을 비우고 나면 아무것도 아닌 것을 서로에게 상처 주고 자식을 잃는 바보 같은 행동을 왜 했는지 안타까울 뿐이었다.

"은서야."

"네."

"나, 신후 아버지랑 다시 합치기로 했다."

"정말요? 잘됐다."

거침없이 환영하는 은서의 대답에 경진의 얼굴이 밝아졌다. 표현은 안 했지만 다소 걱정을 하고 있었나 보다.

"축하드려요."

"그런데 신후가 어떻게 받아들일지가 걱정이다."

"어머니는, 저희만 행복하라는 법 있나요? 신후도 아버지한 테 섭섭한 감정이 없는 것은 아니지만 다 큰 성인이잖아요. 충분히 이해할 거예요."

"그럴까?"

"우리 이번 주말에 저녁 먹어요, 넷이서."

"그러면 좋겠지만……."

머뭇거리는 경진의 음성에는 신후에 대한 염려가 느껴졌다.

"걱정 마세요. 제가 시간이랑 장소 정해서 전화 드릴게요. 저녁 시간만 비워두세요."

은서와 경진은 들어설 때와 달리 다정한 모녀 사이가 되어 음식점을 나왔다. 다음 병원에 갈 때는 함께 가기로 약속을 하고 헤어졌다.

집으로 가기 위해 택시를 탄 은서는 신후의 회사로 방향을 돌렸다. 이 기쁜 소식을 당장이라도 나누지 않으면 안 될 것 같다. 몸 안의 모든 신경과 세포들이 들고일어나 춤을 추고 있는 듯했다. 얼굴에는 아드레날린이 넘쳐 나 자꾸 삐져 나오는 웃음을 참을 수가 없었다.

강남역 근처의 회사에 도착했을 때는 오후 3시가 넘어 있었다. 문득 전화라도 하고 올 걸 후회가 되었다. 혹시 현장에라도 나가고 없으면 헛걸음하는 것이다. 결혼 후 한 번 찾아왔었던 적이 있다. 야근하는 신후를 위해 밤참을 준비해서 왔었는데 그 방문은 한 번으로 끝나고 말았다. 며칠 지나지 않아 임신 사실을 알게 된 탓도 있었지만, 밤길 혼자 다니는 게 위험해서 안 된다는 신후의 과잉 보호가 더 컸다.

층을 헤아리기 어려운 고층 건물을 올려다본 후 로비를 지나 엘리베이터를 탔다. 띵 하는 소리와 함께 문이 열리고 밖으로 나오려는 순간 엘리베이터를 타려고 서 있는 혁과 눈이 마주쳤다.

"오빠!"

놀란 은서의 입에서 자연스럽게 오빠라는 말이 흘러나왔다. 혁도 은서와의 만남을 전혀 예상 못한 듯 눈꼬리가 올라가는 게 보였다.

"어. 신후한테 온 거니?"

"네."

엘리베이터 문이 닫히려 하자 혁이 빨리 열림 버튼을 눌렀다. 은서가 내리게 비켜서 주고 나서도 문이 닫힐 때까지 혁은 엘리베이터에 오르지 않았다. 경진의 한복점 앞에서 보고 처음 보는 것이었다. 1년 남짓이라는 시간이 흘렀지만 혁은 여전했다. 불룩 나온 그녀의 배를 향하는 혁의 시선을 느끼며 은서는 얼굴을 붉혔다.

"좋아 보인다."

"네, 오빠도요. 근데 여기 무슨 일로 오신 거예요?"

"어. 신후 얼굴 좀 보려고 지나가는 길에 잠깐 들렀어."

"네."

"들어가 봐라."

"네."

다시 엘리베이터 문이 열리고 혁의 모습이 더 이상 보이지 않게 되자 은서는 고개를 갸웃거렸다. 신후의 얼굴을 보려고 잠깐 들렀다는 혁의 말이 믿기지 않았다. 사이가 좋은 그들이 아니었다. 조심스럽게 노크를 하고 문을 열었다. 건축사인 선배 종현과 신후가 공동으로 운영하고 있는 설계 사무실은 몇 되지 않는 직원마저 외출을 했는지 신후만이 컴퓨터 앞에 앉아 있었다. 푸른빛이 감도는 와이셔츠에 헐거워진 넥타이를 맨 채 의자에 몸을 묻고 앉아 열심히 마우스를 움직이는 모습에서 피로가 느껴졌다. 그녀가 들어온 줄도 전혀 모르고 일에만 몰두하고 있는 그의 어깨에 손을 올려놓았다.

"혼자 있어?"

"어? 여기 웬일이야, 연락도 없이? 무슨 일 있어?"

전혀 예상치 못했던 은서의 방문에 눈이 휘둥그레져 일어서려는 그의 어깨를 꽉 눌러 그냥 앉아 있게 한 후 어깨를 주물렀다.

"많이 피곤해 보여."

"응, 일이 좀 밀려서. 다들 고생이지."

"그런데 종현 씨랑 다른 직원들은 어디 가고 혼자 있어?"

"응, 다들 현장에 갔지. 지현 씨는 은행 갔고. 근데 정말 무슨 일이야? 연락도 없이 사무실을 다 찾아오고?"

"나, 방금 어머니 만나 점심 먹고 오는 길이야."

"어머니? 어떤 어머니?"

"우리한테 어머니가 한 분 말고 또 있어?"

신후는 어깨를 주무르던 은서의 손을 잡아끌어 그의 무릎에 앉혔다. 그리고 은서의 배를 감싸 안았다.

"내가 그러지 말랬지? 몸도 안 좋은 애가 자꾸 어딜 다녀?"

"아냐. 이모가, 아니, 어머니가 전화해서 만난 건데 나 용서하신대. 아니, 오히려 미안하다고 하셨어."

신후는 믿기지 않는다는 표정으로 입을 다물지 못했다.

"놀랐지? 나 너무 기뻐서 지금 이리로 달려온 거야. 어머니가 먹고 싶은 것 있으면 말하래, 만들어주신다고. 참, 다음엔 병원도 같이 가주시겠대. 나, 오늘 너무 행복해."

들뜬 은서의 음성이 신후의 가슴까지 전해졌다. 경진과 나눴던 이야기들을 쉴 새 없이 종알대는 은서의 입술을 신후의 입이 가로막았다. 놀란 듯 내비친 비명 소리는 신후의 입속으로 사라졌다. 숨을 쉬기 위해 잠깐 떨어졌을 때 은서는 거친 숨을 몰아쉬며 신후를 밀어냈다.

"미쳤어? 사무실이야. 직원들 들어오면 어쩌려구?"

"괜찮아. 다들 멀리 갔어."

그녀의 염려를 무시하며 부딪쳐 오는 신후의 입술을 더 이상 피하지 않았다. 배를 부드럽게 감싸고 있던 손이 나날이 부풀어 오르는 가슴을 움켜쥐었다. 풍만한 가슴을 애무하던 신후의 손이 차츰 아래로 내려가자 은서는 그의 손을 밀어냈다.

"응? 요즘 피곤해서 못했잖아. 은서야."

"안 돼. 키스만 해."

그런 다음 그의 손을 그녀의 가슴으로 인도했다. 그녀의 가슴과 배를 오르내리던 그의 손이 배 위에서 갑자기 멈췄다. 그리고 네 개의 눈동자가 동시에 커졌다.

"너도 느꼈어?"

"그래. 이 녀석 움직인 거지?"

"응, 그런 것 같아."

"와우!!"

신후는 벌떡 일어나더니 은서를 그의 의자에 앉힌 후 무릎을 꿇고 그녀의 배에 얼굴을 갖다 대었다.

"아가야, 아빠란다. 오늘 엄마, 아빠한테 너무나 행복한 일이 생겼단다. 할머니가 널 인정해 주기로 했단다. 아가야, 너도 기쁘지? 그래서 지금 축하의 발길질을 하는 거지?"

은서는 배에 대고 속삭이는 신후의 머리카락을 손으로 쓸어 내리는 것을 반복했다. 그의 입술이 배 위에 느껴졌다. 옷을 통하여 전해져 오는 그의 따뜻한 입술은 그 어느 때보다 뜨거웠다.

"참, 어머니랑 저녁 같이 먹기로 했어. 주말에는 시간 낼 수 있지?"

"응. 없어도 내봐야지."

"그리고 말이지. 어머니, 아버지랑 다시 합치기로 하셨대."

"응?"

그녀의 배에 얼굴을 묻고 있던 그가 번쩍 고개를 들더니 일어났다. 그리고 당혹스러운 표정을 감추지 못한 채 사무실을 서성이기 시작했다. 신후에게는 20년 남짓을 남으로 살아온 아버지를 받아들이기가 쉽지 않을 것이다. 특히 은서와의 일도 있고 해서 더 경진과 정섭의 결합이 달갑지 않으리라. 표정에서 그의 마음이 적나라하게 드러났다.

"어떻게 그런 일이 있을 수가 있어? 20년이나 남으로 살아왔으면서 다시 합친다니, 말이 안 나온다."

"이신후, 남의 사랑을 우습게 말하지 마. 우리만 행복하라는 법 있니? 어머니도 충분히 행복해질 권리가 있어. 어머니가 원하는 삶을 살도록 축복해 주자. 우리가 누구보다 어머니의 축복을 바랐듯이 어머니 역시 네 축복을 제일 바랄 거야."

신후는 더 이상 말이 없었다. 그에게도 생각할 시간이 필요하리라. 멍하니 서 있는 그에게 다가가 까치발을 하고 살짝 입술을 맞추었다. 굳어 있는 표정이 조금 풀리는 것을 확인하고 사무실을 빠져나왔다. 돌아오다 보니 혁의 일을 묻지 않은 게 떠올랐지만 다시 되돌아가 방해하고 싶지 않았다.

시계 바늘이 12시가 지나서야 지친 모습을 한 신후가 퇴근을 했다. 이러다 몸이라도 상하는 것은 아닌지 염려스러울 정도였다. 오늘, 그의 피로에는 경진과 정섭의 재결합도 한몫했을 거라는 걸 짐작했지만 은서는 아는 척하지 않았다. 그녀는 누구보다 신후가 경진의 행복을 원하리라는 것을 알기에 그가 먼저 말을 꺼낼 때까지 기다려 줄 참이었다.

침대에 누워 있는 은서에게 그가 샤워를 한 후 바디클렌저의 상큼한 향을 풍기며 다가왔다. 짧은 머리카락은 젖어서 더 짧아 보였고, 일에 묻혀 운동을 하지 못하는데도 여전히 단단한 가슴과 팔은 근사했다. 은서의 눈길을 즐기는 듯 웃던 그가 그녀를 그의 가슴으로 꼭 껴안았다.

"아, 너무 좋다."

"몸 상할까 봐 걱정이야. 나, 너한테 돈 많이 벌어오라고 안 했다."

"큭큭. 걱정 마. 며칠만 더 고생하면 끝나."

"참, 혁이 오빠는 왜 널 만나러 온 거야?"

"봤어?"

"응."

그의 품에서 벗어나 호기심 가득한 눈망울을 굴리는 은서를 잡아 다시 품으로 끌어들였다.

"전원 주택 단지 사업자가 혁이 형이야."

"뭐? 말도 안 돼. 혁이 오빠가 너한테 일을 맡겼다고? 또 네가 혁이 오빠네 일을 할 사람도 아니잖아."

"어? 이거 왜 이러십니까? 혁이 형이랑 나, 예전부터 친한 사이였어."

"그러는 사람들이 애들처럼 치고 박고 싸우니?"

"흥? 다 누구 때문인데? 배불뚝이 아줌마 때문이지."

말이 끝나기도 전에 그의 손이 그녀의 잠옷 사이를 비집고 들어와 가슴을 만지기 시작했다. 푹신푹신한 감촉이 마냥 좋은 듯 손 안에 가득 가슴을 쥐고 손장난을 하는 그였다.

"기분 안 나빠?"

"뭐가?"

"혁이 오빠네 일 하는 것."

"왜 나빠? 우리가 한두 살 먹은 애들인가. 그리고 기분 좀 나쁘면 어때?"

'형한테 진 빚에 비하면 아무것도 아닌데.'

나머지 말은 속으로 삼켰다. 한 여자를 두 남자가 동시에 사랑했다. 그리고 여자가 그의 옆에 있다는 사실만으로 남자는 다른 한 남자에게 큰 빚을 진 기분이었다. 그러나 혁에게 다시 사랑하는 여자가 생기기 전까지는 결코 그녀에게 혁 또한 그녀를 사랑했다는 걸 알리지 않을 생각이었다. 그의 품에 안겨 꼼지락거리고 있는 그녀를 꽉 껴안았다. 그리고 깊은 열정의 밤으로 빠져들었다.

토요일 오후, 은서는 시간과 약속 장소를 신후에게 알렸다.

특별한 말이 없는 걸로 보아 내키지는 않았지만 받아들인 듯했다. 신후와 은서가 식당에 도착했을 때는 이미 경진과 정섭이 먼저 도착해 나란히 앉아 있었다. 어느덧 흰머리가 희끗희끗 보이기 시작한 중년의 남자와 여자의 모습이 잘 어울리는 한 폭의 그림처럼 자연스러웠다. 다정한 눈길을 서로 주고받는 모습을 보면서 은서는 맞잡은 신후의 손에 힘을 주었다. 차갑게 굳어 있던 신후의 얼굴이 다소 풀리는 것 같았다. 은서로 인해 틀어 졌던 모자가 참으로 오랜만에 만나는 자리였다.

"그동안 안녕하셨어요?"

은서가 먼저 정섭을 향해 인사를 했다. 은서의 인사가 고맙고, 미안한 듯한 정섭의 표정을 보고 그녀는 환하게 웃어주었다. 주로 경진과 은서가 대화를 나누었고, 정섭과 신후는 묵묵히 듣고만 있었다. 식사가 끝나고 디저트로 음료가 나왔을 때 은서는 경진에게 눈짓을 했다.

"어머니, 저랑 화장실에 좀 다녀와요."

"응. 그러자꾸나."

은서의 의도를 알았는지 경진이 일어섰다. 경진과 은서가 자리를 비우자 서로 너무나 닮은 모습을 한 두 사람 사이에는 어색한 침묵이 흘렀다.

"미안하다, 축복해 주지 못하고 힘들게 해서."

정섭이 힘겹게 입을 열었다. 그러나 신후는 아무런 대꾸도 없이 앉아 있을 뿐이었다.

"늘 내 자식이라 생각했기에 네가 나에 대해 어떤 마음인지 고려해 보지 못했다. 너보다는 네 엄마가 안됐다는 생각이 앞섰거든. 왜 항상 과거나 현재나 똑같은 실수를 반복하고 나서야 후회하는지 모르겠구나."

"전 아무래도 상관없어요. 아버지가 필요하던 때는 은서의 아버지가 대신해 주셨으니까요. 단지 제가 바라는 건 어머니의 행복뿐입니다. 정말 행복하게 해주실 수 있다면 반대하지 않겠습니다. 그러나 자신없다면 이쯤에서 관두십시오."

적당한 거리를 느끼게 하는 신후의 대답, 환영하지는 않으나 반대하지는 않겠다는 말에 정섭은 고개를 끄덕였다.

"고맙다. 그 정도만으로도 충분하다."

더 이상의 대화가 오가지는 않았지만 정섭도, 신후도 경직되었던 몸들이 다소 풀린 것 같았다. 화장실에서 돌아온 은서와 경진은 훨씬 더 부드러워진 분위기를 느낄 수 있었다. 여전히 부자지간 같지는 않지만 오늘의 만남을 계기로 앞으로 더 나아질 것이라 은서는 확신했다. 이젠 정말 가족이라는 울타리 안에 서게 된 것이다. 경진의 바람처럼 어머니, 아버지, 그리고 그녀와 신후, 또 뱃속에 자라고 있는 아이까지 진정한 가족이 탄생하는 것이다. 앞으로 태어날 아이에게 이보다 더 큰 선물은 없으리라. 경진과 헤어져 돌아오는 내내 은서의 얼굴엔 웃음이 사라지지 않았다.

에필로그

은서의 말에 미연의 얼굴이 굳어지며 바로 와일드한 성격을 드러냈다. "야, 최은서. 너, 내 친구 맞아? 개구리 올챙이 시절

없었다. "은서야, 이거……" 미연이 머뭇거리며 봉투 하나를 내밀자 은서는 무심히 봉투를 열어봤다. 그리고 놀란 눈과 더불어 외마디 비명 소리가

에필로그

일요일 오후, 은서를 찾아온 미연의 얼굴은 웃음을 감추지 못한 채 발그레했다. 수상한 냄새가 물씬 풍겼다. 제 집처럼 드나들던 미연이 한 달 사이 바쁘다며 거의 발을 끊다시피 하더니 오늘 예고도 없이 찾아온 것이다. 분명히 무슨 일이 있는 게 틀림없었다.

"은서야, 이거……."

미연이 머뭇거리며 봉투 하나를 내밀자 은서는 무심히 봉투를 열어봤다. 그리고 놀란 눈과 더불어 외마디 비명 소리가 나오고 말았다. 미연의 청첩장이었다. 축하의 말을 기대하고 있는 미연의 마음을 알면서도 은서는 짓궂은 표정을 지었다.

"넌 꼭 이 겨울에 결혼을 해야 하니?"

축하는커녕 트집을 잡는 것 같은 은서의 말에 미연의 얼굴이 굳어지며 바로 와일드한 성격을 드러냈다.

"야, 최은서. 너, 내 친구 맞아? 개구리 올챙이 시절 모른다더니 너 정말 너무한다."

"사돈 남 말 하지 마. 너 뭐랬어? 민석이 싫다며? 얘기도 꺼내지 말라던 애가 갑자기 결혼한다고 설치는 건 뭐고?"

"그래서 안 오겠다는 거야?"

"악~ 난 몰라. 넌 내가 꼭 남산만한 배를 드러내고 결혼식에 가 사진을 찍어야겠니?"

"사진이 중요해, 지금 친구가 결혼을 한다는 게 중요하지?"

청첩장을 내민 미연과 은서는 한참을 옥신각신했다. 한 달 만에 찾아온 미연이 그동안 아무 말도 없다가 청첩장까지 나온 다음에서야 민석과의 결혼을, 또 결혼 날짜까지 신후와 은서의 결혼 1주년 되는 날로 잡아온 것이다. 같은 날로 잡은 것도 괘씸한데다 경진과 신후의 과보호로 열심히 먹어댄 은서의 볼은 통통하게 살이 올라 예전의 모습을 찾기 힘들었고, 배 또한 거대했다. 임부복을 입고 커다란 배를 내민 채 결혼식 사진을 찍을 생각을 하니 괜히 심통이 난 나머지 미연을 약 올렸다. 사실 그것은 표면적인 이유에 지나지 않았다. 진짜 그녀가 심통이 난 원인은 상당 부분 민석과의 일을 그녀에게 알리지 않았다는 것이다. 임산부라서 알리지 않았다고 하지만 섭섭한 것은 어쩔 수 없었다.

"나, 안 갈 거야."

"야, 최은서!"

"가도 사진을 안 찍을 거야."

"말도 안 돼. 내 결혼식 사진에 어떻게 네가 빠질 수 있어?"

"그럼 천천히 해. 내년 봄에 하면 되잖아."

"아이, 정말 나쁜 계집애. 그래, 나 아기 가졌다. 됐니?"

예상치 못한 복병을 만난 듯 씩씩거리던 미연은 끝내 폭탄을 터뜨리고 스스로도 놀라 얼굴이 홍당무마냥 빨개졌다.

"뭐……?"

놀라 입을 다물지 못하는 은서를 미연이 노려봤다.

"입 다물어라. 파리 들어간다."

"겨울이라 파리 없어. 그러니까 너희가 속도 위반을 했단 말이지?"

커다란 건수라도 잡았다는 듯 눈을 빛내는 은서를 바라보는 미연의 얼굴이 붉으락푸르락 여러 빛깔을 띠었다.

"진작 그렇게 말하지. 알았다. 가마."

"너, 결혼하고 네 예전 성격 다시 돌아온 것 알지? 이구, 고집쟁이!"

"하하, 고마워."

은서는 경진과의 화해 이후 정말 스스로 생각해도 많이 밝아졌다. 임신으로 뽀얗게 변한 피부, 여유로움이 묻어나는 표정이 그녀를 더 아름답게 보이게 했다.

민석과 만나고 돌아온 신후는 남이 모르는 비밀을 혼자만 아는 듯 은밀한 미소를 짓다가 은서와 눈이 마주치자 그녀의 눈치를 살피며 민석의 결혼을 알렸다.

"뭐야? 빨리 말해. 뭘 숨기는데?"

은서의 정곡을 찌르는 말에 신후는 놀란 얼굴을 하며 시치미를 뗐다. 그 표정이 더 우스워 은서는 그냥 넘어갈 수가 없었다. 아무것도 아니라며 고개를 좌우로 흔드는 신후를 다그쳤다.

"뭘? 지금 나한테 말 안 한 것 있는데?"

은서의 눈이 집요하게 그를 좇자 그는 마지못한 듯 두 손을 들었다.

"와, 정말 귀신이다. 어떻게 알았어?"

"이신후 씨, 나 당신 마누라야. 척하면 척이지. 뭔데 그렇게 혼자서 웃고 난리야? 얘기 안 하면 오늘 밤 안 재운다."

"정말? 나야 대환영이지."

은서의 협박에 오히려 신후는 음흉한 눈을 했다.

"어휴, 못 말려. 빨랑 말해 봐."

둘밖에 없는데도 신후는 누가 들을까 봐 걱정이 되는지 은서의 귀에 대고 소곤거렸다.

"미연이 임신했대."

"뭐? 하하하!!"

한껏 놀라는 은서를 기대했는지 겨우 그걸 가지고 그랬느냐는 듯 어이없어하며 웃는 은서를 보며 신후의 얼굴에는 실망감이 서렸다.

"알았어?"

"그래. 난 또 뭐라고."

"아우, 재미없어."

심통난 듯 투덜거리는 신후가 너무 귀여워 침대 옆을 두드렸다. 신후의 눈빛이 어느새 야수로 변해가는 걸 보며 은서는 빙긋이 웃었다. 혼자가 아닌 그와 함께라는 이유만으로 한침대에서 잠이 들고, 같이 눈을 뜨는 아침이 너무나 소중하고 행복했다. 이 밤도 그의 옆에서 곤히 잠이 들리라. 그리고 함께 아침을 맞이하리라.

미연의 결혼식을 며칠 앞두고 경진과 정기 검진을 받기 위해 산부인과로 향했다. 처음 병원을 찾았을 때의 두려움은 사라지고 없었다. 특히 경진과 함께 찾은 병원은 든든한 보호자를 동반한 것 같아 기분 좋은 외출이다. 접수를 하고 진료 순서가 돌아오기만을 기다리고 있는데 낯이 익은 여자의 모습이 눈에 들어왔다. 초조한 기색이 역력한 얼굴로 롱부츠를 신은 발을 바닥에 가만히 두지 못한 채 진료 카드를 연신 내려다보고 있는 여자는 분명 수연이었다. 경진도 은서의 시선이 향해 있는 곳으로 고개를 돌렸다가 수연을 보고 놀랐는지 눈이 커졌다.

"수연이도 결혼했니?"

"아뇨. 결혼했다는 소리 못 들었는데요."

"하긴, 요즘 처녀도 산부인과 질환이 많다고 하더라. 수연이도 이제 좋은 남자 만나서 결혼해야 할 텐데, 네가 많이 부러울 거다."

"하하. 그렇겠죠. 신후 같은 남자가 어디 흔한가요?"

은서의 대꾸에 경진이 고개를 설레설레 흔들면서도 웃는다. 못 말린다는 듯한 표정에도 불구하고 기분 좋은 내색이 보인다.

"하여튼 너도, 신후도 중증이야."

"어? 저번 날 보니까 아버님도 비슷한 증세를 보이던데요."

"뭐? 하하하하!"

무엇을 떠올리는지 얼굴을 붉힌 채 환하게 웃고 있는 경진은 그 어느 때보다 행복해 보였다. 모녀지간으로 보이는 그들의 웃음소리가 너무 컸던 것일까? 대기실에 앉아 진료를 기다리던 환자들과 보호자들의 시선이 은서와 경진에게로 집중되었다. 너무 시끄럽게 한 게 아닌가 싶어 미안하다는 시선을 주위에 보내다 그만 수연과 눈이 마주치고 말았다. 은서와 경진을 보고 수연은 당황했는지 자리에서 벌떡 일어났다. 아무리 아파서 병원을 찾은 거라 해도 미혼인 수연에게는 산부인과라는 곳이 불편한 곳일 것이다. 거기다 결코 반갑지 않은 은서와 경진을 만났으니 수연이 얼마나 당혹스러울지 충분히 이해가 됐다. 아는 척을 할까 잠깐 고민하는 사이 수연은 도망치듯 뒤도 돌아보지 않고 병원 문을 나가 버렸다.

"수연아, 수연아!"

뒤늦게 은서가 불러보았지만 수연의 모습은 더 이상 보이지 않았다. 수연의 옆 자리에 앉아 있던 산모가 은서에게 말을 건넸다.

"방금 나간 여자랑 아는 사이예요?"

"네, 친구예요."

"그럼 산모 수첩을 떨어뜨리고 갔는데 좀 전해줘요."

은서와 경진은 수연의 이름이 적힌 산모 수첩을 들고 입을 다물지 못했다. 수연에 대한 좋은 인상을 갖고 있었던 경진의 얼굴에는 실망스러움이 가득했고, 놀랍기는 은서도 마찬가지였다.

"한수연 씨, 한수연 씨."

간호사가 수연이를 찾자 은서가 다가갔다.

"오늘 바쁜 일이 있어서 기다리다 갔거든요. 저기 다음 진료에 이것 좀 전해주세요."

산모 수첩을 받아 든 간호사는 얼굴을 찡그리며 혼잣말로 투덜거리는 게 접수대에 서 있는 경진과 은서의 귀에까지 들렸다.

"아우, 매번 수술 날짜만 잡아놓고 펑크 내면 정말 어떡하자는 건지."

하얗게 질려가는 은서의 얼굴을 본 경진이 얼른 그녀의 손을 꽉 쥐었다. 경진도 간호사의 말을 들었는지 놀란 표정이었지만,

은서의 창백해진 얼굴이 더 염려스러운지 그녀의 손을 꼭 잡고 손등을 가볍게 토닥여 줬다. 언뜻 경진의 얼굴에 스친 안도의 표정을 본 것 같다. 신후의 옆에 있는 사람이 그녀라서 다행이라는 듯한. 더 이상 경진과 은서는 수연의 이야기를 하지 않았다.

　미연의 결혼식 날, 차에서 내리던 은서는 차 문에 머리를 찧고 말았다.

　"조심해야지. 많이 아파?"

　"몸이 내 맘대로 안 돼."

　아파서 울상을 짓고 있는 은서를 바라보며 신후는 안타까운 얼굴을 했다. 그리고 차 문에 부딪친 정수리 부분을 혹이라도 생긴 것은 아닌지 연신 살폈다.

　"조금만 참아. 이제 얼마 안 남았잖아."

　"치, 미연이는 하필 이런 때 결혼을 하는 거야?"

　은서의 괜한 투정에 신후는 씽긋 웃으며 그녀를 붙잡아줬다. 쌍둥이라도 가진 듯 나온 배는 어떤 옷으로도 가려지지 않았다. 임부복 위에 두꺼운 겨울 코트를 입고 뒤뚱뒤뚱 걷는 모습은 펭귄을 연상케 했다.

　"은서야, 너 꼭 펭귄 같아."

　"뭐?"

　째려보는 은서의 눈길에도 장난기 가득한 눈을 빛내며 놀리

듯 히죽히죽 웃는 신후다.

"내가 왜 펭귄이야?"

"맞아. 너 귀여운 펭귄 아줌마야. 뒤뚱뒤뚱 걷는 걸음에, 차문에 부딪치고 끼질 않는가 하면 문턱에 걸려 넘어지고, 계단 몇 개 오르고 쌕쌕거리는 게 딱 펭귄이지."

"홍? 그럼 넌 펭귄 신랑이야. 펭귄 신랑은 펭귄 아닌가?"

"아니지, 난 펭귄 아줌마를 돌보는 멋진 사나이지."

"어휴, 정말."

서로 말장난을 하다 보니 어느새 미연과 민석의 결혼식이 치러질 연회장에 도착했다. 오랜만에 보는 친구들 얼굴이 보이고 얼굴에 웃음을 감추지 못하고 있는 새신랑은 단연 돋보였다.

"축하해."

"어. 왔냐?"

민석의 눈이 신기하다는 듯 은서의 배로 향하자 신후가 민석의 옆구리를 찌른다.

"남의 마누라 배는 왜 보니? 미연이 배도 금방 불러올 텐데."

신후의 말에 당황한 민석은 누가 볼세라 주위를 두리번거리며 얼굴을 붉힌다. 그리고 주먹을 쥐어 보였다.

신부 대기실에는 미연이 긴장했는지 굳은 얼굴로 은서를 맞았다.

"왜, 긴장돼?"

"응. 좀 그런다. 너도 그랬어?"

"내가 긴장할 새가 있기나 했어?"

말투와 달리 1년 전의 그날을 회상하는 은서의 눈은 웃고 있었다.

"참, 수연이 왔다."

"정말?"

"응. 사실 청첩장을 보내긴 했는데 올 거라는 생각은 안 했거든."

"어디 있어?"

은서는 주위를 두리번거리며 수연을 찾았다. 그러나 수연의 모습은 어디에도 보이지 않았다.

"안 보여? 갔나 보다. 지나가는 길에 축하 인사나 하려고 들렀대."

은서의 뇌리에 병원에서 보았던 수연의 모습이 스쳤다. 왠지 위태로워 보이던 수연의 뒷모습이 잊혀지질 않았다. 수연으로 인해 인생의 황금기를 놓치고 먼 길을 돌아와야 했지만, 그녀는 지금 행복했다. 친구들과 이야기를 나누면서도 그녀에게 시선을 떼지 못하는 그녀의 남자가 곁에 있었고, 친구가 있었다. 수연의 모습이 과거 자신의 모습을 보는 것 같아 더 안타깝게 느껴졌는지도 모른다. 내일은 꼭 수연에게 전화를 한번 해봐야겠다. 감정이 다 풀린 것은 아니지만 가진 자의 여유이지 않을까 싶다.

언제 다가왔는지 신후가 한 손으로 그녀의 허리를 끌어안았다. 결혼식이 시작되었는지 술렁이던 사람들이 연회장 쪽으로 몰리기 시작했다. 그녀도 신후와 함께 친구 민석과 미연을 축하해 주기 위해 발걸음을 옮겼다. 밖에는 소담스러운 함박눈이 온 세상을 덮고 있었다.

단지 글을 쓴다는 것만으로 행복했다. 평범하지만 지루한 일상 속에서 나를 밖으로 내보이는 유일한 탈출구라고 해야 할까? 난 글을 통해 세상과 만났다. 로맨스 소설을 사랑하는 독자로서의 삶에 만족하지 못하고 내 안에 맴도는 이야기들을 세상 밖으로 토해냈다. 인터넷이라는 매체를 통해 털어놓던 나의 이야기가 이제는 활자화되어 세상과의 만남을 기다리고 있다.

두려움과 설렘이 교차한다. 처음 글을 연재하기 시작했을 때 용기가 필요했던 것처럼 출간까지도 내 나름대로는 꽤 많은 용기가 필요했다. 나의 부족한 점을 너무나 잘 알기 때문일 것이다. 그래서 부끄럽다. 차마 내 글을 읽어달라고 말하기가 겁난다. 그럼에도 내 소망은 크다. 내게 로맨스 소설이 지친 일상의 청량제와 같은 역할을 하며, 아름다운 사랑을 꿈꾸게 하듯 내 글 역시 그런 글이기를 소망한다. 한 사람이라도 내 글로 인하여 행복했으면 하는 간절한 바람이다.

〈친구의 남자〉는 짧은 가을을 나와 함께했다. 위험스러운 사랑의 느

작가후기

낌을 주는 〈친구의 남자〉는 무더운 여름이 끝나갈 무렵, 동생이 결혼식
에 다녀와 괜찮은 남자는 이미 짝이 있다, 라고 한 말 때문이었다.

 내 안을 맴돌던 〈친구의 남자〉는 두 남자와 두 여자를 만나게 했다.
수연의 약혼자 혁을 사랑한 은서와 은서의 소꿉친구 신후를 사랑하는
수연. 서로 얽혀 버린 실타래를 풀어내는 동안 난 안타깝기도, 행복하기
도 했다. 사랑해서는 안 될 사람들을 사랑한 사람들에 대한 아픔보다는
너무 가까이 있어 그 소중함을 깨닫지 못하는 것들에 대한 이야기를 하
고 싶었다. 은서에게는 신후가, 혁에게는 은서가, 수연에게는 혁이 그
런 사람들이었다. 서로 다른 사람을 보고 아파하는 그들을 그리며, 그들
자신 곁에 있는 사람을 돌아봐 주길 바라는 마음이었다. 공기나 물처럼,
혹은 가족처럼 내 일상에 없어서는 안 될 것임에도 가끔 잊을 때가 있
다.

 나 역시도 가장 중요한 것을 잃었던 적이 있다. 잃고 나서야 그 소중
함을 깨닫고 뒤늦게 후회했지만 소용없는 일이었다. 처음, 마음을 비우

는 게 뭔지 절실히 깨달았다. 그렇지 않고서는 견딜 수 없었을 테니까. 내가 가진 것들에 대한 감사를 비로소 할 수 있게 됐다. 남의 떡이 커 보인다? 인간의 원초적인 심리를 빗댄 말이지만 자신의 떡도 다른 이들의 눈에는 커 보인다는 걸 잊지 말아야겠다.

우연히 본 텔레비전 프로에서 한 피아니스트가 한 말이 내게는 많은 위로가 됐다. 자신의 한계를 깨닫고 그 한계 내에서 최선을 다하다 보면, 언젠가는 한계를 뛰어넘을 수 있다는 말을 통해 지금은 비록 많이 부족하나 최선을 다하다 보면 나 역시 지금보다 더 나은 글을 쓸 수 있으리라 생각한다.

감사드릴 분들이 너무 많다. 생략할까도 싶지만 왠지 촌스럽더라도 한 분, 한 분 감사의 마음을 전하고 싶다. 글을 연재하는 동안 격려를 아끼지 않은 독자 분들께 진심으로 감사하다. 그분들로 인해 많은 힘과 용기를 얻었다. 또한 글을 연재할 터전을 마련해 준 로망띠끄 운영자님께도 감사를 전한다.

글을 쓰는 행복한 작업이 가족의 도움 없이는 불가능했다. 늘 내 건강을 염려하시는 부모님께는 늘 죄송스럽고, 고맙다. 자식은 영원히 애물단지인 듯하다.

속아 결혼했다고 우기는 나의 반쪽 주호 씨, 하나님이 내게 준 최고의 선물 현종, 언니 같은 동생 안미. 고맙고 사랑한다는 말을 하고 싶다. 특히 안미의 아픈 리뷰는 내게 많은 도움이 됐다. 글을 쓰면서 알게 된 좋은 친구들, 로맨스와 바람난 작가님들께도 사랑을 고백하고 싶다. 마지막으로 출간할 기회를 준 청어람 식구들에게도 감사의 말을 전한다.

오늘은 눈이 내렸다. 따뜻한 차 한 잔을 마시며 로맨스 소설 한 권을 펼쳤다. 일상 속에 누리는 작은 행복에 감사하며 나의 첫 출간작 〈친구의 남자〉도 누군가의 일상 속의 행복이 되길 소망하며 글을 맺는다.

                                                              _김지안

hungeoram romance novel

연두

1977년 1월 (음력) 물고기자리
2002년 여름부터 〈로맨스월드〉에서 연재하다가
현재 연필 깎는 여우(www.ippune.com)에서 연재 중
현재 만화 기획자, 만화 콘티 작가로 일하고 있다

〈어둠 속의 연인〉 완결, 〈지하철〉 단편 완결
〈얼어죽을 놈의 나무〉 출간
〈그림자의 사랑〉 전자북(북토피아) 출간
〈얼어죽을 놈의 나무〉, 〈그의 모든 것, 또는 …〉
전자북 출간 예정

『얼어죽을 놈의 나무』

"제사 때 가서 좋나게 일하고 나면 그 다음은 뭔데?
애새끼를 위해서 담배를 끊으면 그 다음은 도대체 뭐가 있는 건데?
네 뒷바라지 위해서 내 그림을 취미로 하는 거? 그게 그 다음이야.
또 그 다음이 뭔지 알아?
그렇게 살다가 어느 날 뒤돌아보면 난 네 집안 똥구멍 닦아주는 휴지가 되어 있겠지."

사랑이란 이름은 어떤 행동까지 용납되는 걸까?

● 연두 지음 값 9,000원

이아나

1978년 서울생.
와이즈 북토피아에서 전자책으로 '내겐 너무 어린
그이'를 내면서 데뷔
지금은 그 후속편인 친구 정연의 이야기를 쓰고 있다

『내겐 너무 어린 그이』

그녀의 머리는 미친 듯이 비명을 지르고 있었다.
나의 꿈은, 나의 희망은? 이상적인 남자는?
전문직을 가진, 어른스럽고 혼자 남은 날 거뜬히 돌봐줄 수 있는 남자는?
이 남자는 어린애야. 내가 평생 돌보며 살아야 할 거라구! 그건 싫어, 싫어!
그를 좋아하지 마, 그건 재앙이야!

'당신이 좋아, 당신이! 맙소사, 그를 좋아해. 어쩌지?'

● 이아나 지음 값 9,000원

도서출판 **청어람**
부천시 원미구 심곡1동 350-1 남성빌딩 3층 우420-011 ☎ 032-656-4452 FAX 032-656-4453

E-mail : eoram99@chol.com

임미성

197X년 11월(양력) 사수자리

1996년부터 약 3년간 천리안문단에서 시와 수필
연재

2002년부터 〈로맨스월드〉에서 소설 연재를 시작해
현재 〈로망띠끄〉, 〈연필 깎는 여우〉에서 활동 중

〈사랑입니까〉〈우화(雨花)〉〈땡잡은 여자〉 장편
완결, 〈메탈이브〉〈내 마음의 소행성〉 단편 완
결, 〈연애유통기한〉〈앤(Anne)〉〈白鶴別曲
(백학별곡)〉 등 연재 중

출간작으로는 〈사랑입니까〉〈우화(雨花)〉와
전자북 〈땡잡은 여자〉가 있다

『땡잡은 여자』

자신의 위치는 여기까지다. 자신은 그에게 있어 한낱 고용인일 뿐이다.

넥타이가 필요하면 불러다가 넥타이를 골라달라 하고,

나갈 때 위신을 세워주기 위한 도구로 돈을 써야 하는 사람일 뿐이다.

여자도 아닌 사람일 뿐이다. 그에게 자신을 여자로 봐달라고 하는 건 역시 무리인 듯했다.

더욱이 그에게 애정을 가져 달라고 하는 건 있을 수도 없는 일이었다.

'그를 사랑하는 거니?'

● 임미성 지음 값 9,000원

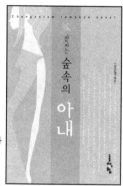

김준경

와이즈 북토피아에서 전자책으로 '잠자는 숲속의 아
내'로 데뷔
현재 비슷한 분위기의 아내 시리즈를 준비하고 있다

『잠자는 숲속의 아내』

세나는 마침내 차가운 아스팔트에 주저앉았다.

"넌 내 아내야. 나하고 가야 해."

"그냥 내버려 두세요. 난… 서훈 씨랑 있을래요. 서훈 씨랑 있고 싶어요."

"세나야, 난……."

"그냥 가세요. 죄송해요. Juste…… Laisse moi, allez a elle…… allez! allez a` votre amie……."

5년 동안 깊은 침묵에 빠져 있던 아내가 깨어난다!

● 김준경 지음 값 9,000원

도서출판 **청어람**
부천시 원미구 심곡1동 350-1 남성빌딩 3층 우420-011 ☎ 032-656-4452 FAX 032-656-4453
E-mail : eoram99@chol.com

hungeoram romance novel

연두

1977년 1월 (음력) 물고기자리
2002년 여름부터 〈로맨스월드〉에서 연재하다가
현재 연필 깎는 여우(www.ippune.com)에서 연재
중
현재 만화 기획자, 만화 콘티 작가로 일하고 있음

〈어둠 속의 연인〉 완결, 〈지하철〉 단편 완결
〈얼어죽을 놈의 나무〉 출간
〈그림자의 사랑〉 전자북(북토피아) 출간
〈얼어죽을 놈의 나무〉, 〈그의 모든 것, 또는 …〉 전
자북 출간 예정

『그림자의 사랑』

"이혼해요."
"누구 맘대로?"
양복 상의를 손으로 가져가면서 민철이 딱딱한 어조로 말했다.
"오늘 저녁에 동창회 있으니까 준비나 하고 있어."
그의 말을 못 들은 사람처럼 다운은 아무 반응 없이 그의 얼굴을 조용히 응시하고 있었다.
그녀의 맑은 눈을 잠시 뚫어지게 바라보던 민철이 안방을 나갔다.

'평생 이러고 살아, 한다운.'

● 연두 지음 값 9,000원

자유빈

2001년 인터넷에서 글쓰기 시작
현재 티파니에서 계속 글쓰는 중

『독립 선언』

"집을 나가서 살고 싶다고?"
허연 백발에 상투까지 튼 할아버지 앞에
그 한가운데 긴 생머리를 한 묶음으로 정갈하게 묶은 여자가
무슨 큰 잘못을 저지른 사람처럼 무릎을 꿇고 앉아 있다.
"네, 할아버지."
"나가려는 이유는?"

"다른 세상에서 살아보고 싶습니다."

● 자유빈 지음 값 9,000원

도서출판 **청어람**
부천시 원미구 심곡1동 350-1 남성빌딩 3층 우420-011   ☎ 032-656-4452   FAX 032-656-4453
E-mail : eoram99@chol.com

고애경

1977년 12월 24일 생(양력)

2002년 6월 어느날 〈심심풀이 땅콩과 읽을거리〉 카페
개설

현재 〈로망띠끄〉와 〈심심풀이 땅콩과 읽을거리〉에서
동시 연재 중

〈난 남자다?〉, 〈처음이자 마지막입니다〉,
〈난 그날 밤 네가 한 일을 알고 있다〉,
〈순정만화〉 완결

현재 〈99% 사랑+1% 조건=100% 사랑〉 연재 중

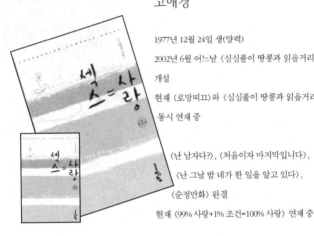

『섹스=사랑』1, 2

"저기요, 혹시…… 사랑이란 걸 해보셨나요?"

"아니."

"그럼…… 섹스는요?"

"그건 많이 해봤지."

"사랑이 좋아요, 섹스가 좋아요?"

"당연히 섹스가 좋지. 사랑은 귀찮거든."

"오늘 밤 저랑 같이 있어주세요."

● 고애경 지음 값 8,500원